KB148194

봉인해제식 하셨나요?

봉인해제식 하셨나요?

| 정진화 지음 |

도서출판 더로드
The Road Books

봉인해제란 해가 바뀌면서 합법적으로 주류와 담배 구입이 가능하고,
유흥업소 출입이 허락되는 만 19세 이상의 나이가 되는 것을 말하는 신조어입니다.

프롤로그

내 인생

내가 제일 부러워하는 사람은 하루하루 꾸준하게 성장하는 사람이다. 하지만 안타깝게도 나는 이것과는 무관한 인생을 살아왔다.

지금부터 수 년 전, 나는 우연히 어떤 모임에 참여하는 기회를 얻게 되었다. 자기 인생에 대해서 이야기를 나누면서 지나간 삶을 돌아보고 오늘을 잘 살며 미래를 가꾸어가자는 내용의 세미나였다.

행사가 무르익으면서 중간 쯤 되던 어느 날, 진행하는 선생님이 각자 종이를 한 장씩 나누어주면서 자기가 걸어왔던 그동안의 인생흐름에 대해서 그래프로 그려보는 시간을 갖자는 것이었다. 나는 오더대로 유년 시절부터 지금까지 왔다 갔다 하는 내 인생의 지나간 흔적들을 굵은 펜으로 표기하였다.

아마도 그날 그 시간이 내가 다른 사람과 달리 예사롭지 않는 길을 걷고 있다는 것을 느끼기 시작했던 날이었을 것이다. 나를 뺀 대부분의 사람들은 초등, 중등, 고등, 대학, 성년, 결혼, 직장 등 아주 낮은 단계부터 마치 계단을 밟듯이 차츰차츰 상승하는 그래프를 그렸다. 그런데 내 것을 보니 나는 위로 치솟았다가 다시 아래로 내리박는 사이클을 몇 번이나 반복하고 있었다.

그룹의 사회를 맡은 한분이 내 것을 보더니 "선생님은 이렇게 커브를 그리듯이 상하로 올라갔다 내려갔다 반복하셨네요."

그때까지만 해도 굴곡진 인생은 누구나 다 그런 줄만 알았다. 다른 사람들도 나와 같이 오르락내리락하면서 살고 있는 줄만 알았다. 10명 정도가 한 테이블에 앉아 있었는데 나처럼 생긴 그래프를 그린 사람은 하나도 없었다. 옆 테이블도 마찬가지였다.

순간적으로 나에게 쏠린 눈길들로 인하여 나의 볼은 불그스레해졌다. 내색은 하지 않았지만 그날 나는 적잖이 충격을 받았다. 그리고 조금은 억울하기도 했고 조금은 걱정되기도 했다.

"지옥과 천당을 오갔습니다. 그것도 몇 번씩이나. 하하"

웃어넘기면서 살짝 대답을 했지만 나를 바라보는 의아해하던 눈길들은 아직도 기억에 생생하다.

세미나를 마치고 집으로 돌아온 나는 정신을 가다듬었다. 잠시 마음이 어두워지면서 우울한 기분이 엄습했다. 그리고 지나간 날들이 주마등처럼 스쳐갔다. 일순간 나의 자존감이 급 수직 하강하는 느낌을 받았다.

조금은 무겁기는 했지만 곧 마음을 가다듬었다. 이럴 때마다 직방으로 마음을 회복하는 방법을 나는 가지고 있었다. 그것이 무엇인지는 앞으로 이야기할 이 책의 주제들이다. 그러므로 천천히 읽어 내려간다면 독자들도 다 알게 되리라. 나는 곧바로 다시 평상시의 마음으로 돌아올 수 있었다. 마치 달리기를 하다가 잠깐 넘어지더라도 다시 일어나 바로 폼을 끌어올려 달리는 선수처럼 멀쩡해지는 데는 많은 시간이 필요치 않았다. 이런 종류의 황당함은 사실 진짜 황당함 축에도 못 끼는 것이니까.

나는 1등에서 꼴찌로 추락을 하고 다시 꼴찌에서 기사회생하여 1등으로 올라 섰다를 반복하는 인생을 살아가고 있음에도 당황하지 않는다. 되풀이 되는 인생길에 이제는 이골이 났기 때문이다.

1등에서 꼴찌로

내 인생에서 처음으로 인생의 굴곡을 만난 것은 중학교 때와 고등학교 때이다. 나는 초등학교 때부터 줄곧 반장 아니면 부반장을 하였다. 특히, 중학교 3학년 때에 최고의 절정기를 맞이하게 되었다. 잘나갈 때는 최고성적이 평균 99점을 기록하였다. 요즘 같으면 올100이 수두룩해 별

거 아니라 생각하겠지만 지금부터 40년 전에 가까운 시절의 이야기이라는 것을 생각해야한다.

전교생 시험인 중간고사에서 전 과목 100점 중에 단 한 과목에서 문제를 잘못 봐서 85점이 되는 바람에 평균 99점이 된 것이다. 평균 99점은 개교 이래 기록이라고 했다. 1등하는 일은 나에겐 흔한 일이었다. 시골의 중학교이긴 했지만 나는 수재였다. 아이들은 물론 선생님들께 칭찬을 독차지하는 존재였다. 주변에 항상 친구들이 많았다.

그러나, 그 빛나던 영광은 딱 거기까지였다. 청운의 꿈을 품고 고등학교에 진학하면서 나는 원인을 알 수 없는 방황하는 시기에 접어 들게 된다. 그로 인하여 내 생애 첫 암흑의 데뷔전을 치르게 된다. 성적이 급격히 하락하여 자그마치 57명 중 51등을 차지하게 된 것이다.

그때 나는 처음 알았다. 57명 중, 앞에서 1등하는 것도 어려운 일이지만 57명 중 57등을 하는 것도 하늘의 도움 없이는 어렵다는 사실을 말이다. 이런 말은 1등을 해본 사람만이 알 수 있는 것이고 또 57등을 해 본 사람만이 알 수 있는 것이리라.

중학교 때는 앞에서 1등을 하였고 고등학교 때는 뒤에서 1등을 하였다. 그 어린 시절 나에게 찾아 온 이 무너짐이라는 것이 가져다준 충격은 상상을 초월하는 것이었다.

나를 지켜보던 부모님, 선생님, 친구들…

이 문제를 그들에게 어떻게 다 설명할 수 있단 말인가. 불과 열다섯, 열여섯, 열일곱이라는 어린 나이에 말이다.

귀인을 만나다

20대로 접어들어 나는 그저 그런 직장들을 전전하다가 회사를 그만두고 실업자가 되었다. 어중간한 회사를 다니기보다는 좀 더 안정적이고 미래를 설계할 수 있는 회사를 들어가는 것이 더 중요하다고 생각되었다.

그래서 회사를 그만두었고 처음엔 이보전진을 위한 일보후퇴라 생각하고 집에서 놀면서 취업 준비를 해나갔다. 하지만 노는 날들이 점차 길어지고 있었다. 이때의 실업자 경험으로 지금도 쉬고 있는 우리 젊은이들의 마음을 안다.

지방에는 마땅한 일자리가 없어 1년을 놀다가 서울에 이력서 몇 통을 냈다. 며칠 후, 면접을 보러 오라는 전화를 받고 다음날 가보니 괜찮은 회사였다. 하지만 나는 알았다. 내 졸업장으로는 들어가기 어려운 회사라는 사실을.

그런데 용케도 나는 부름을 받았고 신입사원이 되었다. 믿지 못 할 일이었다. 이것이 두 번째 굴곡의 시작이었다. 하지만 다행스럽게도 이번에는 상승의 시작이었다.

한참을 후에 안 일이지만 서울 본사에 나와는 전혀 일면식도 없었던 어떤 사람이 인사과에 간부로 있었다는 것을 알게 되었다. 입사 후, 몇 년 후에 본사로 발령이 나서 잠깐 근무한 적이 있는데 혹시나 해서 그 분의 인적사항을 우연히 보게 되었다. 그런데 그분의 고향이 충청북도 ***군***면 ***리였다.

나는 그때 놀라서 뒤로 자빠질 뻔 했다. 주민등록상의 본적지가 **리만 다를 뿐 군과 면 단위까지 나와 똑 같은 것이었다. 이런 것을 지금으로 하면 인사 청탁 비리 같은 것으로 오해할 수 있으나 분명히 밝혀두거니와 작고하신 아버지도, 그 간부란 분도, 나도 전혀 한 번도 본적이 없던 사람이었다. 그 때의 가정 형편으로서는 인사 청탁을 할 만큼의 경제적인 상황은 더욱 아니었다.

서울 인구가 자그마치 1천만 명이나 된다. 그 많은 서울 사람가운데 내가 지원한 회사에서 그것도 군과 면 단위까지 같은 동향의 사람을 만날 확률은 거의 로또 수준의 확률인 것이다.

로또 맞을 확률이 800만분의 1이라면 나는 1천만분의 1이었다.

지금도 이 일은 미스터리하다. 그저 운이 좋았고 그래서 귀인을 만난 것이라고 밖에는 설명할 도리가 없다. 나의 이력서를 보고 인사 담당자였던 그가 픽업하였을 것이라는 짐작은 가지만 지방의 그저 그런 대학을 나온 나로서는 대기업에 준하는 회사를 들어 가게된 것은 그저 행운이라고 밖에는 볼 수 없는 일이리라.

어쨌거나 밑바닥 꼴찌에서 나는 비교적 좋은 회사로 승천하는 순간이었다. 연봉도 좋았고 사원에 대한 복리 후생도 좋았다. 다닐만한 회사였다. 요 기간 동안에 열심히 직장생활해서 결혼도 하고 돈도 벌고 집도 사고 차도 샀다.

30이 되기 전에 아파트를 구입한 것은 또래에서는 내가 1등 이었다.

딱 거기까지

아마도 10대 때에도 그랬듯이 또 20대에도 그랬듯이 좋았던 날들은 이번에도 딱 거기까지였다.

30대 접어들어 나는 모 학교 앞에서 주점을 차리게 되었다. 그때까지 모은 돈과 대출까지 받아 가게를 인수하였다. 하지만 막상 가게를 열고 보니 개업식 날만 반짝 했을뿐 1~2 주가 지나자 손님은 하나도 없고 사실상 속아서 인수받은 것이라는 걸 알게 되었다.

내가 봐도 이 일은 무리가 있었다. 가게를 인수하는데 집을 담보로 대출을 받고 직장 신용 대출까지 얻어 거의 전재산을 베팅하다시피 한 것이다. 하지만 장사는 되지 않고 나는 점차 망해갔다. 빚쟁이로 몰리는 것은 시간 문제였다. 다시 굴곡의 시작이었다. 이번에는 급 하강이었다.

재수 좋게 귀인을 만나서 좋은 회사에 취직해서 직장생활 잘 한다싶더니만 그만 사업에 손댔다가 망하게 된 것이다. 지금도 이 시절을 생각하면 아찔하다. 변변한 직장도 없이 놀던 꼴찌 신세에서 1등으로 수직 상승했다가 다시 정상에서 꼴찌로 떨어지는 순간이었다.

그러기를 다시 1년여. 죽기 살기로 이 위기를 탈출할 궁리를 모색하였다. 궁하면 통한다 했던가. 각고의 노력 끝에 '스페셜 안주' 개발에 성공하여 손님들의 반응을 차츰 얻어가기 시작했다. 날마다 손님들이 몰리더니 어느 시점부터 기하급수적으로 늘었고 소문을 듣고 찾아오는 사람들로 인산인해를 이루었다.

예상은 적중하였다. 다시 힘차게 일어설 수 있는 기회를 맞이하였다. 마침내 그 상가거리 20여동 중에서 내 가게가 매출 1위 가게가 되었다. 언젠가 상가협회에 가입한 사장들의 모임에 내가 초대되었을 때 나를 부러운 눈으로 쳐다보던 연세 지긋한 사장님들의 시선은 나에겐 훈장과도 같은 것이리라.

성공을 자축하기 위하여 그동안 신세졌던 지인들을 불러서 대접했던 날, 그날을 생각하면 지금도 눈물겹다.

지옥과 천당을 오가는 순간이었다.
꼴찌에서 1등으로 다시 올라 서는 순간이었다.

아. 그러나 화려한 날들도 잠시. 10대와 20대에 좋았던 일들도 딱 거기까지였듯이 이번에도 그랬다. 30대에 좋았던 날들은 딱 거기까지였다.

또 다시 시련의 모진 바람이 나를 휘감았다. 40대를 앞둔 어느날, 직장을 그만두게 되는 일생일대의 결정적인 실수를 저지르게 된다. 이것이 돌이킬 수 없는 내 인생에서 영영 회복 불가능한 사태라는 것을 깨닫기까지는 그리 오랜 시간이 걸리지 않았다.

꽉 막히고 숨조차 쉴 수 없는 조직 사회에 염증을 느낀 나머지 정든 회사를 10여 년 째 되는 해에 때려 치게 되었다. 그동안 모아둔 돈을 야금야금 까먹고 통장의 잔고는 텅 비어 갔다. 이때부터 또 다시 어려운 길을 가게된 것이다. 하루하루가 초조함과 긴장감의 연속이었고 결국 많은 자본을 다 잃고 떠돌이 신세로 전락하게 되었다.

수년간 고생하다가 40대 초반 무렵, 지인과 함께 투자전략실을 운영하게 된다. 그런데 여기서 생각하지 못한 홈런이 터졌다. 2008년 미국과 유럽의 금융위기 국면에서 '검색시스템'이라는 상품을 개발하여 나는 다시 대박을 맛보게 된다. 대전과 경기도 지역을 오가면서 바쁜 나날 속에 점점 역량을 키워갔던 게 성과를 내기 시작했던 것이다. 드디어 5년이 되던 해에는 내가 다니던 교회에 십일조 1천만 원을 하는 기적을 이룬다. 십일조 1천만 원이면 한 달 수입이 1억이었다는 것이다. 지금으로부터 10년 전에 말이다.

아마도 이 시절이 내 인생의 절정기였을 것이다. 이때 나는 중국도 가고 홍콩도 가게 된다.

하지만, 이번에도 역시나 영광은 길지 않았다. 나는 다시 문제를 만나면서 어려운 길을 걷게 된다. 급기야는 법원에서 나온 사람들이 집에 있는 온갖 물건들에 무시무시한 빨간 딱지를 붙이고 가는 사태를 만나기도 한다. 이런!

쫓겨날 판국이 된 나는 발만 동동 구르다 극적으로 위기를 벗어나게 되고 어두컴컴한 반지하방에서 다시 긴 서러운 시간들을 보내게 된다.

그러기를 수년,

여기저기를 전전하면서 힘든 나날 속에 어느새 아이들은 커갔고 양육에 자유로워진 집사람과 의기투합하여 공단 주변에서 요식업을 시작하게 되었다. 몇 년간에 시행착오와 우여곡절 끝에 조금씩 성장하여 지금은 주변에서 첫 번째로 꼽히는 음식점으로 커졌다.

집사람은 2호점을 차리겠다는 계획 속에 하루하루 설레는 기분에 들떠 있다. 지난 40여 년간 오만가지 인생 굴곡을 만났던 나는 무얼 더 확장하는 것은 이제 더 이상 하지말자며 극구 말리는 입장이 되 버렸다.

여기서부터는 집사람의 스토리이므로 나는 여기까지이다.

이게 벌써 5년 전의 일이다. 그 후 집사람은 나름대로 맹활약하면서 나와 앞서거니 뒤서거니 경쟁 하고 있다. (내 인생의 스토리에 대해서는 이 책의 끝부분에 자세하게 수록해 놓았다.)

세상 어디에도 없는 유일무이한 존재

이렇듯 나는 일반적인 사람들과는 좀 다른 굴곡진 길을 걸어왔다. 평탄한 삶이 때로는 부럽기도 하지만 지금은 꼴찌와 1등을 오가는 삶이 어느 정도는 적응 되었다. 이런 역정의 길을 통하여 많은 어려움 속에서 자존감을 잃어 방황하기도 하였고 또 기세 좋게 일어나 자존감을 되찾기도 하였다.

시간이 지날수록 나는 점점 단련되어갔다. 그 속에서 깨달음을 조금씩 얻게 되었다.

우리가 살아가야할 길은 만만치 않은 길이다. 우리의 인생길에는 어려움도 많으며 온갖 역경이 도사리고 있고 때로는 위험한 항로의 연속일 수 있다. 여기서 우리가 생각해야할 점은 자존감이라는 것은 고정되어 있는 것이 아니며 그때 상황에 따라 풍랑을 만난 배처럼 몹시 흔들리기도 하고 번데기처럼 쪼그라들기도 하고 중년 아저씨의 아랫배처럼 부풀기도 한다는 것이다.

어떤 상황이 와도 자존감을 지켜야하며 항상 자존감을 키우기 위한 노력 필요하다고 말하고 싶다. 누군가는 한번 쓰러지면 영영 일어서지 못하지만 누군가는 훌훌 털고 일어나 다시 달린다. 그것의 동력은 우리마음 저 깊은 곳에 자리한 자존감에 달려있다.

"나는 꼴찌다"와 "나는 천연기념물이다" 이 두 개의 명제는 이렇게 하여 탄생하였다. 두 명제는 내 삶의 굴곡진 인생 끝에 얻어진 결과물이다. 내가 시련을 만날 때 마다 마음 한구석에 절대 버리지 않았던 내용이며 이 두 개의 무기로 흔들리지 않는 자존감을 성장시켜왔던 것이다. 그리고 인생의 위기를 진압하고 나는 다시 설 수 있었다. 이 두 가지가 없었더라면 나는 무너져도 벌써 무너졌을 것이며 쓸쓸하게 생을 마감하였을 것이다.

"괜찮다, 괜찮아
1등에서 꼴찌로, 그리고 꼴찌에서 1등으로…
괜찮다, 괜찮아."
여기에 한마디를 덧붙인다.

"나는 할 수 있어!"
나처럼 굴곡진 인생을 살아가는 사람도 드물다는 사실을 잘 알고 있다. 그래도 어쩌겠는가. 나의 인생이고 나만의 것이고 누군가 대신 살아주지 못하고 스스로 걸어 가야할 길인 것을…

겉으로 위로하는 척하는 말들이 당신을 현혹하고 있다. 이렇게 현혹해 놓고 그들은 정작 앞을 향해 달리고 있다. 자존감이 성장해야할 천금 같은 기회를 놓치고 시간을 허송세월하고 있는 사람들을 보게 된다,

천연기념물이라는 것은 단순히 크낙새와 장수하늘소를 가리키는 것이 아니다. 당신과 따로 떨어져있는 것이 아니다. 당신은 세상 어디에도 없

는 유일무이한 존재이며 누구와도 같지 않으며 누구로도 대체할 수 없는 이 우주의 고귀한 존재이다.

그것이 결국 무엇이겠는가.

바로 '천연기념물'인 것이다.

이 글을 읽고 있는 당신이 바로 천연기념물인 것이다.

그리하여 당신은 귀하고, 값어치 있고, 만인에게 사랑받아야할 소중한 사람인 것이다.

차례

제3장
위기들

제4장
당신의 행복에 집중하라

제5장
소확행을 넘어 중확행, 대확행으로

제6장
대확행: 개인

제7장

대확행: 공동체

제8장

봉인해제식(대확행으로 가는길)

ASDS란 무엇인가?

(Acquired self-esteem deficiency syndrome)

1. 잃어버린 나

프랑스 대혁명의 이론적 기초를 제공한 루소는 고백록에서 "나는 이 세상의 어느 누구도 닮지 않았다."라는 명제를 꺼내기 시작하면서 인간의 자아를 찾아가는 진정한 역사의 문이 열렸다.

"나는 세상에서 유일한 존재이다."

이 사실이 너무나 고귀하고 소중한 것이다. 그리고 우리 모두는 그렇게 느껴야한다. 또한, 그 유일한 존재이기 때문에 그 어느 누구와도 나를 대체할 수 없다.

이 두 말을 합치면 "나는 대체 불가능한 유일한 존재인 것이다."

그래, 인정한다. 어디선가 자주 들었던 말이고 자주 접했던 말이기 때문이다. 하지만 이 글을 읽는 당신은 정말로 자신이 세상에서 유일한 존재이고 대체 불가능한 존재라고 생각하는가?

아마도 생각으로는 그렇게 생각하면서도, 아니 그렇게 생각하다가도, 사회 속에 속한 자신의 위치를 깨닫고 상당한 실망에 사로잡히고 말 것이다.

오늘도 수많은 사람들이 아우성치는 전철 안에서 고달픈 아침 출근시간을 보내야하고 숨 막히는 조직생활 속에서 오직 잘리지 않기 위하여 오직 살아남기 위하여 나는 나를 판다. 그 많은 스트레스와 싸워야하며 자동차로 보면 시속 180km의 속도로 질주하는 아찔한 삶을 살고 있다. 이 멈출 수 없는 삶. 그리고 누군가에 의해 내동댕이친 삶!

그것이 육체적이든 정신적이든 우리들의 삶은 치열하다. 그리고 거기서 거기다.

참으로 무언가 모순되지 않는가. 내가 이 세상에 유일한 존재이며 나를 대체할 수 없는 존재이며 그래서 존귀하며 때문에 자신을 사랑해야한다고 떠들썩하게 주장하곤 하지만 왜, 제가 섰던 자리로 다시 돌아오면 조금 전에 느꼈던 그 사기충천한 마음은 온데간데없고 그 비참한 자리에 내가 다시 서 있느냔 말이다.

세상 어디에도 찾아볼 수 없고 유일무이하고 대체 불가능하고 그토록 소중하고 고귀하다는 존재가 말이다.

"이거, 뭔가 착각한 거 아닌가. 정말로 내가 세상에서 유일무이한 존재 맞는가. 자존감을 높이고 위로해주기 위한 그런 말들은 아니었을까."

살짝 속은 거 같은 이 찝찝한(?) 기분은 과연 무엇이란 말인가.

내가 아는 지인 A씨도 마찬가지이다. 그도 그런 고민 속에 싸여있다.

"나도 나의 자존감을 찾기 위하여 수도 없이 노력했지만 결국에 돌아오는 것은 원래대로인 나, 초라한 나의 모습이라고. 그 많은 서적들에서 이야기하는 내용들을 따라해보고 신경 써봤지만 머리로만 소중하고 고귀한 존재라는 것이 느껴질 뿐, 책장을 덮고 다시 일상으로 돌아오면 그 감격 했던 나는 어디가고 부끄럽고 창피하여 한없이 작아지는 내 모습이 서있다. 에잇 제기랄! 그래서 또 어김없이 동료와 소주를 마시고 윗사람 욕이나 하다가 새벽까지 잠들지 못하고 자괴감 속에 빠져 들곤 해…"

이것이 비단 지인 A씨만의 경우일까. 어쩌면 A씨가 다소 예민하고 과도한 심리적인 위축에 시달리고 있는 것은 사실이지만 적어도 그가 말한 것들 중의 얼마간은 우리의 생각과 마찬가지다.

어느새 그런 류의 생각들은 자기도 모르는 사이에 일상 속에 파묻히고 아무 것도 아닌 양 자연스런 게 돼버렸다. 아니 차라리 이젠 그런 것들은 고민 축에도 못 낀다. 그런 거 말고도 우리가 날마다 괴로워하고 몸달아 하는 것들이 차고도 넘친다.

왜일까. 어쩌다 우리는 이렇게 되었을까. 도대체 어디서부터 잘못된 것일까. 그리고 나의 자존은 어디로 달아난 것일까.

2. 깨달아야할 것들

이 문제를 해결하기 위하여 나는 머리를 싸매고 하던 일을 멈추었다. 염세주의 철학자 쇼펜하우어가 가까이에 있었지만 그 길을 택하기는 싫었다. 다만, 우리는 그동안 미진해왔으며 좀 더 자극적인 흐름을 만나야 한다는 것에는 다른 변명을 두지 않기로 했다.

지금은 철저하게 자기를 부정하고 더 낮은 곳으로 내려가야 했다. 그리고 이것을 문제를 해결하는데 실마리로 삼기로 하였다. 서두에서 밝혔다시피 나는 오르락내리락 하는 인생을 반복하며 살아왔다. 이제는 지긋지긋하고 신물이 나지만 더 높게 오르기 위해서는 오히려 더 낮게 다시 내려 갔다와야하는 수고를 아끼지 말아야한다. 그건 내 인생에서 배운 깨달음이다.

철저하게 자기를 부정하고 솔직한 나와 만나자. 그래야만이 자기의 본질을 건드릴 수 있으며 세상 것들 때문에 감추어져 보이지 않았던 나의 모습을 적나라하게 볼 수 있기 때문이다.

나는 꼴찌인생이다.

물론 나는 꼴찌인생이다. 그건 스스로 인정하는 바이다. 그리고 세상이 다 아는 바이다.

수도 없이 오르락내리락 하는 인생을 살았으므로 이제는 하나도 창피하거나 부끄럽지 않다. 그게 나니까.

그럼 당신은? 당신은 꼴찌인가? 아닐 것이다. 물론 꼴찌는 아니라고 말할 것이다. 하지만 나는 당신이 내키지 않더라도 이 말을 용기 있게 하고 싶다. 당신도 꼴찌라고 말이다. 이 말을 듣자마자 몹시 불쾌한 생각이 들게 될 사람도 있을 것이다. '꼴찌는 아니야 내 밑에 몇 사람은 더 있어….'

당신이 꼴찌라는 사실을 인정하든 안하든 중요한 것은 아니다. 그리고 인정한다 해도 당신이 꼴찌가 되는 것은 절대 아니다. 앞에서 나는 이 문제를 해결하기 위하여 머리를 싸매었다고 했다. 그리고 이 문제에 대해서 우리는 너무나 미진하였고 이제부터는 좀 더 자극적인 흐름을 만나야 한다고 말했다.

우리는 그동안 안일했다. 자기에게 너무 극진한 대접을 해주었다. 이런 기존의 방법으로는 일시적으로 자존감을 회복 한다고 해도 지속적이지 못하며 열광적 흐름 뒤에 감당 못하는 자괴감에 휩싸이는 사태를 만날 수밖에 없는 것이다.

그래서 우리가 좀 더 높은 자존감을 회복하기 위하여 다소 치명적이긴 하지만 물리적인 요법을 필요하게 되었다. 어떤 이유로 기분이 부풀어 올라 의기양양해있는 당신에게(아마도 당신의 상태가 무척 좋아있는 상황일 것이다.) 또는 그 반대로 상황이 좋지 못하여 다소는 의기소침해있는 당신에게 이 충격요법을 쓰기로 할 작정이다.

그것이 바로 "인생꼴찌론"이다

꼴찌로 쑤셔 박혀 버린다. 마음을 열고 여태껏 쌓아 올린 것들을 잠시 거두고 꼴찌로의 여행을 함께 떠나가 보자. 물론, 이것은 우리가 낮아진 자존감을 회복하고 다시 정상궤도에 오르기 위한 과정에 불과하다. 당신은 지금도 여전히 그 훌륭한 자리에 있으며 여전히 1등이다. 이 사실을 전면 부인하는 것은 아니다.

3. ASDS

'인생꼴찌론'에 앞서서 다시 앞부분으로 돌아가 우리의 자존감을 다시 한 번 확인하고 가자.

아니 좀 더 솔직하게 말하면 이제 기존의 것들은 진부한 것이 되어버렸다. 내가 세상에서 유일한 존재라는 것은 이제 누구나 깨닫고 있는 평범한 것이 되어 버렸다. 유일하기 때문에 소중하고 고귀한 존재라는 것도 이제는 새롭지 않다. 또한 그것이 주는 달콤함도 이젠 생명력을 점차로 잃어가고 있는 게 사실이다.

왜냐하면 그런 자기 인식정도의 수준, 즉 1차적 깨달음의 수준으로는 다시 자존감이 떨어지는 사태를 막을 수 없기 때문이다. 물론 태어날 때부터 굉장히 강한 자존감을 가지고 태어났다면 그에 대한 문제가 없겠지만 재충전하지 않으면 결핍에 빠져버리고 마는 "자존감 결핍증"을 앓고 있는 대부분의 현대인들에게는 계속 리필이 필수적이기 때문이다.

이 자존감 결핍증을 'ASDS'라고 명명한다. 풀어쓰면 후천성 자존감 결핍증(Acquired self-esteem deficiency syndrome)이다.

지인 A씨처럼 내가 세상에서 유일무이한 존재로 극도로 고양된 자존감을 가졌다가도 내 위치로 돌아오면 그 자존감이 썰물처럼 빠져나가는 사태에 해당되는 사람들이다. 쉽게 고개만 돌려도 우리 이웃에 이런 사람들은 도처에 수두룩하다.

그동안 본인의 존재를 자각할 수 있도록 하는 수많은 책들은 서점가를 베스트셀러로 장식하며 나름대로 훌륭한 역할을 해주었다. 당연히 그 사실을 인정한다. 부인하는 것이 아니다. 하지만 그럼에도 불구하고 많은 이들로 하여금 일시적으로 자존감을 고양시켜주긴 했지만 이를 지속하지 못하고 사회생활 속에 도로 함몰되어 버리는 현상들이 나타나고 있다는 사실은 여간 유감스런 일이 아니다. (이를 요요현상으로 불러도 무방하겠다.)

우리를 낮은 자존감으로 이끄는 새로운 바이러스는 강력해졌으며 우리를 또다시 제자리로 돌려놓는 사태에 직면해있다. 이 위기는 비단 한두 사람의 문제가 아니다. 그리고 1차적 깨달음을 안겨다 주었던 그 수많은 책들은 이제 백신으로서의 그 수명을 다 하였다.

우리는 이제 새로운 바이어스에 대항력을 갖춘 좀 더 강력한 백신을 원한다. 그리고 되도록 그 백신은 한 번의 응징으로 영원히 자존감을 잃지 않는 효과를 가지길 간절히 바라고 있다.

리필 없이 한방에 날려 버릴 수 있는 그 무엇!

4. 강력한 백신

"나는 천연기념물이다." 결론부터 말한다.

"나는 천연기념물이다. 당신도 천연기념물이다. 우리 모두는 천연기념물이다."

자존감을 다시 회복하는 백신에 대해서 이야기하다가 갑자기 웬 뜬금없이 천연기념물 타령일까 의문을 가질 것이다. 차차로 설명하겠지만 "인생꼴찌론"과 "나는 천연기념물이다"라는 두 명제는 이 책을 관통하는 핵심사항이다. 그리고 각 페이지를 넘길 때마다 수도 없이 나오게 될 것이다.

우리를 위기로 몰아넣고 있는 새로운 바이어스에 대한 백신이므로 많이 사용하면 할수록 그 효과는 극대화될 테니까, 나는 무한 반복하여 사용하는데 절대 주저함이 없을 것이다. 그래서 독자들이 다 읽고 나서 "인생꼴찌론"과 "나는 천연기념물이다"라는 두 명제로 완전하게 덧입혀진다면 그것 하나만으로도 대 만족할 것이다.

그만큼 이 두 가지가 중요하고 지금은 이것을 모두가 필요로 하는 중대 위기 국면에 서있다.

"인생꼴찌론"과 "나는 천연기념물이다"라는 두 명제!

거듭 전하거니와, 이것은 당신이 어렵사리 획득한 자존감을 무너뜨리고 다시 요요현상에 빠지는 것을 막기 위하여 특수 개발된 아주 강력한 백신이다. 이 백신을 통하여 당신은 완전한 항체를 형성하게 될 것이고 우리를 인생 꼴찌에서 다시 비상의 날개를 펴고 예전처럼 늠름한 자리로 돌아오게 할 것이다.

그리고 우리는 여전히 자존감 드높은 양질의 삶을 되찾게 될 것이다.

자, 이제,

이 강력한 백신을 맞으러 가자.

"나는 꼴찌이다"에서 "나는 천연기념물이다" 까지.

내가 만든 이 백신으로 무장하여 행복한 삶을 되찾길 바라며 신나는 하루하루가 될 것임을 믿어 의심치 않는다.

제2장

왜 당신이 바로 천연기념물인가

1. 아무 것도 모르는 B씨

"당신은 천연기념물입니다. 그런 당신을 사랑해야합니다. 당신을 사랑합니다."

사업을 하는 지인 B씨의 사무실을 찾아 그에게 이런 말을 했더니 바쁜 B씨는 들은 척도 하지 않는다.

"당신은 천연기념물입니다. 그런 당신을 사랑해야합니다. 당신을 사랑합니다."

내가 한 번 더 재촉하자,
"저리 가! 바쁘다고." 하면서 손사래를 친다. 그래도 물러설 내가 아니다.

"당신은 천연기념물입니다. 그런 당신을 사랑해야합니다. 당신을 사랑합니다."

세 번을 이야기한 끝에 내 쪽을 쳐다보면서 잔잔한 웃음을 지으며 B는 그제야 대답을 한다.

"천연기념물이라고? 천연기념물은 개뿔!"

이 소리는 이제 커피 한 잔 했으면 그만 돌아가 달라는 의미일 것이다. 오늘도 나는 이 얄미우면서도 반가운(?) 냉대(?)속에서 그의 사무실을 나온다.

"개뿔! 천연기념물은 개뿔!"

그의 말투는 가벼운 여운으로 가슴에 남는다.

천연기념물.

요즘은 천연기념물이라는 단어를 잘 사용하지 않는다. 천연기념물이 어떻게 돼가든 먹고사는 일과 상관없으니 사람들의 관심에서 멀어진지 오래다. 인터넷 검색어 순위 10위는커녕 순위를 매길 수 있다면 100위 안에조차 오르지 못하는 단어가 되어버렸다.

문화재청에서 일하는 분이라면 좀 서러운 일이 되겠지만 어쨌거나 지금의 상황은 그렇다. 하지만 어쩌겠는가. 내가 천연기념물이라는 단어로 책 제목을 삼았으므로 이제부터는 가까이 할 수밖에 없다.

이 글을 읽는 독자들에게도 천연기념물이란 단어는 조금은 생소하게 느껴지는 단어일 수 있다. 천연기념물이라 하면 크낙새를 떠올리거나 장수하늘소, 수달 같은 것들을 생각하게 한다.

지인 B씨와 나는 사실상 매일 만나는 벗이다. 이미 초등학교 때부터 중학교, 고등학교 졸업 때까지 친구였으니 천연기념물 타령을 모닝커피의 주제로 늘어놓는 나의 푸념(?)을 그저 익살스러운 정도로만 받아 넘기곤 한다.

독자들에게 다소는 생소하게 느껴지는 이 단어에 대해 좀 더 환기를 시키기 위하여 지금부터 30년도 더 된 천연기념물에 대한 이야기를 하나 하고자 한다. 간단한 조크라 생각하고 읽어주기 바란다.

내가 살고 있는 근처에 H대학이 있는데 정문을 지나 광장입구를 들어서면 거리를 압도하는 매우 큰 상징탑이 그 위용을 뽐내며 서 있다. 상징탑의 맨 꼭대기에는 아주 두껍고 단단한 철로 만든 독수리가 손만 대면 창공으로 훨훨 날듯이 웅크리고 앉아 있다. 학생들에게 매우 친숙한 탑이었다. 캠퍼스시절 날마다 등교하거나 주변을 지나치면서 한 번씩 바라보곤 하였다.

그런데 당시 학생들 사이에서는 유머가 하나 퍼졌다. 그 상징탑 앞을 숫처녀가 지나가면 꼭대기에 있는 거대한 독수리가 처녀를 호위하며 우람한 자태를 뽐내며 날아간다는 것이었다.

여학생들의 꽁무니를 쫓아다니던 예비역들이 만들어 낸 소문일 것이다. 하지만 개교 이래로 그 독수리는 단 한 번도 날라 간 적이 없었단다. 그만큼 정조를 간직한 처녀가 드물다는 우스꽝스런 내용이었다. 성에 대한 기성세대의 보수적 관점에 반발하는 젊은이들의 개방된 성문화를 풍자하는 내용이었으리라.

그리고 숫처녀는 좀처럼 찾을 수 없는 귀하고 귀한 "천연기념물"이었다는 것으로 대학생들 사이에 자유연애를 풍자한 의미였을 것이다.

이야기가 의도한 바와는 달리 독자들에게 성희롱으로 읽혀지기를 원하지 않기 때문에 이쯤에서 해두자.

30여 년 전에 그런 거였다면 90년대 들어와서는 어떤 거였을까. 아마도 쉬운 비유를 들자면 그것은 운전면허일 것이다. 80년대 중, 후반부터 마이카 시대가 열리면서 너도 나도 운전면허를 따게 되었다. 90년대에 운전면허가 없으면 "천연기념물"에 가까웠다.

그때도 그랬으니 지금은 운전면허 없으면 "천연기념물"의 차원을 넘어서지 않을까.

이런 의미로 지나간 세대들은 "천연기념물"을 빗대어 사용하였다. 그만큼 희소성이라는 것을 희화화했다고 볼 수 있겠다.

요즘 10대와 20대에게 천연기념물이란 단어는 거의 잊힌 단어인 것처럼 보인다. 이제는 학술용어나 전문용어쯤으로 밀려난 신세가 되었다.

독자들이 10대와 20대에도 있을 것이므로 주의를 환기시키기 위하여 비슷한 의미로 사용되는 말들을 살펴보자. 쉽게 예를 든다면 "화석", "마술사", "마법사", "대마법사", "고인물"과 같은 단어들이다.

여기서 "화석"이란 2011 학번으로 2020년 현재, 무려8-9년 동안이나 아직도 대학을 졸업하지 못하고 다니고 있는 사람을 뜻한다.(그만큼 취업난과 개인사정으로 오래 다니고 있다는 뜻) "마술사"는 연애를 하지 못한지 10년이 된 사람, "마법사"는 연애를 못한지 20년 된 사람, "대마법사"는 그 이상인 사람을 가리킨다고 한다. 바로 앞선 세대 같으면 모태솔로라는 비슷한 단어를 생각하면 되겠다.

그밖에도 "고인물"이란 단어가 있는데 어떤 게임을 10년, 20년 이상 했고 아직도 하고 있는 사람을 가리킨다고 한다.

이처럼, 넓은 의미에서 보면 이 모든 단어들이 천연기념물이란 의미와 거의 비슷하다고 할 수 있다. 이 정도면 나이든 세대나 지금의 젊은 세대나 확실하게 의미를 알게 되었을 것이다.

2. 왜 당신이 바로 천연기념물인가

다시 처음 이야기로 돌아와 보자. 이제 구체적으로 천연기념물에 대해서 알아보자.

천연기념물이라는 게 도대체 무얼 말하는 것인가.

우리가 기초적으로 알고 있는 것과 일반 상식으로 알고 있는 것으로 시작해서 문화재청에 다니는 사람 정도의 수준까지 간략하게나마 살펴보기로 한다. 그렇게 하는 것이 앞으로 나가야할 글의 흐름을 위하여 필요해 보인다. 더욱이 천연기념물이라는 단어는 요사이는 잘 사용하지 않고 일상적인 대화체에서 밀려나 문화 인류학이나 고고학 등 전문용어 취급을 받고 있기 때문에 그 의미를 정리하고 넘어갈 필요가 있겠다.

다만, 우리가 대학 수학 능력 시험을 준비하는 수험생도 아니므로 일반적인 수준에서 점검해보는 것으로 한다.

천연기념물의 사전적 의미는 "학술 및 관상적 가치가 높아 그 보호와 보존을 법률로서 지정한 동물 · 식물 · 지질 · 광물 등"을 말한다. 천연 기념물의 지정 및 보호는 일본 침략기인 1933년에 처음으로 지정하였고, 2014년 현재 지정된 천연 기념물은 438점에 이른다.

천연 기념물 가운데 동물과 식물은 생명이 있는 대상이기 때문에 죽거나 이동하면 천연 기념물에서 해제되는 경우가 많다.

식물의 경우, 대표적인 것으로는 속리산 정이품송, 용문사의 은행나무, 부산 수영동의 곰솔, 강화도의 탱자나무, 경상남도 통영의 후박나무, 제주도의 문주란 자생지, 경상북도 통구미의 향나무 자생지, 소백산의 주목 군락, 내장산의 굴거리나무 군락 등이 있다.

동물의 경우, 대표적인 것으로 진도의 진돗개, 제주도 천제연의 무태장어, 경상남도 양산의 오골계를 비롯하여 산양, 사향노루, 따오기, 두루미, 저어새, 크낙새, 장수하늘소, 황새 등이 지정되어 있다.

그밖에 진천 백로 도래지, 광릉 크낙새 서식지, 경상북도 봉화의 열목어 서식지 등 특수한 동물이 살거나 번식하는 곳도 천연 기념물로 지정하고 있다.

광물은 우리나라의 지질을 연구하는 데 대표적인 광물이거나 암석의 생성 연대를 연구하는 중요한 학술적 대상, 거대하고 특이한 동굴, 동식물의 화석 등이 천연 기념물로 지정되어 있다. 제주도의 패류 화석, 경상북도 상주군의 구상 화강암을 비롯하여 강원도 영월의 고씨굴, 충청북도 단양의 고수 동굴, 경상북도 울진의 성류굴, 제주도의 만장굴 등이 있다.

일정한 지역에 동물 · 식물 · 광물의 천연 기념물이 집중되어 있는 경우에는 하나하나 낱개를 지정하지 않고, 일정 구역을 포함하여 지역 단위의 넓은 자연 면적을 천연 보호 구역으로 지정하고 있다. 홍도, 한라산, 설악산이 대표적인 천연 보호 구역이다.(출처: DAUM 백과 어학사전)

여기까지이다.

역시 사전을 읽는다는 것은 대단이 어려운 일이다. 몇 줄만 읽어도 마음이 답답하니 말이다. 우리가 천연기념물을 학술적으로 연구하는 것이 아니기 때문에 이 정도 선에서 개념 규정을 하는 것이 좋겠다.

하지만 대략만 보아도 그동안 알고 있던 것보다는 그 종류가 다양함을 알 수 있다. 이른바 천연기념물이란 것도 이렇게 다양하고 많은데 나와 당신과 그리고 우리가 한 명 한 명 소중한 존재이고 천연기념물이라고 주장하는 것은 논리의 비약이 아니다.

천연기념물이란 의미는 아무래도 그 희소성에 가치를 많이 두고 있다고 봐야한다.

희소성이라는 관점이라면 천연기념물 중에서 따오기, 사향노루, 산양 등에 관심을 둘 필요가 있다, 이 동물들은 천연기념물 중에서 멸종위기동물로 지정되어있다. 나는 개인적으로 이 멸종위기동물에 관심이 높다. 멸종위기동물이 그 희소성에서는 가치가 더 있다고 보기 때문이다.

우리나라 멸종위기인 동물을 모두 다룰 수는 없고 여기서는 따오기, 사향노루, 산양 등 세 종류에 대해서만 알아보도록 하자.

따오기는 우리나라 동요에도 나오는 새이다. 저어새 과(Threskiornithidae)의 대형 물새로 해방 무렵부터 급속히 사라져 1974년 12월 8일에 마지막으로 1마리가 관찰된 이후 우리나라에서는 더 이상 발견되지 않는다.

국제적인 보호 조류로 우리나라에서는 환경부 멸종위기 야생생물 2급 및 문화재청 천연기념물 제198호로 지정되어 있다.

다만, 현재 있는 따오기는 복원사업을 통해 2천 년대 중반 중국 산시성 양현에서 수입해 들어온 따오기로 알을 부화시켜 태어난 따오기들이다.(현재 300여 마리 보존)

사향노루도 천연기념물중 멸종위기 동물에 속한다. 목포에서 백두산까지 고르게 살던 종이지만 고가의 한약재로 사향이 쓰여서 밀렵으로 점점 사라지더니 1987년에 1마리가 발견된 이후로 20년간 사라졌다.

2천 년대 중반이후 강원 양구에서 수컷 1마리가 포획되어 화재를 불러일으키기도 했다. 사향노루는 남한 대부분 지역에서는 자취를 감췄지만 아직 비무장지대와 민통선 부근에서는 목격되고 있다고 한다. 정부가 멸종위기 1급 야생동물로 지정 관리하고 있다.

산양도 천연기념물이면서 멸종위기동물에 속한다. 산양은 양과 사슴과 중간사이 존재하는 동물로 알려져 있는데 앞에 소개한 사향노루보다는 몸집이 크다고 할 수 있다. 해발 1000m 이상, 침엽수림지역에 서식하며 강원도 일대에서 발견되고 있다.

1960년대만 하더라도 산악지대에서 매우 흔히 보였던 산양은 지나치게 많은 포획과 밀렵 그리고 갖가지의 공사와 건설로 서식지 파괴로 인해 현재 멸종위기에 처해있다.

이상, 우리나라 멸종위기 동물인 따오기, 사향노루, 산양 등에 대해서 알아보았다. 천연기념물이면서 멸종 위기에 처한 동물을 살펴보니 그 **희소성**이라는 가치가 극대화되는 느낌이다.

당신이 천연기념물이라는 사실은 당신은 소중하고 귀한 존재라는 것으로부터 시작 한다. 당신 자신이 어떻게 천연기념물 이상인지 지금부터 천천히 살펴보기로 하자.

당신은 지금 사회적관계속에서 스스로를 하찮은 존재로 여기고 있다. 거울을 보면서 못생긴 자신의 얼굴에 불만을 갖고 있기도 하고 두둑한 연봉이 아니라면 스스로를 경제적 능력이 없거나 부족하다고 생각하고 있을 것이다. 그로인하여 자존감이 떨어져있는 상태일 수 있다.

하지만, 아니다. 천연기념물과도 같은 존재인 당신을 그렇게 방치하지 말기 바란다.

당신은 천연기념물이다. 아니 천연기념물보다 더 귀하고 값진 존재이다. 마음을 열고 당신을 향해 아낌없이 주는 긍정적인 에너지를 거절하지 않고 받길 바랄뿐이다.

천연기념물 103호 속리산 '정 이품 송'과 '핀타스의 눈물'

예로부터 소나무는 설화, 민담, 시조 등 많은 작품들 속에 나타나며 충절, 절개, 변함없는 마음을 표현해왔다.
보은 속리 정이품 송은 키 14m, 둘레 4.7m, 나이는 600여 년으로 추정되며 속리산 법주사 입구에 있다.

소나무 이름에 얽힌 이야기

전국의 유명한 약수와 온천을 찾던 세조는 법주사 복천암으로 가고 있었다. 그런데 세조의 행렬이 큰 소나무 아래를 통과할 때 나뭇가지가 아래로 쳐져 가마가 통과할 수 없게 되었다.

이에 가마꾼들의 웅성거림이 들리자 "무엇이 이리 소란이냐. 가마가 걸려 흔들리지 않느냐"고 세조가 말하니 그 큰 소나무가 스스로 가지를 살짝 들어 올려 왕의 행차를 도왔다.

이를 기특히 여긴 세조는 큰 소나무에게 정 이품의 벼슬을 내렸다. 정 이품은 현재의 장관급에 해당하는 벼슬이다.
속리의 정이품송은 나무의 모양이 아름답고 문학적, 생물학적, 유전자원으로 가치가 높을 뿐만 아니라 임금을 섬기는 그 시대상을 잘 전해주는 전설을 간직하고 있어 천연기념물 103호로 보호하고 있다.

한편, 정부는 전국의 우수한 소나무들의 DNA를 체취하여 나무를 복제하고 DNA를 장기 보전하는 방법으로 유전자를 보존하고 있다.

소나무의 유래

소나무는 '수리'에서 비롯하여 '솔'이 되었다가 소나무가 된것이고 모든 나무의 으뜸이 되는 나무라는 뜻을 가지고 있다. 꽃말은 불로장생.

그리스 신화에도 소나무가 나오는데 그 내용이 아름답다.

그리스 요정 '핀타스'는 목양의 신인 '판'과 사랑에 빠졌다. 그런데 또 다른 신인 '보레아스'로부터 고백을 받는다. 하지만 핀타스가 이를 완강히 거절하자 보레아스는 핀타스를 절벽으로 끌고가 사랑을 받아줄 것을 고백한다.
핀타스가 끝까지 고백을 받아드리지 않자 절벽 아래로 밀어버린다. 핀타스는 절벽에서 굴러 떨어지면서 손과 다리, 머리가 날아가고 몸뚱이만 남아 땅에 쳐박혀 버린다.

그 자리에서 자라난 것이 소나무이다. 송진은 핀타스가 흘리는 눈물이라 한다.

3. 왜 당신이 바로 천연기념물인가 2 (자존감의 의미)

왜 당신이 천연기념물보다 더 귀하고 값진 존재인가를 설명하기 위해서는 먼저, 자존감에 대해서 알아야한다.

자존감이란 '자기 자신을 스스로 존중하고 사랑하는 마음'이다.('자아존중감'을 간단히 이르는 말이기도 하다.) 쉽게 설명하면 자기 스스로 자신을 소중하고 귀한 존재로 받아드리고 자신을 사랑하는 마음이다.

이게 가장 일반적인 해석인데 나는 이 자존감에 대해서 두 가지 관점에서 의미를 두고자 한다. 자기의 존재에 대한 관점과 자기를 사랑하는 자기애의 관점이다

자존감이란 나의 존재를 귀하고 소중하게 여기는 마음이다. 이게 1차적 의미라 할 수 있다. 거기에다가 좀 더 확대해나가면 자신을 사랑하는 마음, 즉 '자기애'가 결합한 형태라 말할 수 있다.

물론 엄밀히 따지면 자신의 존재를 귀하고 소중하게 여기는 마음, 여기까지만 자존감의 1차적 의미라 할 수 있다.

자존감이 높다는 의미는 자신의 존재를 많이 귀하고 소중하게 생각한다는 뜻이다. 이렇게 되면 자연스럽게 자신을 사랑하는 자기애의 의미로 확장 되는 게 보통이다.

자존감의 1차적 의미는 나의 존재를 스스로 어떻게 평가하고 있느냐에 대한 스스로의 물음이고 답인 것이다.

나란 존재를 스스로 높게 보고 있는가 아니면 낮게 보고 있는가의 문제이다. 스스로 높게 보고 평가하고 있다면 자존감이 높은 것이고 스스로를 낮게 평가한다면 자존감이 낮은 것이다.

그러므로 판단의 주체는 자신이며 자기 판단에 100% 기인한다. 자세히 살펴보면 자존감이라는 것은 남이 자기를 판단하는 게 아니라 자기를 놓고 자기 스스로를 판단하는 것이다.

나 스스로가 100점이라고 판단하면 100점이 되는 것이고 0점이라고 평가하면 0점이되는 것이다. 매우 자의적인 것이다. 그만큼 자기가 스스로를 어떻게 생각하고 규정하느냐가 중요하다.

자존감과 밀접한 관계를 가지고 있는 것이 있는데 이른바 '자기애'라는 것이다. 자기애는 자기를 사랑하는 마음이다. 자존감과는 아주 밀접한 관계를 가지고 있는 것이기도 하고 어떤 관점에서는 자존감을 넓은 의미로 사용할 때 자기애를 포함하기도 한다.

자존감과 자기애를 따로 떼서 보는 시각도 있기는 하지만 두 가지는 서로 밀접한 관계를 맺고 있다고 봐야할 것이다. 자기애는 자존에 대한 평가가 높게 형성되어있을 때 깊어지는 것이며 자존감이 낮은 상태에서는 자기애가 발동되기 쉽지 않다.

당연한 이야기지만 자기 자신에 대한 평가가 높을 때 자기 자신을 사랑하는 마음도 커지는 것이다. 스스로에 대해서 실망하고 있는데 스스로를 사랑하는 마음이 높게 나타날 수는 없는 것이다.

자존감의 1차적 의미가 "자기존재에 대한 가치와 인식의 차원"으로 볼 수 있다면, 자기애는 다분히 이런 감정적인 차원인 것이다. 우리가 여기서 주목해야하는 사실은 자존감이라는 것은 본인이 본인에 대한 판단이기 때문에 본인의 존재에 대해서 자각하는 것이 매우 중요하다.

본인 스스로를 어떤 존재로 볼 것이냐에 대한 문제, 즉 하찮은 존재로 볼 것이냐 아니면 귀하고 소중한 존재로 볼 것이냐의 문제.

나는 이것을 "**존재 자각**"이라 부르고자 한다. 자존감이 만들어지는 데는 반드시 "존재를 자각하는 단계"에서부터 시작해야한다. 자신의 존재를 올바르게 자각해야 자존감을 올바른 방향으로 키울 수 있다. 자신의 존재를 부정적으로 인식하고 있는데 자존감이 올바른 방향으로 가기란 쉽지 않기 때문이다.

자신의 존재를 자각해나가는 단계에서 우리가 중요하게 여겨야하는 것이 자신의 '유일성'을 깨닫는 것이다.

당신의 유일성!!

즉, 당신이 "유일한 존재"라고 자신 스스로 "자각"해나가는 단계가 매우 중요하다는 것이다.

아마도 여기서 부터가 자존감에 대해서 내가 생각하는 다른 사람들과의 차이일 것이다.

당신은 유일한 존재이다.

이 지구상에서 당신과 똑같은 사람은 단 한사람도 없으며 더 나아가 이 지구상이 아니라 이 우주에서도 당신과 똑 같은 사람은 단 한사람도 없다. 70억의 모든 인간들 중에서 당신과 똑 같은 사람은 단 한명도 없다는 것이다.

먼저, 당신과 육체적으로 제일 가까운 관계에 있는 것이 가족이므로 가족의 범주에서 살펴보자. 당신을 만들어준 당신의 부모님하고도 당신은 다르다. 당신을 낳아준 부모와도 똑같지는 않으며 당신의 형이나 동생, 누나와도 똑 같지 않다. 서로 다르다. 가족도 그러할진대 그밖에 널려있는 남들과는 더 이상 말해 무엇 하겠는가.

심지어 쌍둥이도 서로 다르다. 일란성 쌍둥이도 지문이 다르고 홍채가 서로 다르다.

물론, 세상에는 당신과 비슷한 사람은 많다. 당신과 성격이 비슷한 사람도 있고 당신과 생김새가 비슷한 사람도 있다. 하지만 똑같지는 않다. 그저 비슷할 뿐이다.

당신과 성격이 비슷하다고 해서 당신이라 부르지 않는다. 당신과 생김새가 비슷하다고 해서 당신이라 부르지 않는다. 비슷한 것은 그냥 비슷한 것일 뿐이다.

거듭 말하거니와 당신은 전세계에서 단 하나뿐인 존재이다. 당신은 유일하다. 오직 당신이 오리지널이고, 당신이 "원본"이란 것이다.

나머지는 모두 복제품일 뿐이다. 닮은 사람도 비슷한 사람도 있기는 하겠지만 원본과는 거리가 멀다. 당신이 잘생겼건 못생겼건 그것과 상관없다, 이 문제는 그런 것과는 다른 문제이기 때문이다.

또한, 이 '유일성'은 그 어떤 것과 대체될 수 없다는 것을 의미하기도 한다.

지금까지 이 지구상에 당신과 같은 사람은 존재하지 않았고 앞으로도 존재하지 않을 것이다. 당신은 이 드넓은 우주에서 유일한 존재이며 어느 누구도 당신을 대체할 수 없다는 사실을 우리는 인정해야 한다. 당신의 생김새, 당신의 육체, 당신의 감정, 당신의 생각 등등. 당신은 복제될 수 없으며 오직 지금 여기 있는 당신 자체로서 유일하다. 그래서 당신은 유일무이한 존재이다.

여기에 당신의 가치가 있는 것이다.

나는 이것을 "존재자각"이라 부른다.

당신이 설령 어떤 일로 인하여 모욕적인 하루를 보낸다 하더라도 당신의 이 유일성이 달라지는 것은 아니다. 당신의 비록 싸구려 음식을 먹으면서 만족하지 못한 하루를 보낸다 해도 당신의 유일함이 사라지는 것은 아니다.

이것은 감정의 문제가 아니다. 이것은 존재의 문제이며 의식의 문제이다. 이것은 깨달음 같은 것으로 확장될 수 있다.

앞에서 문화재와 천연기념물을 논할 때 국가는 학술 및 관상적 가치가 높아 그 보호와 보존을 법률로써 지정하여 관리하고 있는데 이를 천연기념물이라고 하였다. 우리가 앞에서 살펴본 바와 같이 여기에는 동물 · 식물 · 지질 · 광물 등이 속한다. 그리고 2014년 현재 지정된 천연 기념물은 438점에 이른다.

크낙새와 장수하늘소 등 동물들도 천연기념물이라 정하여 국가가 국민의 세금을 투여하여 관리하고 있는데 하물며 우리는 인간이다,

그리고 우리는 유일한 존재이다. 우리가 바로 천연기념물이다. 이글을 읽고 있는 당신이 바로 천연기념물인 것이다.

보호와 보존가치가 있는 동물과 식물, 심지어는 그들의 서식지인 땅덩어리조차 국민의 세금을 투여하여 관리하고 있는데 유일한 존재인 당신을 천연기념물이라 부르는 것은 지나친 표현이 아니다. 아니, 오히려 당신은 천연기념물을 넘어서는 존재인 것이다.

우리가 한낱 동물들인 크낙새 한 마리만도 못한 존재인가, 아님 장수하늘소보다 못한 존재인가 말이다. 결코 그렇지 않다. 우리는 인간이다. 우리는 귀하고 소중한 존재이다

우리는, 아니 당신은, 천연기념물을 넘어 천연기념물보다 10배, 20배 이상의 가치를 가진 고귀한 존재들인 것이다. 그런데 왜 국가는 이 천연기념물을 놔두고 장수하늘소나 산양, 크낙새 등에 그리도 관심을 기울이고 있느냔 말이다.

사랑하는 당신,

오늘 하루 어떤 일로 인하여 조금은 시무룩하게 하루를 보내고 있는가. 수많은 인파로 번잡한 지하철 안에서 출근 시간에 시달리고 직장에서 상사로부터 질책 받아 속상해있는가. 온갖 갑질로 마음상하며 지치고 짜증나 있는가.

천연기념물인 당신이 이 수치스러운 하루를 보내고 있다니 그야말로 안타깝고 답답한 일이 아닐 수 없다.

자, 한숨을 짓지 말고 시무룩하게 있지 말고 움츠러든 어깨를 펴고 크게 한번 심호흡을 해보자. 그리고 마음속으로 외쳐보자.

"나는 천연기념물이다. 나는 크낙새가 아니다. 나는 천연기념물보다 열 배, 스무 배 이상의 가치가 있다. 나는 세계에서 유일하며 나는 귀하고 소중한 존재이다. 과장. 부장 네놈들이 뭐라고 나를 괴롭히고 갑질을 해대냐. 이 ***** 야"

일란성 쌍둥이와 지문

일란성 쌍둥이는 DNA 는 같으나 지문은 서로 다른 것으로 알려져 있다.

일란성 쌍둥이란 난자와 정자가 만나 수정이 끝난 1개의 수정란이 둘로 갈라져 각각 태아로 자라다가 출생한 것을 말한다.

하나의 수정체가 어떤 이유로 둘로 갈라진 것이므로 유전형질이 같아서 생김새가 비슷한 경우가 많다.

일란성 쌍둥이의 지문은 서로 비슷하긴 하지만 다른 점이 있다. 지문은 후천적인 생활 요인이 크기 때문이다.
일란성 쌍둥이의 지문이 똑같다 해도 지문 사이 간격에서 차이가 나기 때문에 다르다. 또 손을 많이 쓰게 되면 지문이 지워지는 부분도 있으므로 이를 최종 감안하면 일란성 쌍둥이의 지문은 서로 다를 수밖에 없다.

Point 일란성 쌍둥이가 지문 외에 다른 점

1. 홍채

같은 사람이라도 좌, 우 양쪽 눈의 홍채 조직이 다르다. 홍채가 같은 확률은 10억분의 1. 수정 후 6개월 후부터 만들어진다.

2. 입술지문

수정란이 분리된 뒤에 만들어지는 것이므로 다르다고 보는 견해가 정설이다.

3. 정맥

일란성이라도 서로 다르다. 같은 사람이라도 손가락 10개의 정맥형태가 다르다. 하나의 수정체가 둘로 갈라져 태어난 일란성 쌍둥이지만 이렇게 다르다. 이 세상에 똑같은 사람은 없다.

4. 우리는 깨닫지 못하고 있다(존재자각)

앞에서 자존감에 대해서 존재자각과 자기애의 관점에서 설명하였다. 그리고 존재 자각이 무엇이고 존재 자각을 통하여 귀하고 소중한 존재임을 깨닫는 것이 중요하고 당신이 천연기념물 이상이란 것을 이야기하였다.

자신의 존재를 천연기념물 이상으로 규정할 때 자존감이 고양되는 느낌을 갖게 될 것이다. 원래 우리는 그런 존재들인 것이다. 다만 우리가 바쁜 생활 속에서 깨닫지 못하고 있는 것일 뿐.

"존재자각"의 중요성은 자신의 삶에서 어떤 일로 인하여 자존감이 크게 떨어질 때 매우 중요한 역할을 하게 된다. 뒤에서 다시 설명하겠지만 존재자각은 자존감을 지켜주는 가장 중요한 방패이자 최후의 보루라고 할 수 있다.

5. 자기애

자기애는 '자기 자신을 사랑하는 것'으로 우리가 어떤 사람을 사랑한다고 말할 때의 감정이나 느낌과 같은 것이다. 또는 개나 고양이 같은 어떤 동물을 사랑한다고 느끼는 것과 같은 것이다. 다만 그 사랑하는 대상이 자기 자신을 향하는 것을 말한다.

자기애가 높은 사람은 모든 관심을 자기 자신에게 집중하기 때문에 자신이 무엇을 좋아하는지 무엇을 할 때 기분이 좋아지는지 자신의 취향, 관심사 등 스스로에 대해서 너무도 잘 알고 있으며 일상에서 자기에게 투자하는 것을 아끼지 않는다. 거기에 시간과 돈을 기꺼이 투자한다. 자신을 사랑하니까 자연스럽게 나타나는 행동들일 것이다.

반대로 자기애가 낮은 사람은 스스로를 사랑하는 마음이 바닥이고 자신에게 그다지 만족스럽게 생각하지 않는다. 여러 가지 이유를 대며 스스로를 좋아하지 않는다. 이들은 자신을 사랑하지 않기 때문에 사랑에 대한 감정 자체가 냉소적이다. 마음이 안정되어 있지 못하며 마음 한구석에는 열등감을 갖고 있기도 하다.

특히, 아무리 타인이 관심을 가지고 친절을 베풀고 사랑으로 접근해도 그 사랑 자체를 믿지 못한다. 심지어는 의심하기까지 한다. 타인에 대해서 인색한 것은 물론이다.

자기애가 너무 높으면 이른바 '부정적 나르시시즘'에 빠질 위험이 있다. 자기를 너무 사랑하기 때문에 세상 모든 사람들이 하찮은 존재라 생각하고 무시하며 자기중심적인 사고방식을 갖게 된다. 너무 고양된 자기애와 이기주의가 합쳐지게 되면 나르시시스트로 발전하게 되는데 사회관계 속에서 물의를 일으키는 존재가 되기도 한다.

반면 자기애가 너무 낮으면 일상생활에서 활동적이지 못하고 의기소침해있으며 더 나아가 부정적인 환경과 어우러지면서 자기비하, 자기폄하, 자기비애, 자기연민 등 다양한 형태로 발전하기도 한다.

6. 자신감

자신감이란 스스로를 얼마나 믿고 있느냐의 문제이다. 나 자신을 믿는 마음이 클수록 자신감이 큰 것이고 나를 믿는 마음이 부족할수록 자신감이 없다는 의미이다. 자신감이 높은 사람은 우선, 자신을 향한 믿음이 두텁기 때문에 일을 처리함에 있어 무슨 일이든 잘 해낼 수 있다고 생각한다. 도전 정신이 강하고 진취적이다. 반면 자신감이 부족한 사람은 자신을 불안하게 생각하고 도전하기를 주저 한다. 이로 인하여 추친력과 실행력에서 큰 차이를 드러낸다. 자신감이 크면 추진력과 실행력이 크고 자신감이 없으면 이런 것들이 부족하다.

자존감과 자기애, 그리고 자신감에 대해서 알아보았다.

이를 그림으로 정리하면 다음과 같다.

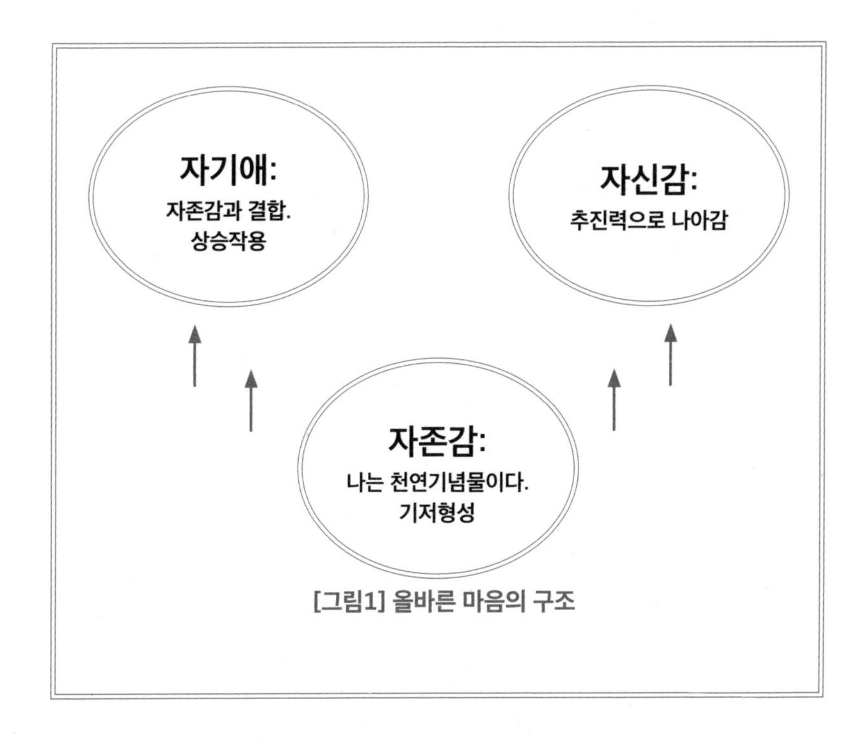

[그림1] 올바른 마음의 구조

올바른 마음의 3대 요소

자존감(존재 자각, 나는 천연기념물이다.) -기저형성

자기애 - 자존감을 바탕으로 자기애와 결합, 상승작용

자신감 - 추진력으로 나아감

이것이 내가 생각하는 올바른 마음의 구조를 도면화한 것이다.(그림1, 그림2)

복숭아를 생각하면 된다.

복숭아를 우리의 마음이라고 생각한다면 복숭아의 씨에 해당하는 것이 자존감, 즉 존재를 자각하는 일이다. 그동안 말했던 "당신은 천연기념물이다."라는 존재 자각이면 자존감의 근간을 형성하는데 충분하다.

그 다음은 복숭아의 과육에 해당하는 부분이 자기애이다.
타인과의 공존 속에서 건전한 자기애를 가진다면 나르시시즘에 빠지지 않고 높게 고양된 자존감과 밀접한 관계를 이루면서 상승작용을 일으켜 나아가게 된다.

여기에 자신감이라는 당도가 더해진다면 추진력이라는 날개를 갖게 되니 더없이 훌륭하고 맛좋은 복숭아가 될 것이다.

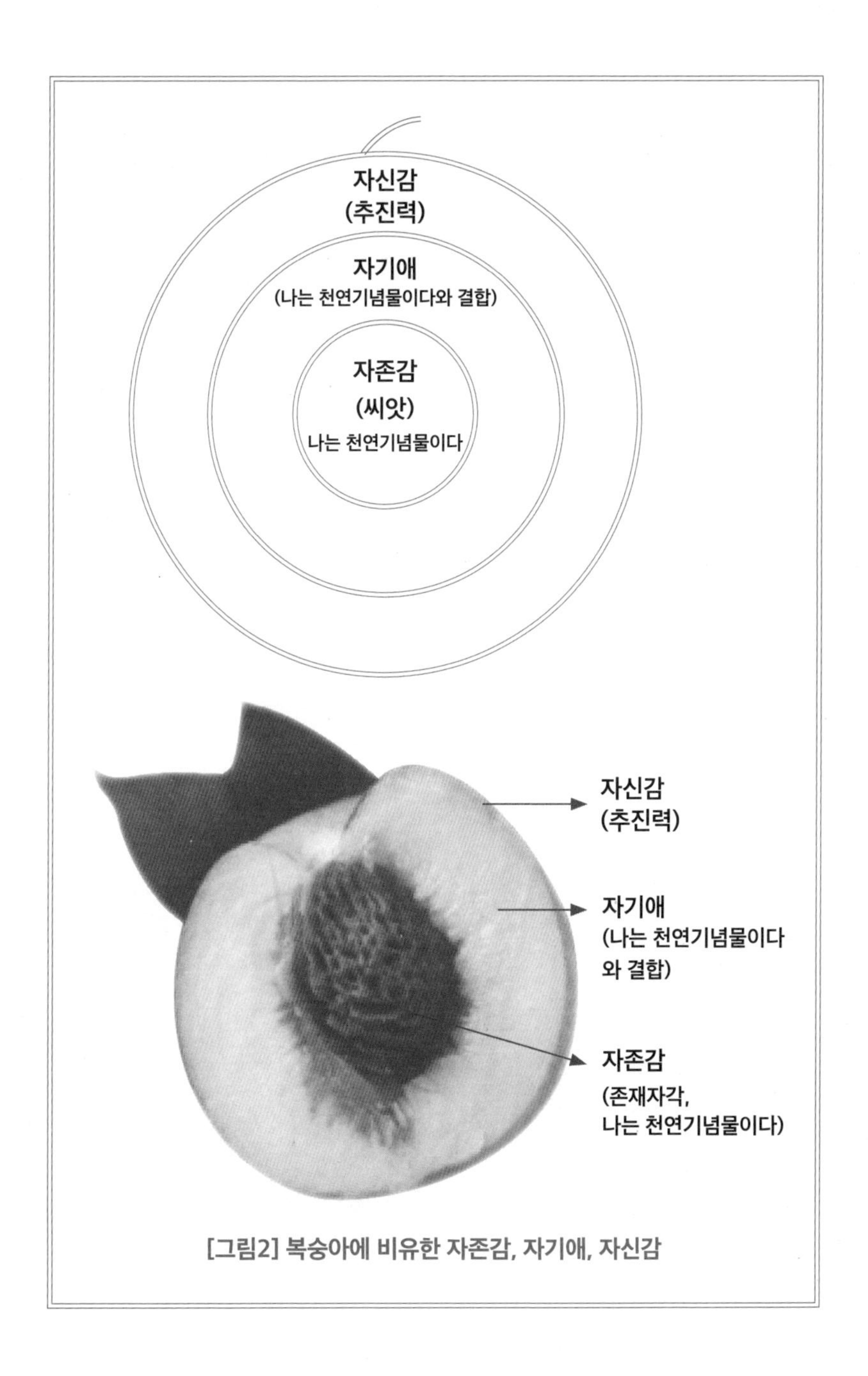

[그림2] 복숭아에 비유한 자존감, 자기애, 자신감

위기들

최근 일부 SNS 등에 보면 자존감에 대해서 다소 회의적으로 바라보는 시각들이 있다. 이들의 주장을 들어보면 "자존감이란 것은 실체가 없는 것이다."에서부터 "일부 심리학자들이 만들어낸 허상에 불과하다."는 것까지 다양하다.

어떤 이는 신경 쓰지 않고 살아도 무방하다고 주장하는 사람도 있다.

하지만 대부분의 심리학자들과 정신과 의사들은 자존감은 분명히 존재하며 실체가 있다고 말한다. 그리고 자존감에 대한 연구는 오래전부터 있어 왔으며 역사성을 가지고 있다고 주장 한다.

우리 사회는 공동체의 가치를 중시하는 전통 사회에서 급속한 산업화와 사회 문화 발달과 더불어 개인의 가치를 중시하는 사회로 점차 변모하여 왔다. 그리고 그동안 가려졌던 개인의 여러 가지 문제들이 표출되고 있다.

자존감이란 단어도 내가 학창시절 때는 들어보지 못한 단어이다.

복잡한 현대를 살아가는 인간에게 낮아진 자존감의 회복은 그 어느 때보다 중요한 관심 사항이 되고 있다. 일부에서 자존감의 실체에 대해 의문을 제기하기도 하지만 여전히 이 시대 우리에게는 관심을 모으는 주제이다.

낮아진 자존감을 회복하기 위한 여러 방법들과 주장들이 활발하게 논의되고 있는 것은 다행스러운 일이다.

앞에서 자존감의 의미를 설명하면서 자존감의 시작은 "존재 자각"이라 말하였다.

당신을 비롯한 우리 모두는 유일성을 가진 소중하고 존귀한 존재이며 이와 함께 당신은 천연기념물보다 10배, 20배 이상의 가치를 가진 존재라 말하였다. 그리고 그것을 깨닫는 것이 **"존재자각"의 핵심**이라 역설하였다.

존재자각!

지금까지 설명대로 존재자각은 '당신이 이 세상의 유일한 존재라는 것'을 인식하는 것이다. 그리고 그 유일성을 통하여 당신 자신의 참다운 존재를 깨닫기 시작하는 것이다. 그냥 대충 인식하는 것이 아니라 확실하게 머리에 각인시키는 것이다. 그리고 절대 잊지 않도록 심어주는 일.

그리고 당신의 자존감을 형성하고 회복해나가는데 가장 중요한 출발점이기도 하다.

이번 장에서는 확고한 존재 자각이 왜 중요한지 알아보도록 하자.

더불어 존재자각을 통하여 나 자신의 생활과 주변에 대한 인식이 어떻게 달라지는 지를 살펴보고 이를 통하여 낮아진 자존감을 되찾고 삶을 살아가는 데 한편으로는 삶의 활력소가 될 수 있으며 한편으로는 위기 때마다 중요한 방어수단으로 삼을 수 있다는 것도 살펴보기로 한다.

1. 새로운 발견

기존 자존감에 대한 사전적인 의미는 한계가 있었다.

당신에게 누군가가 자존감이 무엇이냐고 묻는다면 "귀하고 소중한 존재, 스스로를 존중하는 마음." 이라 말할 것이다. 그래 맞다. 맞는 이야기이다, 이거는 맞는 이야기지만 여기까지만 인식한다면 우리가 삶을 살면서 시도 때도 없이 닥쳐오는 상황들 속에서 자존감을 잘 지켜나가는 데에 부족함을 느낀다.

우리의 삶은 녹록치 않다. 영화나 드라마에서 보듯 장밋빛 인생만 있는 것은 아니다. 그러한 굴곡진 삶 가운데 우리의 자존감은 대부분 방치되어왔다.

자존감이란 사전적 의미는 알겠는데 생각으로는 그렇다고 수긍하지만 명확하게 가슴속으로 전해 들어오지 못한다. 밋밋하다. 과연 이것만으로 자신의 존재에 대한 인식이 확 바뀔 수 있을까. 자존감을 일깨워주는 여러 서적들을 볼 때마다 이 점이 늘 아쉬웠다. 그리고 낮아진 자존감을 단숨에 끌어올리는 방법이 없을까. 또한 한번 형성된 자존감이 떨어지지 않고 계속 유지할 수 있는 방법은 없을까를 항상 고민하였다.

결국, 기존의 개념정리 식으로 인지하는 것보다 새로운 인식방법이 필요하였다. 나에게는 뭐랄까 좀 더 화끈한 방법이 필요했던 것이다.

생각의 전환은 멀리 있지 않았다. 기존의 의미에 당신이라는 개체의 '유일성'을 강조한 것이 나의 이론이다.

당신은 전 세계를 통틀어 딱 한 명뿐이라는 이 '존재감'

어떤 것으로도 대체될 수 없다는 유일성을 천연기념물보다 수십 배 이상의 가치로 시각화하여 당신의 존재가치에 힘을 불어 넣는다.

"당신이 바로 천연기념물이다. 당신은 천연기념물보다 20배, 30배 이상의 가치를 가진 사람이다."

내안에 이런 생각이 불현듯 떠오르는 순간, 그것은 전율이었다. 감격이었다. 마치 전기에 감전된 듯한 느낌이었다.

단언컨대, 이렇게 빠르게 자존감이 급상승하는 경우는 없었다. 낮아진 자존감을 끌어올리고 드높이 세우는 데는 이 방법이 최고였다. 이것으로 충분했다. 이렇게 몇 번 주문을 외듯 외친다면 자존감이 떨어져서 나타나는 웬만한 증상들은 다 해결되리라 생각한다.

어떤가. 당신도 해보라. 마치 주문을 외듯이, 아니면 가슴을 열고 아주 큰소리로.

"나는 천연기념물이다!!! 나는 세상 어디에도 없는 유일무이한 존재이며 누구와도 같지 않으며 천연기념물보다 20배, 30배 이상의 가치를 가진 사람이다!!!"

당신의 존재 가치는 단숨에 격상되고 자랑스러운 마음이 가슴속까지 전해지며 스스로를 존중하는 마음이 급속도로 상승하게 될 것이다. 당신은 귀하고 소중한 존재임을 피부로 느끼게 될 것이다. 왜냐고? 당신은 정말로 세상 그 어디에도 없는 유일무이한 존재니까. 그 말이 맞는 말이기 때문이다.

2. 확고부동함

자존감은 확고부동하게 세워져야한다. 어렸을 때부터 자존감이 잘 형성된 경우라면 문제가 덜하겠지만 어떤 이유로 인하여 자존감 형성이 결여 되었을 경우 성인이 되고나서 다시 세워야하는 과정을 거쳐야한다. 그렇지 않으면 여러 사람과의 관계 속에서 자신의 문제점이 드러나게 되고 남과 다른 나의 마음을 발견하고 조금씩 고민이 생겨나게 된다.

그리고 기존에 자존감이 잘 형성된 사람이라 하더라도 사회생활 속에서 자존감이 떨어진 사람들이 많은데 이들도 자존감을 다시 세워야한다. 자존감이란 것은 한 번 형성 되었다고 해서 끝나는 게 아니라 마치 우리 몸의 근육처럼 늘어났다 줄어들었다하기 때문이다.

각자 사람에 따라서 자존감을 잘 고양시키며 삶을 사는 사람도 있고, 어떤 사건들을 만나면서 자존감을 잃기도 하고 계속적으로 리필을 필요로 하는 사람들도 있다. 앞에서 나는 이를 '후천적 자존감 결핍증 ASDS' 라고 말하였다.

때문에 자존감을 처음부터 확고하게 세우는 일이 중요하다. 서두에서 말했다시피, 한번 자존감을 세우면 다시는 잃어버리지 않는 강력한 그 무엇이 필요하다는 것이다. 나는 이 문제에 대해서 고민을 많이 하였다. 그리고 그에 대한 해결책으로 당신의 자존감에 대해서 "당신은 천연기념물이다." 라는 논리를 제시하였다.

이 방법으로 누구나 쉽게 자존감을 고양시킬 수 있다. "나는 전 세계에서 딱 하나뿐이며 내가 가진 유일성은 천연기념물보다 20배, 30배 이상의 가치를 가진 사람이다! 나는 천연기념물보다 20배, 30배 더 가치 있는 존재이다."라고 몇 번만 외치면 당신의 기분은 급속하게 상승한다. 그와 함께 자존감이 활성화되고 그와 한 세트인 자기애와 자신감 등도 덩달아 올라가는 기분을 느낀다.

그 다음 중요한 것은 독자가 이를 뇌 속에 각인시키는 일이 될 것이다. 그래서 절대 잊어버리지 않게 기억의 공간에 잠금하고 자존감을 떨어트리는 외부적 공격이 발생할 때마다 꺼내서 항구적으로 사용하는 특수한 백신이 되어야할 것이다. 이 과정에서 제일 중요한 일은 "당신은 천연기념물이다."라는 무기를 확고부동하게 자기 것으로 만드는 일이다. 그 확고부동함이 새로운 항체를 형성하는데 매우 중요하기 때문이다.

결국 각자의 의지에 달린 문제일 것이라 생각한다. 누군가는 "당신은 천연기념물이다." 라는 존재자각을 통하여 막강한 자존감을 찾을 수 있을 것이고, 누군가는 자기화의 작업에 끝내 실패할 수 있기 때문이다.

"나는 천연기념물이며 그보다 20배, 30배의 가치가 있는 소중한 존재이다."라는 존재 자각이 확고하게 이루어진다면 당신은 자존감에 대해서 완전한 승리의 토대를 구축한 것이다.

오늘, 어떤가! 오전에 기분 안 좋은 일로 인하여 당신의 자존감이 떨어졌는가? 그래서 지금 당신은 우울한가? 그렇다면 꺼내라, 우리가 배운 당신의 백신을 꺼내라. 그리고 외쳐보라.

기분이 나아질 때 까지 3–4회 계속 하라.
분명히 효과가 있을 것이다.

그리고 확고부동하게 세우라. 당신이 점차 이 방법에 익숙해진다면 자존감에 힘이 실리며 점차로 확고부동해질 것이다.

3. 위기들1 (사회적관계속에서의 자존감)

이렇게 해도 자존감이 살아나지 않는다면 전반적인 재검토가 필요하다. 자존감과 사회적 관계에서 오는 것에 대해서 생각해보자.

자존감은 자기가 자기를 판단하는 것이다. 즉, 자신에 대한 인식의 문제이다. 자신이 속한 사회적 관계와는 아무런 관련이 없는 것이다. 하지만 이렇게 고양된 자존감을 가지고도 현대인들은 사회적 관계 속에서 맥없이 무너지곤 한다. 이는 자존감과 사회적 관계에서 오는 불일치를 잘못 판단한 것에 기인한 것이지 사실은 자존감 자체가 떨어지는 것은 아니다.

우리는 자존감과 사회적 관계 속에서 오는 것들을 구분해야한다.

'당신은 천연기념물이다.'라는 것은 당신의 존재에 대한 문제이다.

예를 들어보자. 당신이 냄새나는 화장실 청소를 한다고 해도 당신은 여전히 천연기념물인 것이다. 당신의 신분이 변화되는 것은 아니다.

당신이 교통사고를 당하고, 건강을 잃고, 주식이 하락하고, 빌려준 돈을 받지 못하고, 상사에게 꾸지람을 듣고, 운명이 야속하다는 비애감에 젖어도 당신의 유일성은 그대로 이며 당신은 여전히 천연기념물인 것이다.

당신의 신분이 변화되는 것은 아니다.

자존감이라는 것은 내가 나를 평가하는 것이지 사회적 관계 속에 나와 관계하고 있는 남이 나를 평가하는 것이 아니다. 사회적 관계 속에서 자존감에 치명상을 입고 급전직하를 느끼는 것은 자존감과 사회적 관계를 혼동할 때 나타날 수 있다.

흔히, '상처'라 이름 불리는 것들이 그것이다. 어떤 일로 창피를 당하고 무시를 당한다 해도 당신의 유일성이 훼손되는 것이 아니며 여전히 당신은 천연기념물인 것이다.

더 정확하게 표현한다면 그 일로 인하여 당신의 '자존심'이 상한 것이지 '자존감'이 떨어지는 것은 아니다. 거듭 이야기하거니와 자존감이란 것은 자격과 신분에 대한 것이다.

예를 들어보자. 당신은 어느 기업의 회장 아드님이라고 하자. 당신은 회장 아드님으로서 기업을 물려받을 존재이다. 그리고 세 명의 형제와 함께 경쟁하고 있다. 그런데 오늘 아침 출근길에 앞차와 접촉사고로 시비가 붙어서 큰 싸움으로 번졌고 결국엔 경찰서를 가게 되었다. 그런데 이 일이 아버지인 회장님께 알려졌고 회장님이 크게 노하셨다. 경쟁관계에 있는 형들도 당신을 꾸짖었다. 여러 가지로 체면을 구긴 하루였다.

여기서 살펴볼 것은 접촉사고를 통하여 이미지에 스크래치가 발생하였다는 것이고 그로 인하여 당신의 체면을 구기고 자존심이 상한 날이었다는 것이다. 하지만 그런 일이 발생하였다 해도 당신의 자존심이 상한 것이지 당신의 자격과 신분이 변한 것은 아니다. 당신은 여전히 기업회장의 아드님이다.

오늘 어떤 사건이 있었던 간에 기업회장의 아드님 신분이 사라진 것은 아니다. 접촉사고를 통하여 당신에게 벌어진 일들은 자존심을 좀 상하게 된 것이지 당신의 자격과 신분은 그대로다.

잘 이해가 되지 않는가? 아직도 아리까리 하다면 장수하늘소에 비유를 해보자. 여기 장수하늘소 한 마리가 있다. 그런데 팔 한 짝을 잃었다. 장수하늘소는 팔 한 짝을 잃었지만 여전히 장수하늘소이다. 장수하늘소 신분이 바뀌는 게 아니다. 여전히 천연기념물이다.

자존감이란 것은 그런 것이다. 이처럼 자존감이란 것은 당신의 자격과 신분에 해당하는 것이며 다른 사람이 당신을 평가하거나 판단하는 것이 아니다. 그런 것이라면 '자존심'이라는 단어와 연관이 있다고 봐야할 것이다. 우리는 때로 자존심이 상한 일을 당했을 때 그것을 '자존감'이 떨어졌다고 혼동하고 있는 것은 아닐까.

'시험에 떨어졌다. 이번이 벌써 세 번째이다. 친구들이 슬슬 무시하기 시작한다. 아. 짜증난다. 내가 이렇게 쪽팔리게 되다니.'

시험에 떨어진 일로 인하여 그것도 세 번이나 떨어진 일로 인하여 당신은 자존심이 상할 수 있다. 하지만 당신의 유일성이 사라지는 것은 아니다. 여전히 당신은 천연기념물 배지를 달고 있다.

우리는 이런 종류의 일들을 수도 없이 당한다. 예시를 들었던 것은 약한 것들이리라. 이것보다 훨씬 더 강하게 모욕을 당하기도 하고 망신을 당하기도 한다. 회사에서는 그런 일들도 자주 벌어진다.

물론, 이런 일들을 반복적으로 겪게 된다면 그것이 자존심이 상하는 것을 넘어서 자존감마저 영향을 미칠 수 있겠지만 핵심이 달라지는 것은 아니다. 다만 당신 스스로가 그렇게 생각하는 것일 뿐이다.(아마도 무능력하다고 계속 평가받는다면 자신감이 좀 떨어질 수는 있겠다. 하지만 자신감이 떨어진다고 자존감이 떨어지는 것은 아니다.)

앞에서 이야기했듯이 자존감은 자기가 스스로를 판단하는 것이다. 즉, 자신에 대한 인식의 문제이다. 자신이 속한 사회적 관계와는 아무런 관련이 없는 것이다. 자존감과 사회적 관계에서 오는 불일치를 잘못 판단한 것에 기인한 것이지 사실은 자존감 자체가 떨어지는 것은 아니다. 우리는 자존감과 사회적 관계 속에서 오는 것들과 잘 구분해야한다.

자존감이 확고부동하게 세워져있다면 이런 일들도 아무렇지 않게 넘길 수 있으리라. 여기에서도 우리들의 자존감이 확고부동해야함을 다시 한 번 강조한다. 확고부동하지 않으면 흔들리게 된다.

어떤 일로 인하여 당신의 자존감이 떨어진 거 같다면 그것이 사회적 관계에서 오는 것인지를 일단 따져볼 필요가 있다. 그쪽에서 오는 것이라면 자존감과는 아무런 관련이 없는 것이므로 속히 마음을 추스르고 자존감을 되찾아야한다.

이럴 때 우리에게는 좋은 백신이 있다. 이번에도 이걸 꺼내서 사용하면 된다.

"나는 전 세계에서 유일한 존재이다. 내가 가진 유일성과 소중함은 천연기념물보다 20배, 30배 이상의 가치를 가진 사람이다! 나는 천연기념물보다 20배, 30배 더 가치 있는 존재이다. 그런데 왜 나한테 집적대냐. 이 개**** 들아!!"

4. 위기들2 (위장된 자기애)

나는 계속해서 확고부동하게 존재자각을 해야 한다는 이야기를 하고 있다. 이번에는 엉성하게 자존감을 형성하고 자기애로 포장을 쳤다가 그동안 의존했던 대상물이 무너지면서 자기애와 자존감이 형편없이 추락하는 경우를 알아보고자 한다. 우리 주위에 자주 나타나는 현상이며 지금 당신이 그런 상태일 수 있으므로 유념해서 살펴보도록 하자.

앞장에서 올바른 마음가짐이란 자존감과 자기애 그리고 자신감이 잘 어우러져 있는 상태라 말하였다.

존재에 대한 인식, 즉 존재자각으로 확실하게 기초를 세우고 확고부동한 자존감을 형성한 상태에서 자기애와 융합할 때 바람직한 방향성을 갖게 된다. 이런 상태 속에서 자존감과 자기애는 서로 상승작용을 일으켜 자기 자신에 대한 믿음으로 자라나 점차로 자신감으로 발전하게 된다. 이런 과정들 속에서 자연스럽게 올바른 인격이 만들어지는 것이다.

그런데 이 매커니즘이 사회적 관계와 만나면서 어느 부분에 연결고리가 왜곡될 수 있는데 여기서 주목해야할 부분이 자기애이다. 자존감이란 것이 자신의 존재에 대한 판단인 것과 달리 자기애는 자기를 사랑하는 마음으로 자존감과는 또 다른 영역이다(물론, 이를 같은 범주로 보는 사람도 있으나 여기서는 잠시 구분해보자.)

자기애는 사회관계속에서 더 연관성을 갖기 쉽다.

자기에게 호감을 갖는 것, 자기 자신을 사랑하는 마음을 의미하는 자기애가 때로는 '위장된 자기애'로 나타날 때 올바른 자존감과 자기애의 결합을 방해한다.

물질(돈), 명예, 권력, 인기 등등이 요소가 그것이다. 자기를 사랑하는 마음속에 사회적관계의 소산물인 돈과 명예, 권력, 인기 등이 자기애를 고양시킴으로서 문제가 발생하기 시작한다.

예를 들면, 당신이 돈이 많다고 하자. 수 백 억에서 1천억쯤 있다고 하자. 지금과는 삶이 많이 바뀌게 될 것이다.

모두에게 존경받고 추앙받는 명예를 가지고 있고 그로인해 당신은 부러움을 한 몸에 받고 있다고 하자.(그럴 가능성이 없다면 이럴 때 대리만족이라도 하라.) 당신은 황홀한 상태에서 하루를 보내게 될 것이다.

또한 다른 관점에서는 한국사회에서 대통령보다도 더한 권력을 가지고 있다고 해보자. 당신이 대통령위에 있고 모두들 당신 앞에 고개 숙인다. 당신은 넝쿨째 들어온 복을 주체 못하는 신명나는 하루가 될 것이다.

자, 어떤가! 이 정도면 지금보다 살만 하겠는가.
이런 황홀한 상태로 인하여 당신은 당신을 사랑할 수 있다. 물론, 이런 상태에서조차도 자기애가 고양되지 못한다면 진짜로 문제가 되겠지만 우리가 여기서 주목해야 할 사실은 자기애가 다른 것으로 치장되어있다는 것이다.

이를 '**위장된 자기애**' 라 부른다, 이른바, 조건부 자기애인 것이다.

문제는 이 치장 조건들이 어떠한 사유를 만나 흑역사가 시작되면 위장된 자기애는 급전직하하고 기초 없이 세워진 자존감도 동반 추락한다는 것이다.

너무 큰 예를 들어서 당신은 당황할 수 있겠다. 위에서 예시한 세 가지는 아무에게나 일어나는 일은 아니니까. 그럼 당신에게 일어날 수 있는 좀 더 현실적인 예를 들어볼까.

그것은 어느 날 갑자기 당신에게 나타난 백마 탄 기사일 수 있고, 60평 이상의 넓은 아파트일 수 있다. 심지어는 쪼그라들었던 주식이 10배 이상 상승일수 있으며 잠자던 땅이 대형 개발 호재로 당신의 땅값이 천정부지로 오른 경우일 수도 있다.

이런 것들로 인해 자기애가 고양될 수 있으며 시간이 지속되면 고착될 수도 있다, 상황이 뒤바뀌지 않는다면 자기애는 지속될 수 있다. 하지만 위장된 자기애들은 그 기반이 허약하기 때문에 조건이 사라지면 자기애도 쪼그라든다.

우리의 삶속에서 얼마든지 가능하다. 사업은 번영하기도 하고 망하기도 한다. 아무리 인기 높은 스타도 언젠가는 그 자리에서 내려 와야 한다. 젊음의 한때는 가고야만다. 화무십일홍이다.

사회적 관계 속에 살아가는 우리는 위장된 자기애 속에 빠져있는지 자신을 돌아봐야한다. 그렇지 않으면 그 대가는 혹독하며 자기애가 왜곡되어있는 상태가 오래되면 될수록 그 후유증도 비례하여 커진다.

이런 상황에서 확고한 존재자각(자존감)을 세우지 못한 상태라면 자기애와 자존감이 동반추락 하여 다시는 일어설 수 없는 치명상을 입게 된다. 한 때 당대를 휩쓸었던 유명스타가 인기가 떨어지고 유명세에서 밀려나자 알코올중독자가 되고 마약중독자가 되고 끝내 자살하게 되는 경우를 자주 보아왔다.

유일성에 입각한 확고부동한 존재자각, 나는 유일하며 천연기념물보다 20배, 30배 이상의 가치가 있다는 자존감으로 중무장되었고 그런 나를 아끼고 사랑하는 자기애로 융합되어있다면 자신을 황홀케 했던 이런 조건부들이 어느 날 다 사라진다 해도 그는 좌절하지 않으며 다시 훗날을 도모하며 묵묵히 재기의 시간을 보내게 될 것이다.

진짜 자기애는 나 자신 자체를 사랑하는 것이다. 물질(돈), 명예, 권력, 인기 등을 사랑하는 것이 아니라 그 자체인 나를 사랑하는 것이다.

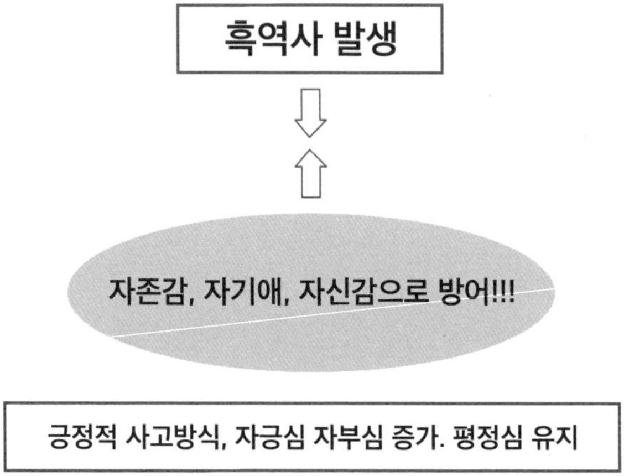

흑역사 발생

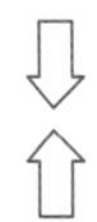

자존감, 자기애, 자신감으로 방어!!!

긍정적 사고방식, 자긍심 자부심 증가. 평정심 유지

[그림3] 올바른 자존감, 자기애, 자신감을 형성한 경우. 흑역사 방어

흑역사 발생

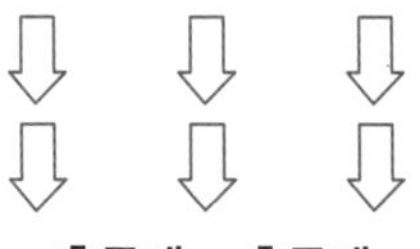

총공세 총공세

위장 자존감

위장 자기애

위장 자존감

급속히 무너지는 위장 자기애,
위장된 자존감

좌절, 낙담, 실패, 두려움, 재기불가

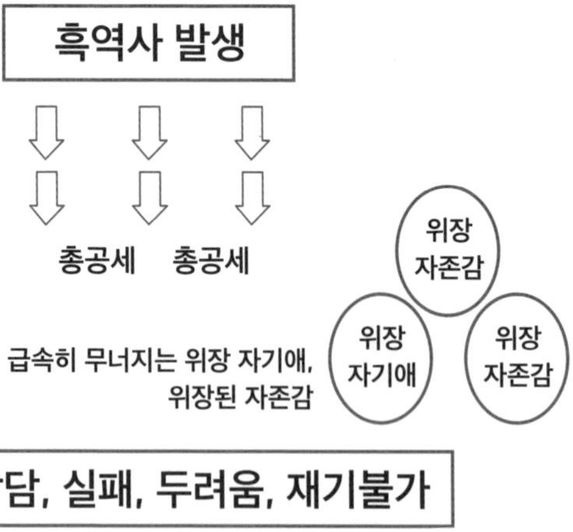

[그림4] 위장된 자기애, 자존감, 자신감을 형성한 경우. 흑역사 방어실패

5. 백신을 입력하라

당신의 자존감은 확고부동하게 세워져야한다. 그렇지 못하면 당신이 속한 사회적 관계 속에 쉽게 흔들리고 만다. 또한 물질(돈), 명예, 권력, 인기 등으로 위장된 자기애는 건전치 못한 자존감을 만들어내고 우리 마음속에 올바른 자존감과 자기애가 자리 잡는 것을 방해한다.

이것 말고도 우리의 마음속에는 자기 생의 궤적을 따라 형성된 수많은 감정의 그림자들이 있다. 거기에는 기쁨도 있고 슬픔도 있고 후회도 있고 영광도 있다. 어떤 것은 '트라우마'라는 이름으로 마음의 덫을 치고 괴롭힌다.

물론, 우리가 간직한 모든 감정들이 자존감의 성숙에 영향을 미치고 있는 것은 아니다. 하지만 지금부터 나열하는 단어들은 우리의 고양된 자존감을 지켜나가는데 방해가 되는 것들이므로 유념할 필요가 있다.

서두에서 말했다시피, 한번 자존감을 세우면 다시는 잃어버리지 않는 강력한 그 무엇이 필요하다. 나는 당신의 자존감을 지키는 전략으로 "당신은 천연기념물이다."라는 백신을 주문하였다.

이 논리는 당신의 자존감에 대해서 당신의 유일성을 강조하고 천연기념물이라는 객체로 전이시켜 당신의 자존감을 강력한 이미지로 형상화한다. 그래서 귀하고 소중한 존재라는 일반적인 명제를 "당신은 천연기념물이다."라는 대상물로 특정화 시킨다.

올바른 자존감을 세우는 것도 중요하지만 고양된 자존감을 잘 지키는 것도 중요하다. 우리는 만든 백신을 잘 써먹어야한다. 주문을 외는 일은 자존감에 방해가 되는 것들을 몰아내는데 효과적인 역할을 하게 될 것이다.

이제, 이 장을 마무리 한다.

당신은 자존감으로 충만하게 살고 싶은가. 스스로를 귀하고 소중한 존재라 생각하는가.

당신은 전 세계에서 유일하며 당신이 가진 유일무이의 소중함은 천연기념물보다 20배, 30배 이상의 가치를 가진 사람이다. 당신은 천연기념물보다 20배, 30배 더 가치 있는 존재이다. 그러므로 당신은 자신을 사랑해야하며 사랑받기에 충분한 존재이다.

이것들은 이제 오로지 당신의 것이다. 아무도 당신에게서 빼앗아 갈 수 없다. 이를 마음껏 누리고 하루하루를 행복하게 살 권리가 당신에게 있다. 그리고 그 권리는 아무도 침해할 수 없다.

이 복을 죽을 때까지 누리고 싶다면 당신의 흐름을 방해하는 악의 무리를 반드시 처단해야한다. 지금까지 학습한 백신으로 이 악들을 당신의 마음속에서 뽑아내라. 이 악들을 제거할 수 있도록 당신의 잠재의식 속에 백신을 입력하라. 우리의 뇌는 같은 말을 주문처럼 반복하면 체면에 걸려서 명령처럼 실행하게 된다.

당신의 마음속에 확고하게 자존감이 세워졌다고 해도 이 악들은 언제든 우리의 마음속에 침투할 수 있다. 악은 내버려두면 독버섯처럼 자란다. 그러므로 싹을 틔우기 시작할 때부터 잘라내야 한다.

지금부터 나열하는 단어들은 우리의 고양된 자존감을 빼앗아가는 아무 쓸모없는 것들이다. 시시때때로 이것들은 서로 결합하여 우리 내면을 괴롭힌다. 우리 몸에 기생충처럼 같이 살고 있는 것들이다.

자, 이제 싸울 준비가 됐는가!

당신에게 주어진 특급 백신으로 강력하게 응징하여 승리하길 바란다.

1.자기비하	9.낙담	17.무기력
2.자기혐오	10.실망	18.냉담
3.자기폄하	11.두려움	19.슬픔
4.열등감	12.절망	20.무시
5.자기연민	13.우울	21.걱정
6.분노	14.냉소	22.우려
7.미움	15.비관	23.파산
8.좌절	16.비통	24.죽음

25.자살
26.비탄
27.이별
28.고통
29.가난
30.불가능
31.불운
32.회피
33.게으름
34.핑계
35.트라우마
36.비난
37.자기비애
38.자괴감
40.멸망
41.거짓말
42.배반
43.배신
44.외도
45.사기
46.폭력,
47.성추행
48.성폭력
49.불평등
50.불합리
51.모순
52.분열
53.절도
54.불결
55.병폐
56.적폐
57.추함
58.번뇌
59.잡념
60.욕망
61.욕
62.저질
63.살인
64.횡령
65.이기주의
66.고립
67.잠수타기
68.탈세
67.폭도
68.냉혹
69.냉담
70.강간
71.방화
72.허위
73.마타도어
74.네거티브
75.위증
76.도난
77.위장
78.광기
79.저주
80.공작
81.조작
82.은폐
83.고문
84.참담

제4장

당신의 행복에 집중하라

1. 부자 되세요. 열풍

"새해엔 부자 되세요."

새로운 해가 시작되고 너도나도 열풍처럼 덕담 던지기가 '부자 되세요.'로 통일되었던 시절이 있었다. 2천년 초반 경 등장하여 절정을 이루다가 2008년과 2010년 두 차례 금융위기를 겪으면서 한풀 꺾이긴 했지만 그때까지는 맹렬한 기세를 발휘했고 너도나도 부자타령이었다.

서로 부자 되라고 그리도 많이 덕담을 나누었건만 그 이후 부자가 되었는가를 생각해보면 덕담은 덕담 그대로 소망의 차원에서 생각해야할 것 같다. 되라는 부자는 안 되고 미국 발, 유럽 발 금융위기가 터져 세계 경기는 악화되었다. 그나마 미국은 회복세로 접어들고는 있다지만 유럽은 아직도 그 광풍에서 헤어나지 못하고 있다.

'부자 되세요.'라는 말속엔 '새해엔 행복 하세요.'라는 의미가 포함되어 있을 것이다. 궁극적으로 덕담이란 것은 너도 행복하고 나도 행복하고 같이 행복하자는 것이다. '부자 되세요.'라는 표현이 널리 유행하게된 것은 그 시대가 가장 소망하는 것들에 대표 격으로 언중의 합일을 받았기 때문일 것이다.

행복이라는 것은 우리가 늘 가까이 두고 소망하는 단어이다. 그리고 우리가 도달하고 싶은, 아니 도달해야하는 궁극적인 목적이기도 하다. 누군가에게 행복은 오늘을 희생하는 이유이자 삶의 고달픔에 대한 위로이기도 할 테고, 또 누군가에게는 본질에 가까운 대답이며 삶의 숙제이기도 할 것이다. 최근 들어서 '소확행' 이라는 단어가 열풍을 일으키고 있는 것도 같은 맥락이다.

모두가 행복해지기 위하여 오늘을 살아가고 있는 이때에 나는 묻고 싶다. 당신은 지금 충분히 행복한가? 이 물음에 행복하다고 자신 있게 말할 수 있는가.

이 장은 우리의 행복에 관한 내용이다. 우리가 행복에 도달하기 위한 두 가지길을 이야기하고 있다. 사회적 관계 속에서의 행복과 내 안에서 행복이 그 것이다. 먼저, 마음 안에서의 행복 찾기를 다루게 될 것이다. 그리고 농부가 가을의 추수를 거두어드리며 행복감에 젖듯이 어떻게 하면 행복이란 농사를 잘 지을 수 있는지에 대해서 이야기할 것이다. 그리고 난 후, 사회적 관계 속에서 행복을 다루게 될 것이다.

이 두 가지는 우리가 생활 속에서 늘 접하고 고민하던 문제이기도 하다. 어떤 종류의 행복이 당신이 생각하는 진짜 행복인지 결론에 도달하게 될 것이다. 그리고 그동안 헷갈려했던 것들에 대해서도 명료한 결론에 도달하게 될 것이다.

자신을 감추지 말자. 그렇게 지내기엔 우리 인생이 길지 않다. 마음을 열고 당신의 마음이 움직이는 쪽에 맡긴다면 결론은 자연스럽게 얻어질 것이다. 그리고 당신이 결정한 그 길을 가라. 그것이 내가 글을 쓰는 이유다.

2. 생명은 단 한 번뿐이다

천연기념물이라는 존재자각을 통하여 당신은 유일하고 소중한 존재라고 이야기하였다. 그리고 이를 수차례 되풀이하고 있다. 그만큼 확고부동한 존재 자각이 중요하기 때문이다.

여기서 멈추지 말고 진도를 좀 더 나아가보자.

당신이 천연기념물보다 20배, 30배 이상의 고귀한 가치가있다는 것에 당신의 생명을 접목시켜보자. 인간의 생명은 단 한 번뿐이다. 비단 인간뿐이랴. 살아있는 모든 것들은 단 하나의 생명을 가지고 있다. 그리고 그 생명이 살아가는 시간을 우리는 삶이라고 부른다.

생명이 단 하나이므로 삶도 단 한 번뿐이다. 당연히 우리는 두 번의 삶을 살 수가 없다. 그러려면 죽었다가 다시 태어나던가 아니면 태어난 곳으로 다시 들어갔다가 다시 나와야한다. 이건 물리적으로 불가능한 일이므로 생명을 가지고 태어난 이상, 우리는 단 한번뿐인 이생의 시간을 살아가야한다.

단 한번뿐인 삶이므로 우리는 행복해야한다. 무조건 행복해야한다, 다른 이유는 없다. 이건 거의 명제에 가까운 것이고 본능에 가까운 것이다. 이왕 사는 거 그리고 딱 한 번 사는 거니까 이왕이면 즐겁고 재밌고 행복해야한다. 여기에 토를 다는 사람은 없을 것이다. 행복해야겠다는 생각이 왜 드는지, 그런 생각자체가 왜 생기는지, 이런 본질적인 것에 대해서는 의문을 가진다면 차라리 불교철학을 공부하면 될 것이다.

당신에게 있어 오늘 하루의 궁극적인 목적은 행복하게 보내는 것이다. 밥을 먹든 TV를 보든 잠을 자든 사람을 만나든, 당신이 생각하고 움직이고 차를 타고 공부를 하고 노래를 부르고 잠을 자고 심지어 똥을 싸도, 당신은 행복하게 보내야한다.

이처럼 행복은 내 존재에 대한 의무이며 내가 나에 대한 예의이다. 하지만 과연 지금의 삶이 행복한가라고 물으면 대다수의 사람들은 정확한 답을 피하고 얼버무린다.

"그래요. 나는 행복해요. 너무 행복해서 미칠 것 같아요." 라고 답변하는 사람들은 많지 않을 것이다.

아. 행복이 온통 세상에 굴러다니고 있고 길바닥에 널려 있는 게 행복인데 사람들은 느끼지 못하고 살아간다니. 당신은 천연기념물이고 그보다 20배, 30배의 고귀한 가치를 가지고 있는데 이게 행복한 건지 그냥 무덤덤한 건지 알 듯 말 듯 하다니 참으로 개탄할 노릇이다.

진짜로 당신의 바로 눈앞에 행복이 널려있는데 정녕 보이지 않는단 말인가!

3. 행복에 대한 자각

앞장에서 우리는 존재자각에 대해서 이야기를 하였다. 이번에는 행복의 자각에 대해서 이야기 하려 한다. 그리고 이것을 통하여 당신의 바로 눈앞에 행복이 널려있는 것을 발견하게끔 해주겠다.

행복이란 무엇인가? 우선, 개념 정리부터 시작하자.

누군가는 로또 복권에 당첨되는 일이다 하고 말할 것이다. 뭐 딱히 틀린 말은 아니다. 또 누군가는 사회적으로 성공하고 인정받으며 사는 것이다, 라고 말할 것이다. 그렇다. 이 말도 얼핏 들으면 맞을 수는 있다. 하지만 이제부터 내가 이야기 하려는 것과는 거리가 멀다.

나는 행복을 이렇게 정의한다.

행복이란?

'행복이란 다른 사람에게 비치는 내 모습이 아니라 내 속에 저절로 피어나는 것이다.'

행복을 바라보는 관점과 판단 기준이 남이 아니라 나 자신 이라는 것이다. 행복을 판단하는 주체가 누구냐의 문제에 대해서 남이 나를 판단하는 게 아니라 내가 나를 판단해야 한다는 것이다.

왜냐고? 행복이란 것의 소유는 그 사람에게 있기 때문이다. 당신이 가진 행복은 당신의 것이다. 당신이 가진 행복이 나의 행복이 될 수 없고 내가 가진 행복이 당신의 행복이 될 수는 없다. 물론 나누어 가질 수 있는 것도 있으나 행복을 판단하는 주체는 남이 아니라 본인이다.

행복의 판단기준과 시각이 남에서 나로 바뀌는 것이다. 지금까지는 다른 사람에게 비치는 내 모습이 어떤지 여부가 행복의 잣대가 되는 경향이었다. 다른 사람이 나를 어떻게 보는가를 행복의 판단 기준으로 삼아 왔기 때문에 아무리 본인이 행복하다고 말해도 다른 사람이 보기에 "당신은 행복한 거 같지 않네요."라고 말하고 느낀다면 그것이 불행이었다. '쯧쯧, 저사람 그렇게 날뛰더니 결국 실업자 됐군. 불쌍해.' 나의 상황과 처지는 생각지 않고 불쌍한 사람, 그래서 불행한 사람으로 단정지어 버린다.

어쩌면 그렇기 때문에 우리는 남에게 인정받고 사회적으로 성공해야만 그것이 행복이라 생각해왔는지도 모른다. 또한, 남이 보기에 부러워할 정도가 되면 그것이 행복이라 생각하고 우쭐거리며 살아왔는지 모른다.

글쎄, 과연 그것이 올바른 삶일까. 이것이 지금까지의 행복에 대한 판단 기준이었다면 이제부터 확 바꾸어 버리면 어떨까. 행복에 대한 판단 기준을 남에게서 나로 과감하게 바꾸는 것, 이게 바로 행복 자각이다. 행복에 대한 판단기준을 통째로 바꾸는 것이다. 행복이란 남에게 비치는 내 모습이 아니라 내속에 저절로 피어나는 것이다. 남의 평가와 판단에 신경 쓰지 말고 당신의 행복에 집중하고 그 행복을 붙잡는데 힘써야 한다는 것이다.

사회적 관계 속에서 바라보았던 행복의 의미를 줄이거나 없애고 오직 당신의 관점에서 행복을 찾아가는 데 포인트를 맞추어야한다. 그렇게 하면 이제는 행복이라는 목표물이 조금은 가벼워질 것이다. 우리가 인생을 살아보았지만 남이 나를 행복하다고 생각할 정도가 되려면 사실은 남보다 무언가를 훨씬 많이 이루어 놓아야하고 다른 사람이 생각해온 것이상으로 압도해야 한다. 그런데 이 일은 쉬운 일이 아니다.

하지만 행복의 관점을 당신 기준으로 삼아버린다면 행복이라는 목표물은 앞에 것보다는 훨씬 쉽다. 이것이 중요한 터닝 포인트이다. 우리는 그동안 너무 어려운 목표물을 세워놓고 그 목표물에 도달할 때까지 많은 노력과 시간을 보내 왔다. 그러니 목표물을 이룰 때까지는 나는 아직 행복한 게 아니라 그 목표를 향해 오늘도 하루를 기꺼이 보낸다고 생각해 왔던 것이다.

그렇지 않은가. 내 말이 틀렸는가.

자. 그건 그렇다 치자. 이 문제에 대해서는 앞으로 더 이야기할 것이다.

행복을 바라보는 관점을 나에게로 돌려놓고 나면 마음이 편해지는 것을 느끼게 된다. 그런 다음 이제부터는 내가 행복해질 수 있는 것을 찾아 나가면 되는 것이다.

그럼 어떻게 하면 당신이 행복을 느끼게 할 수 있을까. 이제부터 아주 간단한 방법을 소개하도록 하겠다.

우선, 행복해지는 방법을 어렵게 생각하지 말고 아주 쉽게 정리하는 것이다. 나는 당신에게 행복을 이렇게 생각하라고 말하고 싶다.

'당신을 기쁘게 해주는 게 행복이다. 당신을 즐겁게 해주는 게 행복이다.'

너무 간단해서 다소는 싱겁다고 생각할 수 있겠다. 하지만 간단하지만 여기에는 아주 강력한 의미가 담겨 있다. '행복이란 나를 기쁘게 해주는 것, 행복이란 나를 즐겁게 해주는 것이다.' 이것을 가지고 이제 모든 것을 여기다 대입하면 되는 것이다. 당신을 기쁘게 해주는 것이 무엇이 있는지 메모지에다가 다 적어보자. 당신을 즐겁게 해주는 일이 무엇이 있는지 또한 다 적어보자.

쉽게 예를 들어보자. 당신의 오늘 하루 일상을 생각하면 된다. 당신은 오늘 하루 어떤가. 밥을 먹고 TV를 보고 사람을 만나고 잠을 자고, 누군가를 생각하고 움직이고 차를 타고 공부를 하고 노래를 부르고 술 한 잔하고 잠을 자고. 이 모든 것들이 당신의 일상이다. 그리고 당신은 일상 속에서 행복을 찾을 수 있다.

밥을 먹는다면 당신을 즐겁게 해 줄 수 있는 식사가 무엇인지를 떠올려보면 된다. 당신을 기쁘게 해 줄 수 있는 한 끼 식사. TV를 보려면 당신을 즐겁게 해 줄 수 있는 프로그램이 무엇인지를 떠올리면 된다. 당신을 기쁘게 해 줄 수 있는 방송.

거기서 당신의 기쁨이 만족할 때 까지 즐겨라, 당신의 즐거움이 배가 될 때까지 즐겨라. 친구와 함께 하든 혼자하든 아무 관계없다. 친구랑 같이 즐기는 게 좋다면 그렇게 하고 혼자서 즐기는 게 좋다면 혼자 즐겨라.

4. 행복의 주체

한 끼 식사로도 행복해질 수 있다. 이제부터는 당신이 주체가 돼서 행복한 사람으로 만들어보자. 그 동안은 남들도 한 끼 식사를 하니 당연히 나도 해야 한다고 생각했고 배고프니까 먹어야 한다고 생각했고 살기 위하여 먹어야한다고 생각했다. 더러는 먹기 위하여 살고 있다고 생각도 하였다. 여태까지는 으레 반복적으로 벌어지는 일상에 불과했지만 행복 자각을 하게 되면 이제부터는 다르다. 이 깨달음을 얻은 사람이 행복의 주체가 되어서 사는 사람이다.

당신!

천연기념물보다 20배, 30배의 가치를 가진 사람이다. 당신의 존재 자체가 소중하므로 당신이 접하고 만나는 것들이 하나하나 다 소중한 것이다. 하루 열심히 일한 당신, 그런 당신에게 스스로 상을 주자. 어떤가? 오늘 저녁은 즐거운 외식으로 기쁘게 보내는 시간을 자신에게 선물하자!

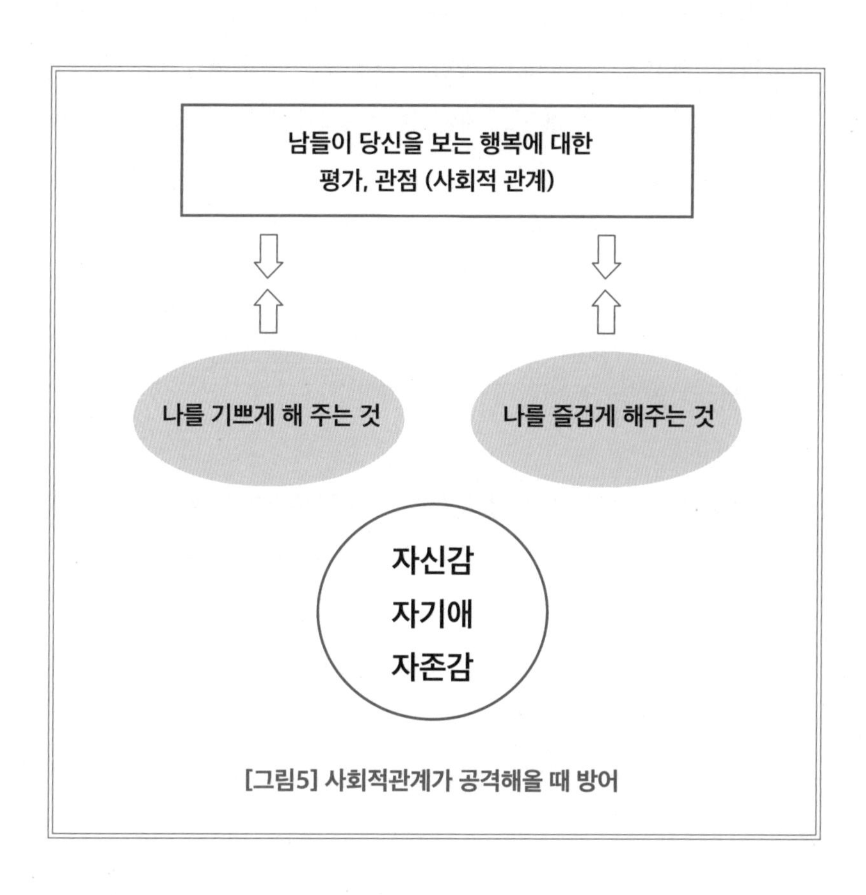

[그림5] 사회적관계가 공격해올 때 방어

5. 껍데기를 벗고서

'껍데기를 벗고서.', 대학 신입생 때 이 책을 읽으면서 거짓말투성이의 내 나라를 보았다. 고등학교 때까지의 주입식 교육이 만들어낸 결과물이 바로 나라는 사실은 충격 그 자체였다. 가치관의 혼란 상태가 한동안 계속됐지만 한편으로는 껍데기를 벗으니 서서히 진리의 눈이 밝아지게 시작했다. 세상은 더없이 선명하고 확실하게 보였다. 그렇다, 진리란 그런 것이다.

우리가 그동안 생각해왔던 행복이란 의미에 새로운 시각을 제시했다.

행복이란 남에 눈에 비친 내 모습이 아니라 내안에서 피어나는 것이다. 행복이란 나를 기쁘게 하는 것이며 나를 즐겁게 하는 것이다.

우리 사회는 공동체를 기반으로 하는 사회였다. 개인의 가치는 공동체를 중시하는 집단정신에 갇혀있었다. 인간의 기본적인 가치와 욕망도 공동체의 그늘 속에 억제되고 절제되어야 했다. 그 속에 행복이란 개념도 종속되어 왔다.

이제는 껍데기를 벗고서 바로보자. 개인적 향유를 억누르는 것과 자기부정에서 빠져나와 우리 앞에 펼쳐진 해방감을 맛보자. 굴레를 던져버리고 좀 더 정직한 눈으로 세상을 보자. 그러면 가리어진 모든 것들이 보이게 될 것이다.

기존의 낡은 생각을 버리고 어떤 것이 마음의 변화를 충동질하고 새로운 마음을 이끌어 준다면 과감하게 그 변화의 소용돌이를 타야한다. 그럴 때 당신은 한발 앞으로 나갈 수 있다. 당신이 좀 더 용기를 갖게 된다면 그리고 좀 더 과감해진다면 당신은 앞으로 뚜벅뚜벅 걸어갈 수 있다.

이제 지금의 사회는 급속한 산업화의 발달로 전통사회의 가치보다 개인의 가치를 중요시하고 나아가 혼밥, 혼술, 혼행, 혼영 등 혼자 즐기는 문화가 걷잡을 수 없이 확산되고 있다. 행복에 대한 의미도 이제는 집단적인 관점을 떠나 당신의 관점에서 기준을 세워야하는 것이다.

행복이 당신이 있는 곳에 수북하게 널려있는데도 당신은 찾지 못하고 있다. 어두운 동굴에서 나오면 강렬한 태양이 눈이 부시듯 진리란 그런 것이다, 우리를 하염없이 기쁘게 만들고 때로는 어린아이처럼 만든다.

헤르만헤세의 데미안에는 이런 글이 있다.

새는 알에서 나오려고 애쓴다.
알은 새의 세계이다.
태어나려는 자는 하나의 세계를 깨트리지 않으면 안 된다.
새는 신을 향해 날아간다.
그 신의 이름은 아브락사스다.
(헤르만 헤세의 데미안)

지금까지는 밖에서 누가 깨어 주었다 해도 이제부터는 안에서 내가 깨야한다. 행복이란 저절로 오는 것이 아니다.

어떤 세계에서 다른 세계로 진입할 때는 반드시 껍데기를 벗어야한다. 우리의 사춘기시절처럼 말이다. 누구에게나 세상에 흐름에 눈을 뜨는 시기가 있다. 나는 '자각'이란 단어를 자주 사용 한다. 자각은 혼자서 생각해내기도 하지만 누군가에게로부터 느끼게 되는 경우도 많다. 한권의 책이 당신의 삶을 바꿀 수 있고 한편의 드라마의 대사 하나가 당신의 가는 길을 바꿀 수 있다.

당신은 지금 행복에 대해서 자각할 순간에 서 있다. 손만 내밀면 된다. 그러면 세상이 당신에게 다가와 안길 것이다

6. 비교하는 것은 싫어

우리는 남과 비교하지 않고는 살 수가 없다. 좋거나 싫거나 사회 속에서 삶을 살아야하기 때문에 남들과 끊임없이 비교하며 살아간다. 그것은 때로는 동경이 되기도 하고 나에게 주는 자극이 되기도 하지만 남들과의 비교가 늘 좋은 것만은 아니어서 어떤 경우는 순식간에 자신이 초라해 지기도하고 어떤 경우는 좌절하게 만드는 경우도 있다. 자신은 지하 월세 방을 벗어나지 못하는데 누구는 42평 아파트를 사서 이사를 갔

다느니, 자신은 덜덜거리는 중고차를 타는 데 누구는 이번에 벤츠를 새로 뽑았다느니 하는 소리가 들리면 한편으로는 기쁘기도 하지만 한편으로는 왠지 서운해지는 이런 거 말이다.

앞에서 행복이 무엇이라 했던가. 나를 기쁘고 즐겁게 해주는 것이 행복이라 했다. 그런데 비교를 하자마자 금세 기분이 우울해졌다면 비교는 행복이란 것과는 거리가 먼 것이다. 물론 비교를 했을 때 항상 우울해지는 것은 아니겠지만.

남과 비교하는 것이 행복이 되려면 비교할 때마다 내가 기쁘고 즐거워야한다. 그런데 그 반대라면 비교를 했기 때문에 행복한 마음을 잠시 잃은 것이다. 그럴 때는 판단을 빨리하고 밥 먹다가 돌을 씹으면 뱉어내듯이 속히 내보내야한다. 돌을 씹었는데 그걸 계속 씹을 사람은 없다. '퉤퉤, 돌을 씹었네, 에잇 퉤퉤, 비교를 했네. 어서 버리자.' 하고 비교를 즉시 멈추어야한다. 그리고 다시 한 생각만 하라. 나를 기쁘고 즐겁게 해주는 것만이 행복이다. 그리고 그것만 찾아라.

아우디를 타는 것보다는 벤츠를 타는 게 낫다. 하지만 아우디를 타는 내가 벤츠를 타는 친구보다 덜 행복하다고 말할 수는 없다. 그리고 그런 비교로 인하여 속상해할 필요도 없다. 아우디를 타는 것도 그 자체로 행복인 것이다. 감사가 없으니 늘 비교하면서 불평을 늘어놓는다.

불행해지고 싶으면 계속 비교하라. 불행해지고 싶으면 남에게 기준을 계속 맞추라. 그리고 남과 비교하면서 자신을 계속 한탄하라. 그게 바로 당신이 망하는 지름길이다.

7. 세계에서 가장 멍청한 일, 허영심

자신의 행복을 스스로 누리기보다는 남에게 행복하게 보이기를 바라는 사람이 있다. 남이 행복하게 봐주기를 바라는 마음, 이런 걸 '허영심'이라고 한다. 행복이 지금 어디에 있는지 행복의 번지수를 못 찾은 사람이요, 행복을 어떻게 누리는지 행복 사용설명서를 모르는 사람이다.

자신의 진정한 행복이 어디에서 오고 어떻게 찾아야하는지 모르는 사람들이 거리에 넘쳐나고 있다. 남들이 나를 행복하게 봐주길 바라고 허영심 속에 산다면 그게 바로 영혼을 망치는 지름길이다. 계속 위장된 자기애를 만들어가는 것이다.

남과 비교하는 것과 허영심, 즉 남에게 행복하게 보이려고 하는 것은 내가 말하는 행복과는 거리가 먼 것이다. 앞에서 행복을 어떻게 정의했던가. 행복이란 남의 눈에 비친 내 모습이 아니라 내 안에서 피어나는 것이라 했다. 이 기준으로 본다면 남과 비교하는 것과 허영심이란 것이 얼마나 한심한 것인지 알 수 있다. 진정한 행복이 무엇이지 스스로 깨닫고 (나는 이것을 행복 자각이라 했다.) 본인이 행복의 주체가 되어야 한다.

행복의 기초와 출발부터 잘 이루어나가야 더 큰 행복을 만들어낼 수 있고 그 행복은 자존감을 높여 주는 자양분이 될 수 있다. 자신에게 밥을 주는 것과 같다. 이런 과정을 통하여 건전한 자기애와 자신감으로 나아갈 수 있게 되는 것이다. 행복의 주인은 자기 자신이란 것을 절대 잊어서는 안 된다.

남들과의 관계 속에서 찾아야 할 행복은 따로 있다. 그것은 사회적 관계 속에서 공동체를 이루어 나가면서 타인과 함께 더불어 행복을 이루어 나가야하는 것들이다. 그것을 남과 비교하는 것과 허영심은 다른 문제이다.

행복의 의미를 자각하는 것은 행복의 기초와 출발을 만드는 중요한 것이다. 이 과정에서는 남보다는 자기 자신의 관점을 잘 세우는 게 일단 중요하다. 여기서 기초를 잘 세워야 나중에 남과도 관계를 잘 유지하면서 더불어 행복을 만들어낼 수 있다.

천연기념물보다 20배, 30배의 가진 존재로 자존을 드높여야 할 판국에 남들 눈치나 보면서 허영심에 사로잡혀 산다니.

나는 당신에게 이렇게 말해주고 싶다.

'타인의 편견에 스스로가 제물이 되지 말라. 완전한 삶을 살기 위해서는 자기 인생의 주인이 되어야한다. 오직 당신에게 집중, 또 집중하라.'

8. 적극적인 행복 찾기

행복은 저절로 오는 것이 아니다. 인위적으로 행복을 향해 나아가야한다. 감나무에서 감이 떨어지길 기다리지 않는 것처럼 스스로 움직여 행복을 찾아야 한다.

내가 아침에 일어나서 가장 먼저 하는 일은 오늘 나를 기쁘고 즐겁게 할 일이 무엇인가를 생각하는 것이다. 그리고 오늘 하루 내 행복을 위하여 아낌없이 시간을 투자한다. 자기는 꼼짝도 안하면서 행복이 찾아오지 않는다고 원망해봤자 상황은 달라지지 않는다. 하루에 30분도 좋고 1시간도 좋다. 우리의 소소한 일상으로 들어가 행복한 시간을 가져야한다.

어렵게 생각할 필요 없다. 행복은 당신과 아주 가까운데 있다. 일상 속에서의 행복, 가까운 산을 올라보자. 졸졸 거리는 냇물소리, 아무렇게나 피어 있는 들꽃, 정겨운 산새 소리, 시원한 바람이 불어와 자신도 자연의 일부가 되는 느낌, 이런 것들이 다 행복이다. 사방에 널려있지 않는가. 행복은 소소한 일상에 있다. 당신이 손만 내밀면 금방이라도 잡을 수 있다.

행복이란 거창한 것이 아니다. 나를 기쁘고 즐겁게 해주는 것이 행복이라 했으므로 웬만한 거는 다 해당될 수 있다. 밥 잘 먹고 잠 잘 자는 것, 커피마시고 웃고 떠드는 것, 햇볕을 쬐고 산책을 하는 것, 모두 다 나를 기쁘고 행복하게 해 줄 수 있는 게 아니던가. 음악듣기, 독서 등 혼자서 할 수 있는 것도 있고 취미활동, 동호회, 여행 등 다른 사람들과 같이 할 수 있는 것도 있다. 가족과 함께 캠핑은 어떨까. 동물원에 가는 것도 괜찮겠다. 운동도 있구나. 수영, 달리기, 테니스, 배드민턴, 탁구 등등

이것도 저것도 아니면 나만의 비밀의 화원을 만들고 거기서 혼자만의 시간을 갖으라.

당신에게 속한 삶의 멋과 낭만을 즐겨라. 모든 것은 당신의 것이다. 아무리 바쁜 하루라 하더라도 하루에 30분이나 1시간을 내라. 행복은 멀리 있지 않다. 바로 지금 여기 당신 앞에 있다.

'나는 진정 누구인가', '내가 우선으로 두는 가치는 무엇인가'에 대해서 진지한 물음을 던져야한다. 자신이 누구인지 그리고 자신을 살아 숨 쉬게 하는 것이 무엇인지를 분명히 깨달은 사람만이 자신의 길을 걸을 수 있다. 그렇지 않으면 남들이 만들어놓은 가치에 휘둘려 항상 끌려 다니는 삶을 살게 된다. 당신의 행복에 집중하라.

자, 닫힌 창문을 열고 시원한 바람을 맞으며 마음에 여유를 갖자. 70억 인류 중에서 당신과 똑같은 사람은 단 한사람도 없다. 당신은 이 세상에서 소중한 존재이며 그 무엇으로 대체할 수 없는 유일한 존재이다. 그 희소성은 천연기념물보다 20배, 100 배 이상의 가치를 가졌다. 당신이 발을 딛고 서있는 것, 코로 숨을 쉬고 있는 것, 눈으로 바라보고 있는 것,

이 모든 것이 행복이다. 살아있음으로 인하여 느끼고 생각하고 만지고 말하는 것, 이 모든 것 자체가 사실은 당신의 행복인 것이다.

9. 행복감별기

당신 주위에는 당신을 힘들게 하는 사람이 있는가 하면, 당신을 즐겁고 기쁘게 만드는 사람도 있을 것이다. 그리고 어느 편에도 속하지 않는 사람도 있을 것이다. 나는 이 행복감별기를 만들어놓고 모든 것을 평가한다. 행복감별기에 넣어 어떤 것이 나에게 기쁨을 주고 즐거움을 주는 것인지. 어떤 것이 그 반대인지 살펴보면 된다. 당신을 둘러싸고 있는 모든 것이 해당 된다. 사람일 수도 있고 사물일 수도 있다. 그리고 당신이 생각하는 어떤 추상적인 것일 수도 있다.

당신도 이를 이용해보라. 아주 쉽고 단순하면서도 당신의 마음을 정확하게 읽어준다.

앞에서 비교하는 것에 대해서 이야기하면서 남과 비교를 시작하자 마음이 우울해졌다고 했다. 기분이 우울해졌다면 비교는 행복이란 것과는 거리가 먼 것이다, 남과 비교하는 것이 행복이 되려면 비교할 때마다 내가 기쁘고 즐거워야한다. 그런데 그 반대라면 비교를 했기 때문에 행복한 마음을 잠시 잃은 것이다. 이 원리를 이용하는 것이다.

행복이란 나를 기쁘고 즐겁게 해주는 것이라 했다. 이 공식에다가 당신과 관계를 맺고 있는 사람들을 하나하나씩 대입하게 되면 답을 얻을 수 있다. 우선 가족부터 살펴보기로 하자. 늘 마주하는 아내를 대입해보자. 당신의 아내는 당신을 기쁘고 즐겁게 해주는 사람인가, 아니면 그 반대인가.

부부사이가 좋다면 당신의 아내는 당신을 기쁘고 즐겁게 해 주는 사람이다. 반대로 이혼의 위기에 처했거나 서로 관계가 좋지 않다면 당신의 아내는 당신을 기쁘지도 즐겁게 해주지도 못하는 사람이다. 이에 대해서는 당신만이 답을 알고 있다.

부부는 함께 있는 시간이 많고 복잡한 관계이므로 단순 논리로 판단하기는 어려울 수 있다. 하지만 이 원리를 이용할 때는 복잡하게 생각하지 말아야한다. 딱 3초만 생각하면 된다. 그 이상 시간을 끌면 생각이 지나치게 많아지고 답을 내는데 주저하게 된다. 거의 즉흥적으로 3초 이내 답을 해야 한다. 그렇게 얻은 답이 정확한 답이다.

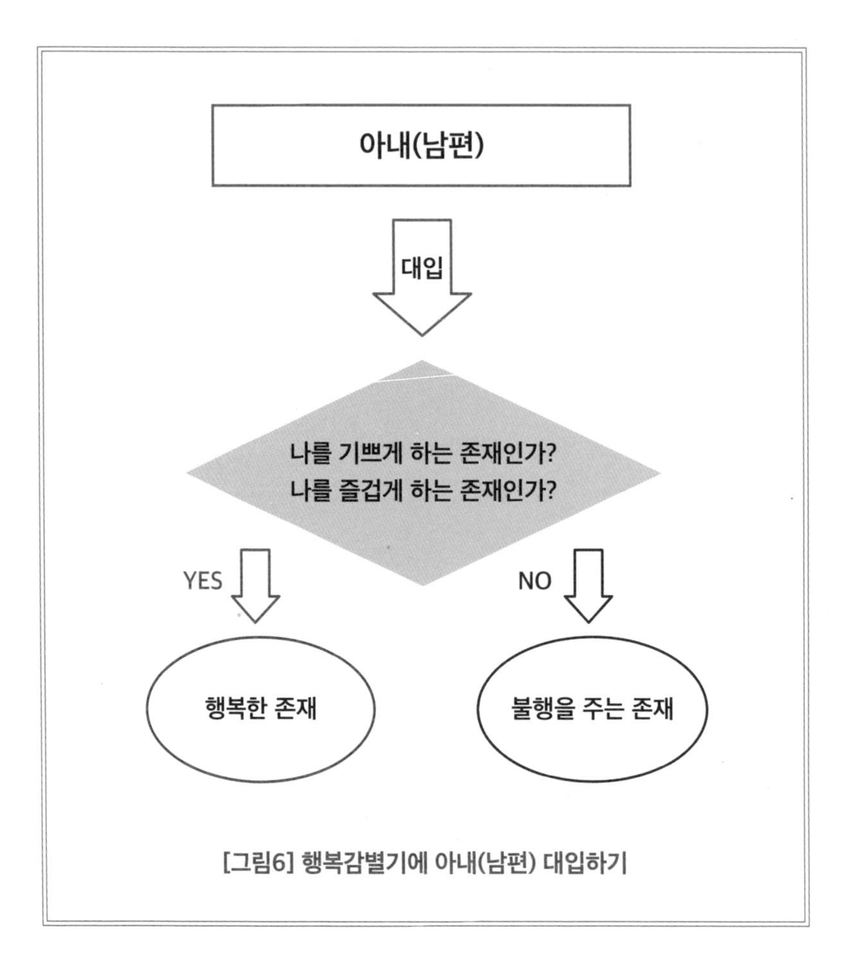

[그림6] 행복감별기에 아내(남편) 대입하기

아내에 대한 것이 끝났으면 이제는 당신의 상사는 어떨까.
당신의 상사도 행복감별기에 넣어서 답을 구해보자

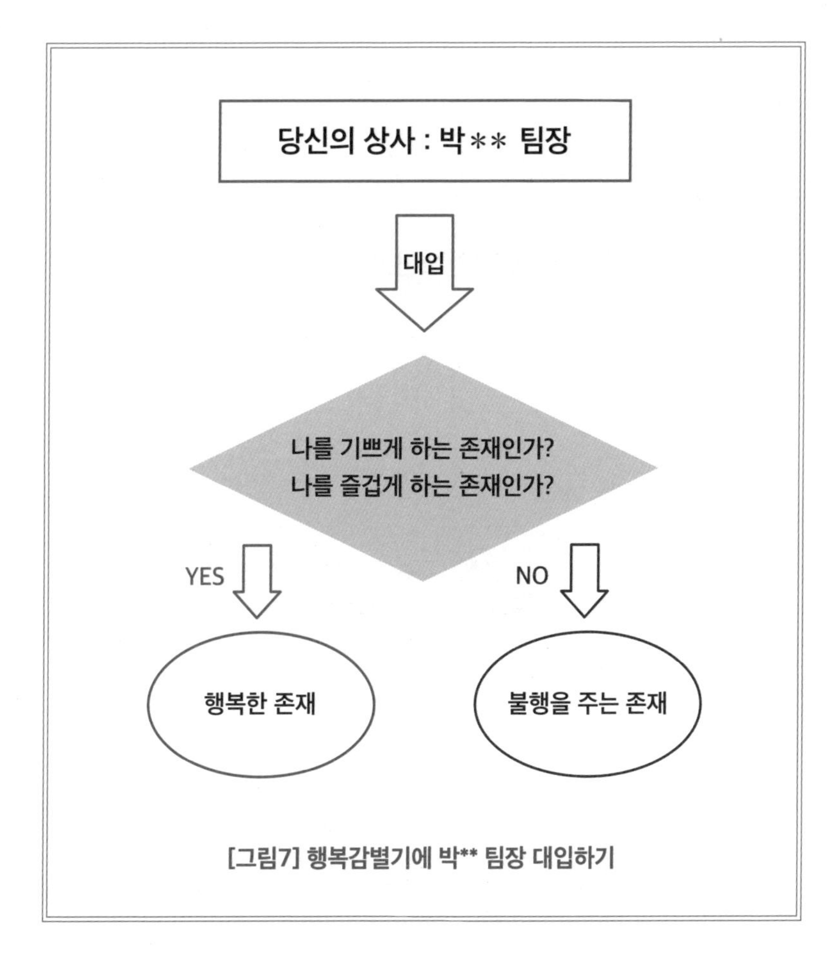

[그림7] 행복감별기에 박** 팀장 대입하기

어떤가. 답이 확실하게 나오지 않는가. 당신의 상사에 대해서 좋은 생각을 가지고 있다면 당신에게 행복을 주는 존재일 것이고 NO란 대답을 하게 된다면 당신의 상사는 불행을 주는 존재가 될 것이다.

이런 방식으로 주변을 둘러싼 모든 사람들과 사물들에 대해서 행복감별기에 넣어보면 된다.

아직 결혼을 하지 않았다면 애인이나 여자친구(남자친구)를 행복감별기에 넣어보자.

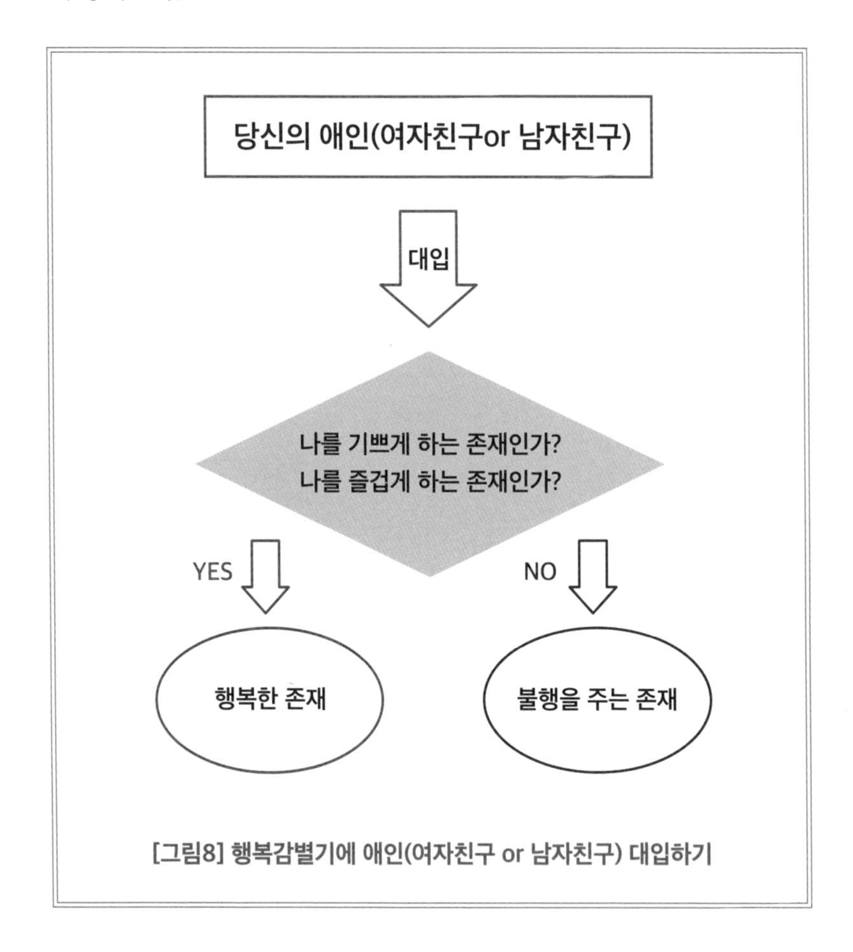

[그림8] 행복감별기에 애인(여자친구 or 남자친구) 대입하기

이런 거 말고도 평소에 관심이 있는 정치가나 대통령 등을 행복감별기에 넣어 봐도 된다. 나는 우리나라 대통령을 비롯하여 여야 지도자 외국의 대통령이나 수상까지도 행복감별기에 놓고 답을 구한다.

미국대통령 ***을 행복감별기에 넣고 답을 구해보자.

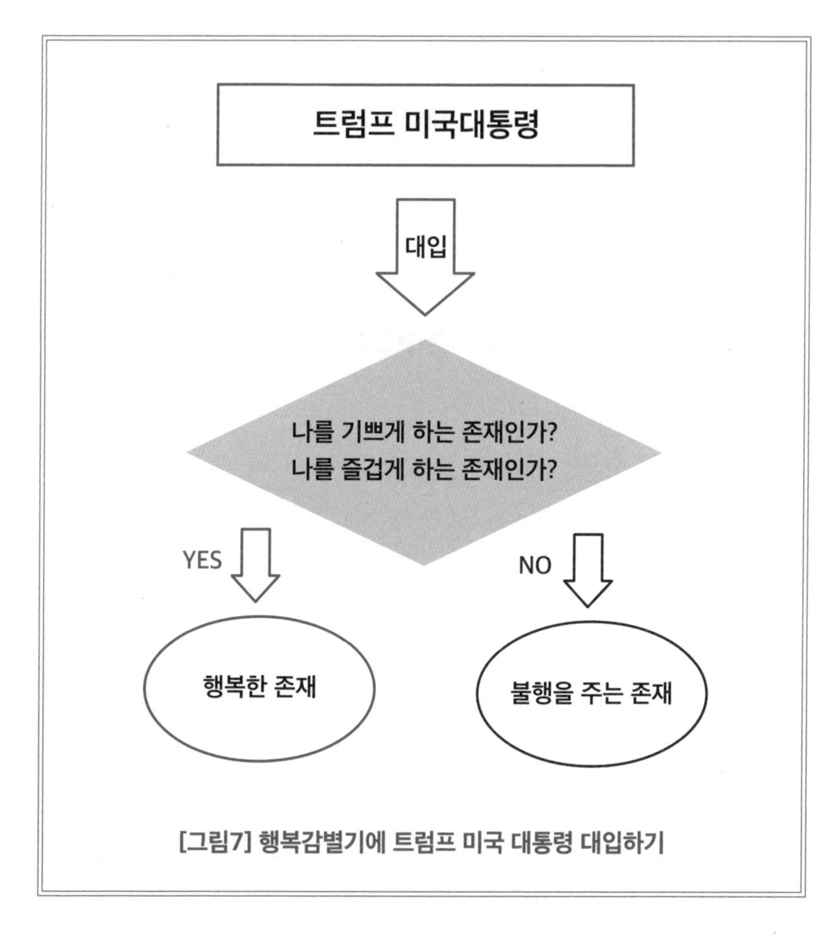

[그림7] 행복감별기에 트럼프 미국 대통령 대입하기

미국대통령 ***을 넣고 답을 구하면 당신의 정치성향이 나오게 될 것이다.

이번에는 우리나라 대통령의 이름을 넣고 답을 구해보자. 다른 정치인도 얼마든지 괜찮다.

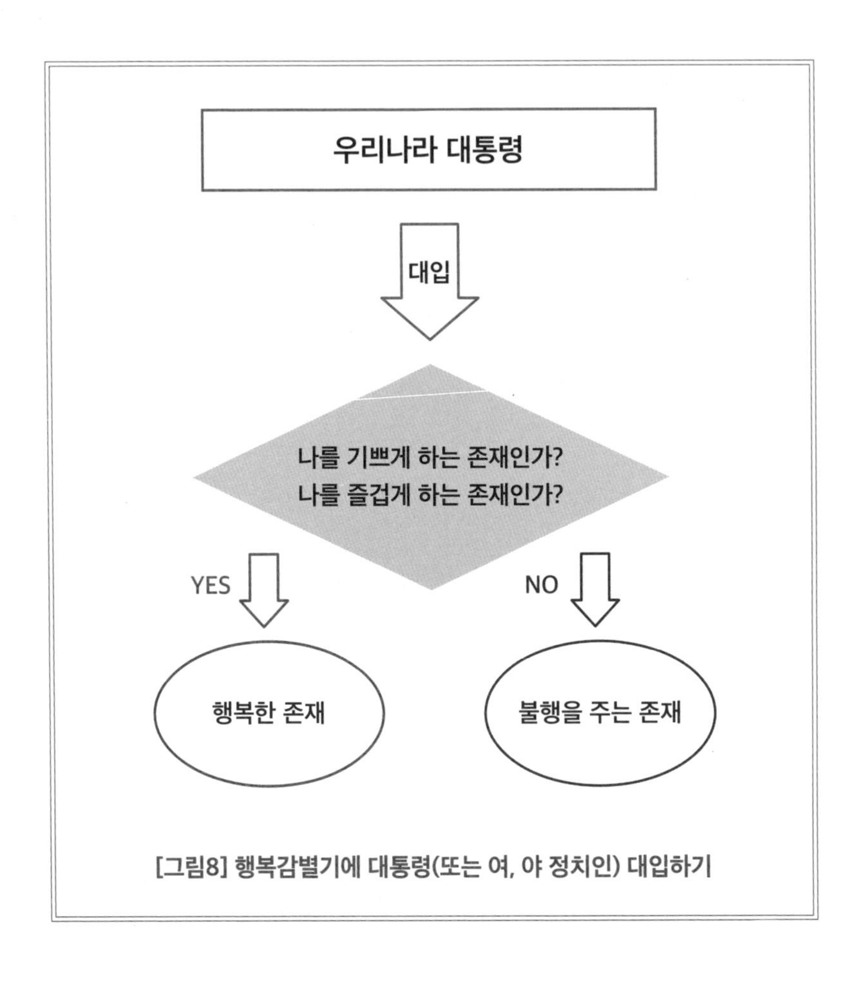

[그림8] 행복감별기에 대통령(또는 여, 야 정치인) 대입하기

우리나라 대통령, 여, 야 정치인등의 이름을 넣고 답을 구하면 당신의 정치성향이 나오게 될 것이다. 당신이 보수인지 진보인지 색깔이 분명해질 것이다.

어떤가, 행복감별기를 통하여 나를 둘러싼 모든 것들을 대입해보니 확연하게 드러나는 것을 알게 되었을 것이다. 행복감별기가 주는 장점은 행복에 대해서 명확하게 자기기준을 세워 준다는 것이다. 행복감별기는 남의 눈치 볼 필요 없이 오로지 내 기준에 입각하여 행복을 판단하게 해 준다. 그동안은 남의 눈치 보느라 쫓겨 다녔고 남들이 행복이라면 그게 행복인줄 알고 살아왔다. 이런 왜곡된 시각들을 교정해서 행복의 기준을 명확하게 세워주기 때문에 계속 연습하다보면 무엇이 진정으로 나를 행복하게 해주는 것인가를 알게 되고 점차로 내가 행복해지기 위하여 어떻게 해야 할지를 알게 된다.

10. 자존감과 행복

우리가 끊임없이 행복을 찾아나서는 이유는 개인의 행복한 삶을 위해서이기도 하지만 마음속에 자리 잡고 있는 자존감을 유지하고 고양시키는데도 영향을 미치기 때문이다. 화분 속에 있는 화초에 물을 주지 않는다고 생각해보라. 화초는 생명력을 잃고 곧 시들게 될 것이다. 행복을 찾아나서는 것은 자존감이란 화초에 물을 주고 생명을 불어넣는 것과 같은 것이다. 그 꽃은 더욱 싱싱하게 자라게 될 것이다. 또한 행복한 시간을 갖는 것은 마음에 밥을 듬뿍 주는 것과도 같다. 이런 과정을 통하여 건전한 자기애와 자신감을 회복하고 나아갈 수 있게 되는 것이다.

이제 밖으로 나갈 차례이다

(보문산에서 즐기는 여유로움.)

오늘 하루 행복한 시간은 보문산에 가는 것으로 아침부터 결정했다. 그러고 보니 지난 이른 봄에 가보고는 이후로 한 번도 가지 않았다. 보문산을 떠올리니 오래된 빈티지 물건과 전망대, 그리고 맛난 호떡집이 생각나면서 입에 군침이 돈다.

'와~ 오늘은 그 맛있는 보문산 호떡을 먹을 수 있겠군.' 이렇게 생각하자 마음부터 설렌다.

보문산은 대전 사람이면 누구나 다 아는 공원이다. 너무 흔해서 어쩌다 가끔 찾는 공원이 되어버렸지만 30년 전, 학창시절 때까지만 해도 놀 거리, 볼거리가 많지 않았던 시절엔 김밥 싸서 가족과 함께 친구들과 놀러가던 곳이었다.

그리고 나에게는 90년대 지금의 아내와 연애하던 시절 첫 입맞춤을 한 곳이기도 하다(하하 창피)

요새는 보문산보다는 중구, 동구 쪽 사는 사람들은 계족산을 자주 가고 서구, 유성구에 사는 사람들은 구봉산을 많이 찾는 편이다. 그래도 보문산은 나름 옛 추억들이 있어서 찾을 때마다 정겹고 좋다.

커피를 챙기고 입구에 들어서니 옛날에 쓰던 물건들을 좌판을 벌려 놓고 파는 것이 나를 반긴다. 지금은 사라져가는 물건들이고 잊혀져가는 것들이다. 빈티지란 고급스런 단어가 떠오르긴 하지만 그냥 옛날에 쓰던 물건들이고 더 된 건 골동품이고 교양 있게 말하면 문화재다.

한때는 골동품에 꽂혀서 사 나르던 적이 있었는데 지저분하다고 아내가 등쌀을 부려서 모으다가 포기했다. 하지만 몇몇은 나만의 공간에 숨겨놓고 몰래 꺼내 보고 즐긴다. 그 맛을 아내는 절대 모를 거다.

오랜만에 와서 그런지 못 보던 물건들이 눈에 들어왔다. 지나간 과거들이 아련히 떠오르는 물건 2~3개를 찜하고 이따가 집에 갈 때 사야겠다고 마음먹는다. 그사이 설마 누가 사가진 않겠지.

좌판을 지나 조금만 더 가면 케이블카가 놓여있다. 지금은 사용하지는 않지만 전성기 때는 케이블카를 운행할 정도로 붐비는 곳이었다. '이제는 모든 게 과거 속에 추억이 되는구나.' 그와 함께 나도 커갔고 나이 들어간다는 게 잠깐 서글프기도 했지만 이내 인생 참 재밌다 생각이 든다.

그때의 내가 지금의 나인가 싶기도 하고 분명히 나인데 과거 속에는 다른 사람이 서 있는 것 같다.

케이블카의 모습을 뒤로하고 산책로에 진입한다. 산책로는 차량이 통제되어있고 데크 길이 잘 조성되어 있어서 자유롭게 걸을 수 있다. 오늘 택한 길은 야외 음악당 쪽 길로 보문대를 가기 위해서다. 거기가면 대전 시내가 다 보일 정도로 탁 트인 전망을 볼 수 있다. 경사진 길이긴 하지만 땀 흘릴 정도의 코스는 아니므로 발걸음이 가볍다.

이쪽 길을 선호하는 이유가 있다. 음악당 쪽으로 가다가 보문대쪽으로 꺾는 길이 나오는데 중간 중간에 좋은 경구들이 있고 그중에 스티브잡스의 명언이 놓여있기 때문이다.

'보문산에 웬 스티브잡스?'

재작년이든가 지인과 보문산에 오르다 우연히 나무 팻말에 있는 스티브잡스의 명언을 발견했다.

'저번에 왔을 때, 그러니까 지난봄까지는 그대로 있었는데 설마 벌써 떼버린 건 아니겠지. 아냐, 요즘은 하도 바뀌는 게 많아서 새로운 걸로 교체했을지도 몰라.'

기대와 설렘을 안고 야외음악당 가기 전 보문대쪽으로 방향을 틀었다.

이쯤 어디였는데 어디 있더라. 다른 문구들도 나무 팻말에 있었지만 유독 스티브잡스의 명언을 담은 팻말이 기억이 뚜렷해서 다른 팻말들은 눈에 들어오지 않았다.

얼마쯤 걸었을까. 순간적으로 일어서는 반가움! 아, 찾았다. 거기 그렇게 스티브잡스는 나를 기다리고(?) 있었다.

"우리가 이룬 것만큼 이루지 못한 것도 자랑스럽다."

너 거기 있었구나.

우리가 이룬 것만큼 이루지 못한 것도 자랑스럽다는 말. 걸음을 멈추고 스티브잡스의 명언을 담은 팻말을 바라보면서 다시 몇 번을 더 읽고 마음속에 담았다.

스티브잡스. 인류에게 스마트폰을 선물하고 떠난 문화의 개척자. 그가 보여주던 손짓 하나, 표정 하나에 설렜던 지난 날들. 그의 모습이 선하게 떠오른다. 잠시 기쁘기도 하고 반갑기도 하고 내 마음속의 홀로그램에 그렇게 스티브잡스가 웃으며 서 있다.

'우리가 이룬 것만큼 이루지 못한 것도 자랑스럽다.'

그가 이루었고 사람들이 열광했던 것. 그래, 그것은 위대하고 자랑스러운 것이었다. 그리고 지금보다 더 진보한 세상을 간절히 바라며, 이루지 못한 것이란 단어에 그의 미래에 대한 꿈과 소망을 담았을 것이다.

우리가 이룬 것 만큼,
이루지 못한 것도
자랑스럽습니다.
대전광역시 중구보건소
중구정신건강증진센터

그는 어쩌면 자신의 죽음을 예견하고 이 말을 남겼는지도 모른다. 그는 갔지만 수세기가 지나도록 인류는 그의 업적을 기억할 것이다.

이런저런 생각을 하며 모퉁이를 돌아 보문대에 오르니 대전 시내 전경이 하나 가득 담겨왔다. 이미 벌써 사람들이 옹기종기 모여서 경치를 감상하고 있다. 평일에는 사람들이 거의 없는데 오늘은 주말이라 그런지 가족 단위로 온 사람들도 보였다. 이제는 사람들도 반갑다.

여기에서 보는 시내전경이 제일 낫다. 가까이 충무체육관과 공설운동장이 보이고 멀리 계족산도 보인다. 우측엔 대전역과 원도심이 자리하고 있고 좌측엔 내가 사는 곳과 신도시 풍경이 담겨온다.

불과 10~20분만 오르면 이렇게 한꺼번에 시내 전경을 볼 수 있다는 게 참 즐겁다. 저 아래에서 오밀조밀 산다는 것, 그리고 울고 웃으며 아등바등 살아가고 있다는 것, 위에서 올려다보니 그 치열한 삶들에 우리는 너무 많은 것을 놓치고 살아가고 있다는 생각이 들었다.

그리고 이제부터는 인상 쓰지 말고 더 기쁘고 즐겁게 살아야겠다는 생각이 든다. 잡스의 말처럼 그동안 살아오면서 이루었던 것도 자랑스러운 것이고 아직 이루지 못한 것도 자랑스러운 것이다.

왜 우리는 어떤 것이 아직 이루어지지 않았다고 해서 불평을 하고 그것을 이루어야 한다고 온갖 그 생각뿐이고 그거에 목매달고 그것이 이루어질 때까지는 행복을 유보하는 것일까. 그랬다. 우리는 큰 것에 집착하면서 가까이에 있는 행복을 놓치고 살아왔다. 그리고 오늘에 만족하지 못하며 불만인 채 작은 행복들을 내팽겨쳤다.

잡스의 그 말은 결과만 중요하게 여기고 그 과정에 이르는 것에 대해서는 중요하게 생각하지 않는 사람들에게 주는 말이 아니었을까.

순간 나에게 작은 깨달음이 몰려왔다. 흔한 보문산에서 별걸 다 생각한다고 말할지 모르지만 깨달음을 얻는데 보문산이든 화장실이든 문제될 건 없다. 오히려 일상 속에서 무언가를 얻는다는 게 더 가치 있지 않을까. 비싼 수강료 주고 강의를 들어도 아무 것도 얻지 못하는 게 많은데 말이다.

내려오는 길에 보문산 호떡을 먹을 생각을 하니 발걸음조차도 가볍고 설렌다. 유명한 곳이어서 주말엔 20~30분 줄서는 것은 기본이다. 호떡집에 줄서서 먹는 것도 또 다른 즐거움이다. 명랑 핫도그에서 줄서서 먹는 것은 봤어도 호떡집에 줄서는 것은 흔한 일은 아니다. 기다리고 있으면 지루하기보다는 맛있는 걸 먹을 생각에 군침이 돌고 시간이 어떻게 흘러가는지 모른다. 게다가 줄 서 있는 사람들이 나와 같은 생각을 하는 사람들이라 생각하니 모르는 사람이지만 왠지 전부터 아는 사람처럼 친숙하게 느껴진다.

그리고 맛나게 호떡을 먹으면서 아침에 찜해두었던 옛날 물건을 샀다. 집사람이 또 지저분한 것을 사왔다고 야단칠게 빤하므로 옛날 물건은 감추고 호떡만 내밀테다.

돌아오는 길에 어느 카페 앞에서 이문세의 '나는 행복한사람'이란 노래가 흘러나왔다. 그리고 HOT의 '캔디'와 '행복'이란 곡이 이어졌다.

아, 오늘 하루 참 행복한 날이었다.

아무 것도 아닌 일상일 수도 있으나 생각만 바꾸면 이렇게 즐거울 수도 있는 거구나.

이 기쁨이 내 안에 넘쳐나면서 강 같은 평화가 밀려왔다.

소확행을 넘어 중확행,대확행으로

우리는 누구나 소원 하나 씩을 가지고 있다. 그리고 그것이 이루어지길 소망한다. 이 힘든 세상에 소원 하나 정도는 가지고 살아야 그래도 희망이 있고 기쁨이 있을 것이다.

내가 중학교 때까지만 해도 우리 집에는 엄마가 종이를 태워서 공중으로 올려 보내는 의식(?)이 있었다. '영등이'라고 해서 소지를 태워 소원을 비는 것이다. 소지란 한지를 말하는데 한지는 불에 잘 타면서 공중으로 올라가는 습성이 있다. 종이가 불에 타면서 공중으로 잘 올라가면 한해 가정의 소원이 이루어지고 모든 일이 잘 풀린다고 생각했던 것이다.

도시의 발달로 이런 것들은 거의 사라졌겠지만 내 기억 속에는 아직도 생생하다.

2천 년대는 소녀시대가 '소원을 말해봐'라는 대히트곡을 들고 나와 세상을 들썩이게 했다. 그 곡에는 젊은이들의 솔직하고 거침없는 표현들이 가득 차 있다.

하지만 뭐니 뭐니 해도 새해 첫 날, 해돋이를 보면서 소원을 비는 것이 가장 흔하게 볼 수 있는 풍경일 것이다. 나도 밤기차를 타고서 동해 바다에 새벽같이 도착해 해돋이를 봤던 기억이 난다.

이처럼 소원은 자연스런 것이다.

지금까지 우리는 나의 존재와 나의 행복에 대해서 이야기를 나누었다. 이제 나의 행복을 위해서 좀 더 나아가 보자.

내가 행복해진다는 것은 나의 소원과 소망이 이루어지는 것이다. 물론 소원과 소망이 이루어지지 않는다 해서 불행한 것은 아니다. 하지만 평소에 바라던 소원이 이루어진다면 행복은 배가 될 것이다. 나는 그런 관점에서 이야기를 하는 것이다.

소원은 나의 소원을 이루어 나가는 것도 있겠지만 집단속에서 타인과의 관계 속에서 이루어 나가야 하는 것들이 있다. 내가 이루려고 하는 것들이 나의 범주를 넘어 타인과 희소성을 다투게 될 때 지금까지의 양상과는 다른 복잡한 문제들이 발생하게 된다.

이번 장부터 7장까지는 그런 것들을 포함해 천연기념물보다 20배, 100배 이상의 가치를 가진 당신이 좀 더 나은 행복을 위해 소원과 성취에 대해 알아가 보도록 하자.

1. 소확행을 넘어 중확행, 대확행으로

삶이란 주위에 널려있는 행복을 찾아가는 과정이다. 살아있는 것 자체가 행복이므로 눈으로 보고 느끼고 말하는 것 모두가 다 사실은 행복인 것이다.

우리의 인생은 행복을 자각하고 내 것으로 만들며 행복의 주체가 되어 살아가느냐 아니면 그 반대로 남과 끊임없이 비교하면서 늘 만족하지 못한 채 허영심과 불평 속에 살아가느냐의 문제다.

어차피 딱 한 번 주어진 인생길이라면 적극적으로 행복을 찾아나서는 것이 지혜로운 것이다. 하루 종일 인상을 찌푸린 채 고민 속에서 살아간다고 해서 풀리지 않는 문제가 해결되는 것이 아니다. 오히려 스트레스만 늘어나게 될 것이다. 남에게 피해를 주지 않는 범위 내에서 하루하루 자신의 행복을 찾아서 즐기며 살아가는 인생이 건강하고 값진 삶인 것이다. 행복은 멀리 있지 않고 아주 가까이에 있다.

소확행이란 단어가 이제는 일상의 일처럼 돼버린 게 사실이다. 집안을 구석구석 청소하는 일로도 행복한 시간을 보낼 수 있으며 달걀 프라이를 맛있게 요리하는 것만으로도 기쁨과 즐거움을 만끽할 수 있다. 생각을 바꾸고 행복을 찾아 나서겠다고 마음만 먹는다면 우리는 얼마든지 행복을 잡을 수 있다. 나를 기쁘고 즐겁게 하는 일은 도처에 깔려있기 때문이다.

이제 그 소확행의 의미를 좀 더 나아가 중확행, 대확행으로 넓혀 나가 보자.

지금까지 천연기념물인 우리의 존재와 우리가 찾아야할 행복에 대해서 이야기를 하였다. 이제부터는 좀 더 행복의 의미를 확장하여 개인이 속한 사회적 관계 속에서 행복에 대해서 알아보도록 하자.

소확행은 개인적인 차원에서의 의미가 강하다고 봐야한다. 그리고 소소한 일상 속에서 찾는 것들이다. 중확행은 아직 낯선 용어일 수 있다. 지금까지는 소확행에서만 머물고 있기 때문이다. 하지만 우리는 얼마든지 중확행, 대확행으로 나아갈 수 있다.

중확행이란 소확행보다는 사이즈가 좀 더 크고 시간이 소요되는 것으로 볼 수 있겠다. 소확행이 당일치기 여행이라면 중확행은 며칠짜리 여행이다. 소확행이 혼자서하는 즐거움이라면 중확행은 단짝과 또는 가족과 함께하는 그 무엇이다. 소확행이 일회적이고 단편적인 것들이라면 중확행은 차원을 높여서 어떤 '소원'이나 '소망'을 이루어나가는 것이 될 수 있다. 이를테면 소확행이 커피숍에서 만나는 소개팅 같은 것이라면 중확행은 인생 반려자를 만나는 일, 즉 '사랑'이나 '애인 만들기' 같은 일이 될 것이다.

소확행에서 중확행으로 나아가면 규모도 커지고 단순한 즐기기에서 소원과 소망을 담는 것까지로 커질 수 있다. 그리고 '나'라는 차원을 넘어서 친구와 가족으로 관계가 확장될 수 있다.물론 이에 따르는 행복의 크기도 커질 것이다. 어떤 것들이 당신에게 해당될지 당신과 주변을 살펴보라.

개인적 일상의 즐거움에서 나를 넘어 남과 사회적 관계 속에서 즐겁고 기쁜 일을 만들어나가는 일은 행복한 일이긴 하지만 그에 대한 부작용도 생각해야할 것이다. 또한 불편한 사람도 있을 것이다. 이미 혼밥, 혼술, 혼행, 혼영 문화가 트렌드를 형성한 상황에서 남들과 교류하기 보다는 자신만의 행복에 취하는 것을 즐기기 때문이다.

하지만 걱정마라. 중확행에는 두 가지 종류가 있으니까.

중확행은 홀로 즐기는 중확행이 있고 남과 함께하는 중확행이 있다. 이것을 잘 구분해서 즐기면 된다. 홀로 즐기는 중확행은 소확행의 행위들이 더 발전된 형태를 생각하면 된다. 혼자 떠나는 당일치기 여행이 소확행이라면 3박4일 이상 휴가를 내고 아무런 부담 없이 홀로 여행을 떠나는 것이 중확행이다.

남과 함께하는 중확행은 나도 남도 같이 확실하게 행복을 챙기는 것에 초점을 맞추어야 할 것이다. 우선, 여기서 남이란 전혀 모르는 사람이 아니라 당신이 가장 좋아하는 지인이며 당신이 가장 사랑하는 사람들이다. 친구로 하면 베스트 프렌드이자 단짝이 되겠고 가족으로 한다면 가족 중에서도 가장 좋아하는 사람이 되겠다. 이도저도 아닌 그리 친하지 않은 관계에 있는 친구나 지인, 가족이라 하더라도 진지한 애정이 없는 가족이라면 중확행을 공유할 대상이 아니다.

당신이 가장 좋아하는 지인은 누구인가. 당신이 가장 사랑하는 사람들이 누구인가. 중확행은 그들과 함께 하는 일이다. 그리고 그들을 통해 확실하게 서로의 행복을 챙기는 게 중확행이다.

어떤가. 이번 주말에는, 이번 휴가에는, 지금부터 중확행으로 가는 걸음을 시작해보자. 당신과 당신의 지인들은 또 다른 차원의 행복을 맛 볼 것이다.

2. 개인주의, 이기주의, 집단주의, 집단이기주의

나의존재, 나의 행복, 나의 성공. 불과 10년 전까지만 해도 나라는 것보다는 우리라는 것들이 중심이었다. 두 번의 금융 위기와 저성장의 그늘 속에서 탈출구를 찾지 못하는 문화적 성상은 저마다 이 늪에서 탈출하기 위해 매진하여 왔으며 그 과정 속에서 이기적인 얼굴이 되어갔다. 공동체와 개인주의간의 오랜 긴장관계가 깨지면서 사회 전반에 개인주의가 이기주의로 확대 개편되었다.

이 같은 경향은 10대와 20대의 젊은 층으로 갈수록 강해지는 경향이 있다. 공동체의 명분아래 수면 아래 놓여있던 개인주의는 혼밥, 혼술, 혼행, 혼영 등 광범위한 혼자만의 문화를 확산시키고 있다.

그것은 헬 조선, N포 세대, 이생망 등 기성세대에 의해 차단된 불안한 미래에 대한 비상구를 찾아가는 과정에서 그들이 찾은 살 길이었고 나아가 21세기 한국사회가 만들어낸 결과물이다.

우리는 지금 긍정적인 방향으로 가고 있는가.

소확행에서 중확행으로 넘어가고 있는 이 지점에서 좀 더 확실하게 해두고 넘어가야할 것들이 있다. 그것은 지금까지의 일관된 주장이 자칫 엉뚱한 방향으로 흘러 독자에게 오해의 소지를 남길 수 있기 때문이다.

우선 개인주의, 이기주의, 이타주의에 대해 용어부터 확실히 해두자. 내가 생각하는 개인주의 이기주의, 이타주의 정의는 이렇다.

개인주의: 나의 이익을 지키는 행위. 남에게 피해를 주지 않음.

이기주의: 나의 이익만(ONLY)을 위하는 행위. 나의 이익을 위해서라면 남에게 피해를 주는 것도 어쩔 수 없음. 오직 나의 이익만 중요함.

이타주의: 남을 이롭게 하는 행위.

집단주의: 자기 집단의 이익을 지키는 행위. 타 집단에게 피해를 주지 않음.

집단이기주의: 자기 집단의 이익만(ONLY)을 위하는 행위. 집단의 이익을 위해서라면 다른 집단에게 피해를 주는 것도 어쩔 수 없음. 오직 자기 집단의 이익만 중요함.

개인주의와 이기주의의 차이는 '오직 나'와 '오직 나만'의 차이다. only가 있느냐, 없느냐의 차이다. 내가 하려는 어떤 행위가 남에게 피해를 준다면 (그럼에도 그것을 해야 된다면) 이는 이기주의에 해당된다. 하지만 내가 하려는 어떤 행위가 남에게 별 영향이 없는 것이라면 그것은 개인주의라 할 수 있다.

우리가 앞 장에서 나의 행복에 대해서 이야기할 때 나를 즐겁고 기쁘게 하는 것이 행복의 판단 기준이라 하였다. 이것이 사회적 관계 속으로 들어가면 다시 생각해야할 문제가 발생한다. 나의 행복을 위하여 하는 행위가 남에게 피해를 주는 행위가 된다면 그건 이기적인 행복이 되며 내가 말하는 행복이 아니다. 나의 행복만을 위해서 남에게 피해를 주면서까지 행복을 누리려고 한다면 그 행복은 죄악에 가깝다. 앞장에서 거론한 대로 우리가 타도해야할 대상이 되는 것이다.

나를 기쁘게 하고 즐겁게 하는 행위가 행복이라 하더라도 그것이 법과 윤리를 넘어 범죄를 저지르고 타인에게 물의를 일으키는 것까지 용납하는 것은 아니다. 연쇄 살인자가 살인에 기쁨과 즐거움을 느낀다고 해서 그것이 행복이라고 한다면 무언가 잘못된 것이다. 행복의 판단 기준을 무리하게 대입한다면 지금까지 말한 모든 내용이 전혀 원치 않는 방향으로 가게 되는 것이다.

그에 반하여, 개인주의는 자기 이익만을 추구하는 이기주의와 달리 '자기의 이익을 지키는 행위'이므로 자유민주주의 사회가 적극 지향해야

할 가치인 것이다. 그러므로 혼밥, 혼술,혼영, 혼행 등 혼자만의 문화는 타인에게 피해를 주지 않는다면 이 시대의 적절한 문화 현상이다.

우리는 이제 집단적 가치를 중시하는 것에 지쳐있으며 공공이란 이름 아래 개인의 취향이 존중 받지 못하는 이상한 이념과 이별해야한다. 그것은 차라리 폭력이다.(꼰대들은 들을지어다.)

문제는 개인주의가 서로 충돌할 때 발생하는 문제가 될 것이다. 남에게 피해를 주는 것이 아니라면 괜찮지만 개인주의와 개인주의가 서로 충돌할 때 우리는 어떤 입장을 취해야 할까.

시대는 복잡하며 이런 일들은 자주 발생한다.

A와 B가 개인주의 차원에서 충돌하여 우선순위와 가치를 정해야하는 순간에 있을 때 서로의 중요도와 시급성을 타진하기 위해서 '소통'이란 수단을 사용해야 할 것이다. 나에게도 중요한 문제이지만 상대방이 더 긴급한 문제라면 우리는 인품과 배려에서 답을 찾아야한다.

나의 존재, 나의 행복, 나의 문제, 나의 성취 등 모든 것들에서 나를 앞세우는 문화가 대세가 되어 가고 있다. 나는 이런 문화 현상들이 나쁘지 않다고 말했다. 하지만 그만큼 개인과 개인 간에 이익이 충돌할 가능성이 높아지고 있다고 봐야한다. 물론 인품과 배려심으로 해결되지 않는다면 경쟁을 피할 수 없겠지만 남에게 피해를 주지 않으면서 적절히 양

보와 타협을 이루어 나간다면 조화로운 사회가 될 것이다.

내 가치가 중요한 것처럼 타인의 가치도 중요한 것이다. 내 행복이 중요하다면 타인의 행복도 중요한 것이다.

나와 같이 타인도 천연기념물 보다 20배, 100배 이상의 가치를 가진 존재이며 70억 인류 가운데 유일한 존재이기 때문이다.

자존감과 자기애가 너무 고양된 상태에서 자기의 모습을 객관적으로 보지 못하고 자기중심적인 생각을 가지고 남을 무시하는 행위는 자칫 나르시시즘의 부정적인 형태로 나타날 수 있다는 점을 기억하자.

3.진정한 친구 찾기

친구와 함께 행복을 찾는 것도 대표적인 중확행일 것이다. 그것도 내 마음을 나눌 수 있는 진정한 친구와 함께하는 시간은 더 없이 행복하다.

자기의 감정을 숨기고 살아간다는 것은 어떤 면에서는 너무 꽉 끼는 옷을 입고 돌아다니는 것처럼 답답하다. 진정한 친구란 이런 답답함을 풀어줄 수 있는 오아시스 같은 존재일 것이다. 오아시스가 찾기 힘든 것처럼 현대사회에서 나의 마음을 마음껏 털어놓고 받아 줄 수 있는 친구를 찾는다는 것은 쉽지 않는 일이다. 그만큼 마음의 문을 닫고 살고 있으며 개인화, 파편화되면서 사회는 점점 외로워지고 있다.

혼밥, 혼술, 혼영, 혼행, 혼설(혼자 독서하는 것) 등 혼자 하는 문화가 일상이 되어버린 상황에서 진정한 친구를 찾는다는 것은 어쩌면 허황된 것일 수도 있다는 생각을 해본다.

진정한 친구가 정말로 필요한 것일까. 아니 진정한 친구라는 게 현실세계에 있기는 한 것일까. REF의 이별 공식의 가사처럼 설마 '옛날에도 말만 그랬겠지.'라고 생각해야 하는가.

인터넷과 폰에서 지인들이 넘쳐나는 세상에 진정한 친구의 필요성마저 퇴색해 가고 있는 것 같은 느낌이다. 하지만 인간은 언제까지 마음의 벽을 치고 살아갈 수가 없다. 그런 긴장상태가 지속되다가는 마음의 병을 얻어 곧 쓰러지고 말테니까.

'진정한'이란 단어를 빼고 '그냥' 친구라고하면 사람은 많아진다. 게다가 친구는 나이가 비슷한 또래를 가리키므로 위 아래로 확장하여 지인으로 하면 더 많은 사람이 있다. 여기다가 블로그, 카카오톡, SNS 등 네트워크와 모바일까지 포함하는 가상의 지인까지 하면 세 자리에서 네 자리까지 넘어가는 수도 있다.

'진정한'이란 단어를 빼는 것과 빼지 않는 것은 이렇게 큰 차이가 있다.

수백을 헤아리는 친구와 지인들 중에 '진정한'이라는 단어로 솎아 내기를 하면 불필요한 친구명단이 늦가을에 떨어지는 낙엽처럼 우수수 떨어진다.

살생부에서 살아남은 자들도 또다시 압축을 가하면 거기서 또 반이 떨어져나간다. 그렇게 해서 최종 살생부에서 살아남은 그 '진정한'표 친구는 2~4명 정도가 전부다.

지인 C씨는 형식적인 만남과 인간관계에 회의를 느끼고 싹 다 정리하고 베스트 프렌드 2~3명만을 남겨두는 어장관리 구조조정을 했다. 지인 C씨와 같은 사람들도 요즘은 제법 있다.

나는 스무 살 이전에 일찌감치 부모로부터 독립해서 정든 고향을 떠나 서울에서 직장생활을 해 혼자 있는 시간이 많았다. 혼자 있게 되면 처음엔 참 편하고 자유롭게 된다. 하지만 좀 더 시간이 지나면 황량함 같은 외로움이 슬슬 찾아들고 다시 친구들을 찾게 된다.

그러나 마음의 교감상태가 부재한 관계 속에 또 염증을 느끼게 되고 결국 또다시 혼자가 된다. 이때부터가 마음의 벽을 치는 시기인데 여기서부터 얼마간의 시간이 지나면 완전히 혼자서 즐기는 구간으로 들어선다. 친구가 찾아와도 귀찮게 느껴지며 만나지 않게 된다.

(참고로 집에 틀어박혀 외톨이가 되거나 혼족이 되려고 마음먹었다면 1~3년이 중요하다. 이시간이 지나면 웬만한 친구는 떨어져나가며 혼자 지내는 시간이 생활이 되고 즐거

워진다.)

어떤 경우는 진짜로 우울한 날, 가슴 속에 응어리져있는 걸 다 털어놓고 싶은데 아무리 전번을 검색해도 함께 할 그 한 명이 없었던 시절이 있었다.

직장생활을 그만두고 탈 서울한 후 살던 곳으로 내려오니까 어릴 적부터 사귀던 학교친구, 동네 친구 등을 다시 만나면서 친구들과 보내는 시간이 많아지기 시작했다.

베스트 프렌드, 단짝, 진정한 친구 등은 비슷비슷한 단어들이고 같은 말이다. 나에게도 마음을 나눌 수 있는 친구가 3~4명은 있다.

인생을 좀 더 풍부하고 잘 살아가려면 진정한 친구 몇 명은 사귀어 놓는 게 좋다. 그런 베스트 프렌드와 함께 시간을 보내는 것은 마음이 즐거워지며 인생의 행복이 깊어진다.

진정한 친구란 무엇일까.

우선, 질투하지 않는 관계가 진정한 친구이다. 상대방을 질투한다는 것은 겉으로는 우정을 내세우지만 경계를 한다는 것이며 마음 한구석엔 경쟁관계로 의식하고 있다는 것이다. 진정한 친구는 남녀 간의 사랑과 별다를 바 없는 것이다. 사랑하는 사람이 잘되는데 질투를 느낀다면 연인 사이라 할 수 있겠는가. 이 친구가 진정한 친구인지 알쏭달쏭 할 때는 그가 잘 될 때 내 마음을 솔직하게 들어다보면 쉽게 가려진다. 그 친구가 잘되면 내 마음이 뛸 듯이 기쁘고 그 친구가 잘 안되면 마치 내 일인 양 하루 종일 속상하고 안절부절못한다.

두 번째는 속마음을 다 털어 놓을 수 있는 관계가 진정한 친구다. 진정한 친구라면 흉금을 터놓고 이야기할 수 있어야한다. 철저한 신뢰와 전적인 믿음이 아니고서는 이런 관계가 성립될 수 없기 때문이다. '내가 이런 말을 하면 상대방이 어떻게 생각할까'를 고민하고 있다면 아직은 깊은 관계에 있지 않거나 깊은 관계를 향해가는 과정 중에 있다고 봐야할 것이다. 서로 간에 신뢰와 믿음의 시험단계를 완전히 끝낸 상태에서는 오직 순도 100%의 진정성만 남아있게 된다. 오리지널 진짜 100% 금을 왜 '순금'이라 부르는지 생각해 봐야할 것이다. 금에 불순물이 들어가면 합금이 되는 것이다.

이밖에도 여러 가지가 있겠지만 이 그물을 통과한 친구가 진정한 친구라 할 수 있겠다. 내가 찾은 진정한 친구는 이렇다.

요즘 젊은이들에게는 이런 친구를 가지고 있어야 한다는 것이 부담스런 일이 될 수도 있을 것이다. 워낙에 혼자 하는 문화가 자연스러워, 오프라인 친구마저도 거치적거릴 수도 있을 테니까.

조카 녀석에게 진정으로 마음열고 사귀는 친구가 있냐고 했더니 '삼촌이나 그렇게 사세요.' 라면서 쿨 하게 대답한다. 세상이 달라지면 진정한 친구의 기준도 달라지는 것일까. 정말 REF의 이별 공식이란 노랫말처럼 '옛날에도 말만 그랬겠지'라 생각하는 것일까.

그럼에도 어떻게 하면 진정한 친구를 사귈 수 있을까를 고민하는 사람들이 있다. 아직은 관계가 깊어지지도 않았는데 먼저 마음의 문을 열기도 그렇고 지금까지의 관계로 상대를 다 파악하기도 어렵고 또 진정한 친구 한명을 만들기 까지는 오랜 시간을 보내야하고 공을 들여야 하니까. 거기다가 사교성도 부족한 편이면 진정한 친구를 만나는 것은 여간 어려운 일이 아닐 것이다.

뭐 좋은 방법이 없을까.

나도 한때는 진정한 친구를 사귀기 위하여 애쓴 적이 있다. 그런데 이렇게 했더니 접근하던 친구가 어느 날부터 자연스럽게 멀어져가고 어떤 친구는 이 일이 있은 후부터 관계가 더 깊어져 결국 베스트 친구가 되었다.

지금부터 그 이야기를 하며 마칠까 한다. 당신이 듣고 싶은 딱 원하는 대답은 아닐 수 있겠지만 들어두면 도움이 되리라 생각한다.

아버지와 아들이 있었다. 여러 친구를 사귀는 아들의 모습을 본 아버지가 아들에게 진정한 친구가 있는지 알아보고자 했다. 아버지는 죽은 돼지를 자루에 넣은 다음에 아들에게 짊어지고 친구를 찾아가 자신이 사람을 죽였으니 도움을 구하라고 했다. 아들이 친구들의 집을 찾아가, 사람을 죽였으니 시체를 묻을 수 있도록 도와달라고 하자 아무도 도와주지 않았다. 이번에는 아버지가 친구 집을 찾아 살인을 해서 시체를 짊어지고 왔다고 하니 친구는 아버지를 얼른 집으로 들이고 해결할 방도를 찾자고 했다. 그리고 자기 집 뒷마당에 구덩이를 파고 시체를 묻고는 아버지에게 안심하고 자라고 했다. 이 일을 통해 아버지는 아들에게 어떤 친구가 진정한 친구인지 가르칠 수 있었다.

어디서 한번쯤은 들어본 이야기일 것이다. 친구를 깊게 사귀지 않는 요즘 세대들에게는 엽기적인 이야기겠지만 내가 젊었을 때는 자주 들었던 이야기이다.

이 이야기는 진정한 친구란, 어렵고 급한 일을 당했을 때 도와주는 친구가 진정한 친구라는 것을 보여준다.

당신에게 접근해 오는 사람이 있거나 의심 가는 친구의 마음을 확인하고 싶다면 이 이야기를 넌지시 해보라. 그러면 어떤 다른 목적을 가지고 접근했던 사람들이나 가식적이고 진지하지 못한 친구는 신기하게도 차츰 멀어지게 된다. 반면, 당신과 진짜로 친구가 되고 싶어 하는 사람은 당신에게 더욱 가까이 다가서게 된다.

진정한 친구를 찾는 것은 내가 무엇을 찾느냐에 달린 것이다. 내가 순도 100%짜리 순금을 원한다면 상대방도 나에게 그걸 원하는 사람일 것이다. 그래야 서로가 진정한 친구가 맺어질 수 있다. 진정한 친구 한 명은 억만금을 주고 산대도 아깝지 않을 것이다.

진정한 친구와 보내는 시간은 인생의 빼놓을 수 없는 즐거움이자 행복이다.

4. 행복이란 내가 가진 것을 즐기는 것이다.

(유성 국화전시회에서)

"행복이란 내가 갖지 못한 것을 바라는 게 아니라 내가 가진 것을 즐기는 것이다."

- 린피리스

내가 좋아하는 문구다. 작년인가 지인들과 국화축제에 갔다가 문구가 쓰여있는 것을 보고 작은 깨달음을 주는거 같아 머릿속에 담아왔다. 사진도 찰칵 한 장 찍어 잘 보관하고 있다.

무언가를 자꾸만 갖고 싶은 것은 인간의 자연스런 마음일 것이다. 하지만 이 마음은 내버려 두면 끝도 없이 커지게 마련이다.

인간은 이기적인 동물이어서 갖고 있는 것보다 더 많이 가질려는 데 혈안이 되어있다. 때문에 적절히 통제하지 않으면 자기 능력보다 한참을 더 가질려는 탐욕스런 모습이 된다. 이렇게 하다가는 그가 달려가는 길은 무한경쟁의 질주이며 당도하는 곳은 과로사이다.

우리는 생활 속에서 더 가질려고 만하지 가진 것을 즐기지 못하는 경향이 있다. 어떻게 하면 편한 마음으로 가진 것을 즐길 수 있을까. 내 생각에는 삶에 대한 여유를 갖을 때 갖고 있는 것을 즐길 수 있는 것 같다.

주위를 돌아보면 승부에 너무 집착하면서 살아가는 사람들이 있다. 그들을 보면 경쟁에서 이기는 것이 전부인양 살아가고 있다. 하지만 삶은 경쟁이 아니다. 삶의 본질은 행복하게 살아가는 것이다. 빈틈없이 바쁘게 살아가는 삶이 과연 행복하다 할 수 있을까. 쉬어갈 수 있는 여유도 있어야한다.

'내가 가진 것을 나누기도 하고 나를 통해 누군가가 성장 발전하는 바램이 있어야한다. 그것이 진정 여유를 갖은 사람의 모습이고 그런 사람은 자기가 갖고 있는 것을 즐길 줄 안다.'

우리가 갖을려고 하는 것을 보면 거의 다가 남들이 가질려고 하는 것들이다. 남들이 다 갖는데 나만 갖지 못하면 불행할까 생각되기 때문이다. 하지만 행복은 남과 비교하는 것에 있지 않다.

각자에게 재산목록 1호라는 것이 있다. 중요한 것들로 순위를 메겨서 자기에게 제일 중한 것이 재산목록 1호이고 그다음이 2호, 3호, 4호이다. 내 재산 목록1호는 음반이다. 나는 어릴때부터 음반을 수집해왔다. 한때는 음반 수집에 미쳐가지고 회사에 연차내고 청계 7가와 8가를 뒤지던 시절도 있었다. 내 수집방법은 좀 유별나서 한 번에 싹쓸이 해가는 것이다. 요즘으로 하면 덕질 내지는 탕진잼 같은 거다.

음반과 책은 집에다 쌓아두면 언제가는 보게 되고 듣게 되어있다. 그래서 일단 사다 놓고보는 것이다. 그런데 이게 세월이 흘러가다 보니 점점 공간을 차지하게 되고 물건의 양이 장난 아니게 많아지게 된다.

"당신은 좀 지나쳐요. 2-3년이 지나도 한 번도 들척이지 않고 쌓아두는 것들을 뭐라고 그렇게 사들이는 거예요"

집사람이 한 마디하는 것은 당연지사다. 그래도 나는 언젠가는 꺼내서 보게 될 것이란 생각에 사들이는 걸 멈추지 않았다.

하지만 최근에 들어와서야 조금씩 깨달아가는 것이 있다. 어느 날 그런 생각을 하게 되었다. 이 많은걸 다 들을려면 내가 150~200 살까지 살아야하고 매일 한 장씩 듣는다 해도 100 살까지 꾸역꾸역 들어도 수집한 음반의 절반도 듣지 못한다는 것이다.

다 듣지도 못할 것을 왜 그리 사 날랐는지, 그때는 나이 들어 언젠가는 들을 것이다란 생각이 앞섰지만 실제로 나이가 들으니 않 듣는 음반은 여전히 않 듣더라는 것이다. 물론 그 수많은 음반 더미 가운데에서 보석 같은 희귀음반을 발견하고 감격스런 적도 몇 번 있기는 했지만 남은 것들은 이제는 처치곤란한 상태가 되어버린 것이다.

산더미처럼 쌓아놓은 음반을 보면서 저 많은 음반들도 한때는 누군가에 주인이었고 누군가가 버렸기 때문에 내손에 들어올 수 있었던 것이란 생각이 들었다. 나에게 희귀음반이 손에 쥐어 쥐기까지는 누군가 물건을 내놓았기 때문이었을 것이다.

수 많은 음반들은 취향이 맞지 않아 그냥 장식용으로 꽂혀있거나 그도 아니면 박스 속에 계속 갇혀 있다. 하지만 저 음반더미 속에는 누군가가 애타게 찾는 귀한 음반도 묻혀 있을 것이다.

'그래. 나는 즐길 만큼 즐겼다. 어차피 여기두면 아무 소용없는 물건이다. 다른 사람들 즐기라고 보내 버리자. 음악을 사랑하는 사람으로서 음악을 사랑하는 사람들에게 주자. 누군가에게는 애타게 찾는 음반이 분

명히 있을 것이다. 이제는 그만 놔주어야할 때이다.'

그 후로, 나는 실로 대단한 결심을 했다. 음반을 모두 처분하기로 한 것이다. 음반들이 뭉터기로 주말마다 빠져나갔다. 신나는 건 집사람이었다.

아깝다는 생각이 약간 들기도 했지만 대부분 내 보냈다. 친구들을 불러다가 골라서 가져가라고 하며 공짜로 주기도하였다.

"당신이 그런 면도 있었어. 허."

집사람은 나를 달리보는 듯하다. 하여간 자기 집사람을 감동(?)시키면 훌륭한(?) 사람이다.

그런데 웬지 처음엔 시원섭섭했으나 막상 음반이 다나가고 나니 기쁜 마음이 조금씩 일기 시작하였다. 내 소유의 물건이 도매금으로 넘어갔는데도 자꾸 기쁨이 일렁이는 이 느낌은 뭐지.

어느 날 책을 잠깐 보다가 어떤 작가가 이렇게 써 놓은 글을 보았다

'내가 가진 것을 나누기도 하고 나를 통해 누군가가 성장 발전하는 바램이 있어야한다. 그것이 진정 여유를 갖은 사람의 모습이고 그런 사람은 자기가 갖고 있는 것을 즐길 줄 안다.'

글을 읽는 순간 가슴이 따뜻해졌다.

그리고 그제서야 나는 알게 되었다. 음반이 나가던 날 마음속에 알 수 없는 작은 기쁨이 찾아왔던 이유를 말이다.

지금은 음반이 가득했던 자리에 다른 물건이 들어와 있다. 안마기가 떡하니 자리를 차지하고 있다. 그것으로 하루의 피로를 푼다. 집사람도 그 자리에서 매일 즐거워하며 사업장에서 돌아와 하루의 피로를 마음껏 푼다.

행복이란 게 무엇인가. 버리면서도 행복할 수 있는 건가. 이 어마무시한 자본주의 사회에서 이런 식의 행복도 있는 건가. 어쨌거나 내 마음을 기쁘고 즐겁게 하는 것이라면 다 행복이라 했으므로 이건 분명히 행복이다.

가진 것을 즐기기 위해서는 삶에 대한 여유가 있어야한다. 그래야 갖고 있는 것을 즐길 수 있다. 그것은 남과 나누는 것도 포함된다. 거기에는 감춰진 기쁨이 있다. 내 것만 악착같이 붙잡고 있는 사람은 도저히 알지 못하는 그 무엇이 있다.

또한, 감사한 마음을 갖을 때 인간은 자신을 뒤돌아 보며 자기가 가진 것을 즐길 수 있다. 오직 앞만 보며 달려가는 사람에겐 오직 앞만 보일 뿐이다. 삶의 여유를 가질 때 자신을 뒤돌아볼 수 있으며 가진 것에 감사할 수 있다. 감사가 없으면 내가 가진 현재의 것들에 큰 의미를 두지 않게 된다. 더 가질려만 할 것이기 때문이다.

현재 가지고 있는 것에도 즐기지 못하는데 더 가진다고 행복을 느낄 수 있을까. 그들은 오직 남보다 더 많이 갖는 것에서 행복을 찾는 것이다. 행복은 남과 비교하는 것에 있지 않다. 우리는 이미 앞에서 진정한 행복이 어디에서 오는 것인지를 알게 되었다.

지금 내가 가진 것들이 얼마나 소중한 것인지 잊고 사는 사람들이 많다. 우리곁에 늘 있는것들에 감사하지 못하고 당연히 있어야할 것처럼 생각하곤 한다. 만약, 내가 가진 모든 것을 잃었다고 가정해보자. 사랑하는 가족들, 삶의 터전인 직장, 그리고 건강 등 이 모든 것들을 다 잃었다고 생각하면 현재 가지고 있는 것들이 하나 하나 얼마나 소중한지 알 수가 있다.

내가 지금 가지지 못한 것에 아쉬움을 갖기보다는 내가 지금 가지고 있는 것에 감사하며 살아가자.

"행복이란 내가 갖지 못한 것을 바라는 게 아니라 내가 가진 것을 즐기는 것이다"

나는 이 귀절을 자주 읽고 주말이면 내가 가진 것을 즐기기 위해 밖으로 나간다.

삶의 여유를 찾아야 갖고 있는 것을 즐길 수 있다. 그리고 가진 것에 감사하는 마음을 갖어야 만이 즐길 수 있다.

당신은 그동안 변변하게 쉬지도 못하고 앞만 보고 달려왔는가?

그러면 이젠 모든걸 내려놓고 쉼과 휴식을 갖기 바란다. 린피어스의 명언과 만나자.

쉬어가면서 삶의 여유를 찾아야 현재 당신이 갖고 있는 것에 행복을 느끼며 즐길 수 있다.

이번 주말엔 가족과 함께 멋진 여행을 떠나서 비경을 만나고 함께 저녁을 먹으며 유쾌한 시간을 가져보자.

5. 번 아웃(Burn Out)

쉼과 휴식은 삶에서 당연히 있어야할 것임에 틀림없지만 우리는 일에 쫓기고 시간에 쫓기며 바쁘게 산다. 쉼과 휴식을 누리는 것만큼 행복한 일도 없을 것이다, 힐링, 치유, 비움과 채움. 이런 단어들이 삶을 살아가는데 필수적인 요소가 되었다. 죽어라 일만하던 시대는 끝났다. 이제는 삶에서 일과 휴식의 균형을 이루며 삶의 질을 높이는 것이 누구보다도 잘 사는 것이다.

휴식 없이 일하는 것을 브레이크 없이 달리는 자동차와 같다고 미국 포드자동차의 설립자인 포드가 말했다. 번 아웃이란 의욕적으로 일에 집중하던 사람이 극도의 육체적 정신적 피로를 호소하며 무기력해지는 현상을 말한다. 기계도 계속 돌리면 탈이 나게 마련인데 사람도 마찬가지이다.

인생은 단락과 단락을 잇는 전환기의 시간이 있다. 한고비 힘들고 어려운 때가 지나가면 평화로운 시기가 찾아오고 그런 시간이 몇 년 계속되면 다시 한고비를 넘겨야하는 시간이 다가온다. 그 단락 사이에 시간의 진행이 멈춰버린 듯한 때가 있다.

주식에서 데이 트레이딩을 해 본 사람이면 '멈춤 현상'이란 것을 알고 있을 것이다. 호가 창에서 매수세와 매도세가 격돌하다가 어느 지점에서 일순간 매매가 멈추는 현상이다. 이 멈춤 현상이 그치고 나면 그 다음부터는 위든 아래든 방향성이 나오게 된다.

우리 인생의 시간에도 마치 그런 게 존재하는 것처럼 보인다. 길이 잘 보이다가도 갑자기 아무 것도 보이지 않는 때가 있으며 더 이상의 진전이 없고 계속 제자리걸음하고 있는 듯한 자신을 발견할 때가 있다. 그리고 지금으로서는 상황이 여의치 않아 이러지도 저러지도 못하고 가만히 있어야 하는 어쩔 수 없는 때가 있다.

나에게도 이런 시간들이 여러 번 있었다. 이럴 때는 답답하게 생각하지 말고 차분히 기다리는 게 좋다. 마음 급하게 먹고 노심초사하고 애타는 경우가 있는데 이럴 때는 그냥 그대로 놔두는 게 제일 좋다. 섣불리 움직였다가는 좋지 않은 일들에 말려들 수 있기 때문이다.

나에게도 4~5차례 그런 시간들이 있었다. 지금 생각해보면 모두 이 시기들이 나에겐 멈춤 현상이 나타났던 구간이었다. 이후로 나는 새로운 사이클로 접어들었다. 두 번 정도는 서두르다가 그릇된 판단으로 수렁에 빠졌고 두 번 정도는 잠자코 기다렸더니 좋은 방향으로 일이 진행되어 갔다.

인생의 전환점은 버스를 갈아타는 정류장과 같은 것이다. 갈아 탈 버스가 올 때까지 가만히 기다렸다가 타면 되고, 버스 안이 사람들로 붐비면 다음 버스를 기다리면 된다. 정류장에서 딴 짓하다가 버스를 놓치는 실수를 하면 안 되고, 버스를 잘못 타서 엉뚱한 곳으로 가지 말아야 한다.

삼십 대 초반 무렵 고시원을 그만두고 나는 대학교 앞에 호프집을 차렸었다. 고시원을 그만두고 몇 달간의 여유가 있었는데 천천히 가게를 알아봐도 될 것을 너무 서둘렀고 신중하지 못했다. 전 주인의 말만 믿고 고작 2~3일 생각하고 계약서를 써버렸다. 그 결과 매우 비싸게 권리금을 주고 계약을 하게 되었고 그나마 가게도 속다시피 인수하고 말았다. 그전까지 가게를 꽉 채우던 손님은 동원된 손님인 듯 내가 인수하자마자

가게는 텅텅 비었다. 한 가지 사업을 정리했으면 다음 사업이 시작될 때까지는 쉬면서 충분하게 연구를 했어야 했는데 진득하게 기다리지 못하고 일을 저지르고 말았다. 그때 좀 더 느긋하게 생각했더라면 쉬운 길을 놔두고 돌고 돌아 어려운 길을 가지 않았을 텐데 지금 생각해보면 참 아쉬운 점이다.

또한, 10년 직장 생활을 끝에 사표를 쓰고 새로운 일을 모색하던 시절이 있었다. 40대 초반이란 나이도 있었고 워낙 준비를 하지 않고 그만 두어서인지 허둥대고 불안한 시간들을 보낸 기억이 난다. 퇴사하자마자 잠깐의 휴식도 없이 나는 이리저리 쫓아 다녔다. 그러다 지인으로부터 투자전략 실을 알게 되었는데 이곳에 잘못 투자하여 수 천 만원의 돈을 날렸다.

10년 동안 서울과 대전을 오가면서 고생했으니 몇 달은 좀 쉬면서 여행도 가고 머리도 식히며 천천히 생각해도 될 것을 너무 서두르는 바람에 일을 그르치고 말았다. 돈 날린 것도 날린 것이지만 그때 푹 쉬지 못한 게 지금까지도 정말 아쉽다.

인생의 한 고비를 넘을 때마다 조금은 쉬어가라고 '멈춤 현상'을 만들어 놓은 것을 언제나 치열하게만 살아가는 내 삶이 때로는 가엽기도 하다.

인생에 있어 전환점이 되는 시간은 자주 오는 것이 아니다. 그 전환점이 오는 시간엔 서두르지 말고 여유를 갖고 시간을 보내도 늦지 않다.

그렇게 하면 의사결정을 하는데 도움을 주어 그릇된 판단을 하지 않게 한다.

인생은 속도보다 방향성이 중요하다. 조금 늦더라도 올바른 방향으로 차분하게 가는 게 중요하다. 인생은 마라톤과 같은 것. 100m를 달리듯 전력질주 해서는 완주에 성공할 수 없다.

방향성이 주어졌다면 그 길을 따라 한 걸음 한 걸음 꾸준하게 자기 걸음의 속도로 나아가야한다. 그래야 오랫동안 갈 수 있다.

우리는 잘 쉬는 것이 중요한 시대에 살고 있다. 무조건 직진한다고 해서 능사는 아니다. 바람직한 삶이란 노동과 여과가 완전하게 분리된 삶이다. 오늘날 워라벨(일과 삶의 균형)의 의미도 이와 맞닿아 있다.

하루 이틀 늦는다고 세상이 크게 달라지지 않는다. 당신이 지금 번아웃 되어 휴식의 시간에 있거든 마음껏 즐겨라. 누구에게나 재충전의 시간은 필요한 것이다. 잘 노는 것이 건강한 삶이고 잘 쉬는 것이 행복한 인생이다.

그동안 바쁜 일로 인하여 만나지 못했던 친구들을 찾아가서 이야기를 해보자. 죽이 맞으면 며칠 그와 여행도 떠나보자. 인생에 있어서 중도에 쉬는 시간은 징검다리와 같은 것이다. 멈춤 현상은 초조하라고 있는 것이 아니라 소확행하고 중확행하며 번 아웃된 당신을 좀 쉬라고 만들어놓은 것이다.

중확행에는 환경도 중요해요

좌절된 새, 알바트로스 이야기

우리가 행복한 삶을 살아가는데 바탕이 되는 것 중의 하나가 환경일 것이다. 일을 하고 휴식의 시간을 갖고 그 속에서 기쁘고 즐겁게 살아가는 행복을 오랫동안 영위하기 위해서는 우리를 둘러싼 환경이 오염되지 않아야한다.

우리가 대수롭지 않게 생각하며 버리는 생활쓰레기 중에 건전지가 있다. 건전지가 분해되는데 걸리는 시간은 무려 200만년이나 된다. 20세기 기적의 소재였던 플라스틱은 이제는 환경오염의 주범이 되었다. 쉽게 버리는 플라스틱 생수통은 분해되는 데 200년이나 걸리고 알루미늄 캔이 분해되는데도 300년 이상 걸린다.

특히, 플라스틱과 알루미늄 조각들은 숲과 바다에 사는 동물들이 먹이로 오인하여 목숨을 잃는 경우가 자주 발생하고 있다. 죽은 새를 해부해보니 배속에 플라스틱과 알루미늄이 꽉 차 있었던 장면을 TV 등 언론을 통해 보았을 것이다.

하와이 제도 미드웨이 섬에 살고 있는 '알바트로스'라는 새도 그렇게 죽어 가고 있는 새이다. 수 년 전에 알바트로스에 대한 이야기가 국내 전파를 타면서 이 같은 사실이 구체적인 것임이 밝혀졌다.

미국의 영화감독 크리스 조던은 미드웨이 섬에서 플라스틱 조각을 먹고 죽은 알바트로스 새끼들을 보고 큰 충격을 받고 다큐멘터리 영화로까지 만들었다.

알바트로스는 새들 중에서 가장 멀리 날고 가장 높이 날 수 있는 새로 알려져 있다. 양 날개를 활짝 펼쳤을 때는 4m에 이를 정도로 크고 우람한 새이다. 육지에서는 너무 커서 기우뚱 거리며 잘 걷지도 못하지만 공중으로 올라갈 때는 거센 바람을 이용하여 한번에 1600~3200km까지 비행할 수 있다. 거의 지구의 반 바퀴에 해당하는 거리이다.

알바트로스의 먹이는 바다표면에 떠다니는 해양 생물이다. 그런데 안타깝게도 바다위에는 인간들이 버린 쓰레기들도 떠다닌다. 여기에 문제가 있다. 알바트로스가 플라스틱 조각을 먹이로 오인하여 새끼에게 물어다 주었다가 새끼들이 받아먹고 배 속에 가득히 플라스틱들로 꽉차버려서 결국 죽게 되었던 것이다.

알바트로스는 수명이 길어서 인간처럼 80년도 살 수 있는 새인데 새끼들은 꿈을 피워보지도 못한 채 죽어가고 있다. 그 참혹한 모습을 크리스 조던은 사진과 기록영화를 통하여 많은 사람들에게 알렸다. 마구 버려진 인간의 생활쓰레기 때문에 생물들이 제명을 다하지 못하고 죽어가고 있다. 지금도 알바트로스는 개체수가 계속 줄고 있다.

자유롭게 하늘을 나는 새를 보면 아름답다. 저렇게 하늘을 날고 싶다는 충동을 느낀다. 하지만 인간은 땅에 있어야하고 자연은 자연 속에 있어야한다. 어쩌면 우리는 자연과 서로 영역을 나누고 조화롭게 살아가고 있는 것인지도 모른다.

산업화로 인하여, 인간이 자연의 영역을 침범하여 개발을 해대고 이로 인해 인간과 자연의 영역을 둘러싼 둘 사이의 조화가 깨지자 각종 이상기온 현상이 나타나고 있다. 인간이 지구를 공격하자 이번에는 역으로 지구가 인간을 공격하고 있는 것이다.

세계는 지금 그 어느 때보다도 기후환경에 대한 중요성이 날로 증가하고 있다. 전기를 비롯한 화석 연료 사용에 따른 이산화탄소 배출과 축산 분뇨에서 발생하는 메탄가스로 인해 지구를 둘러싼 대기층은 온실가스로 뒤덮이고 대기의 온도가 가파르게 상승하고 있다. 지구가 점점 더워지고 있다. 몽블랑의 빙하가 빠른 속도로 녹아내리고 있다. 여기에 행동하는 10대들이 거리로 쏟아져 나오면서 툰베리의 '금요 기후파업운동'을 낳았다.

좌절된 새, 알바트로스 죽음에서 인간에게 닥칠 재앙의 전초전을 보는 듯하다. 알바트로스는 알루미늄과 플라스틱을 먹고 죽어갔지만 인류는 탄소배출에 따른 온실효과에 의해 지구 전체가 통째로 뜨거워지고 있다. 이대로 두었다가는 어떤 일이 일어날지 아무도 모른다. 점점 비극의 시간이 다가오고 있다.

우리가 누리고 있는 행복을 후대까지도 오랫동안 지속하기 위해서는 자연과 환경에 대해서 걱정해야한다. 환경 단체들이 내놓는 경고의 목소리에 귀를 기울여야하고 우리나라는 미세먼지 타령만 할 것이 아니라 기후변화운동에 관심을 가져야할 것이다.

제6장

대확행: 개인

소확행과 중확행을 지나 이 장부터는 대확행이다.

개인 관점에서 대확행이란 개인의 소망했던 어떤 바람과 일들이 이루어지는 것이다. 여기에선 구체적인 방법론을 제시하기보다는 원리들을 담으려고 했다.

1. 이스라엘 민족의 출애굽과 광야의 시간

성경에 출애굽기는 이스라엘 민족이 애굽을 떠나 젖과 꿀이 흐르는 가나안 땅으로 들어가는 기나긴 여정을 기록한 이야기이다.

애굽은 우리시대를 축소해놓은 것만 같다. 출애굽기에 우리사회를 비유하는 것은 애굽 시절의 이스라엘 민족은 파라오의 독재 군주 아래에서 처참한 노예생활로 극심한 고통 속에 나날을 보냈기 때문이다.

지금의 현실이 그렇다.

젊은 세대에게 현 사회는 헬조선이다. 미래에 대한 꿈을 빼앗긴 채 각자 도생해야하는 비정한 현실 속으로 젊은이들은 내몰리고 있다. 그들은 이 시대를 N포 세대라 규정하고 있다. 그리고 금수저, 은수저, 흙수저 등으로 사회적 불평등을 표현하고 있다.

출애굽기에서 중요한 점은 광야라는 데 있다. 젖과 꿀이 흐르는 가나안땅으로 들어가기 전에 이스라엘 민족은 오랜 시간을 광야에서 보내야 했다.

광야, 그것은 애굽과 가나안 사이에 머무는 공간이다. 누구에게나 그 광야 같은 시절이 있다. 우리의 사회도 마찬가지이고 각 개인의 삶도 이와 똑같다. 우리에게 주어진 광야의 길을 잘 통과해야 만이 축복의 땅인 가나안으로 들어갈 수 있는 것이다.

지금 누군가에게는 이 시간이 방황하고 헤매는 시간이기도 하고, 수많은 어려움을 견디어내고 고난과 싸우며 하루하루 살아가는 시간 속에 있을 수도 있다. 반면 누군가에게는 그 오랜 극복의 시간을 끝내고 드디어 원하던 소망을 이루고 희망을 눈앞에 둔 상황일 수 있다.

가나안을 향해 나아가는 그 광야 같은 시간을 우리는 힘겹게 보내고 있으며 드디어 선한 목표를 달성 했을 때 젖과 꿀이 흐르는 가나안 땅으로 들어가게 되는 것이다.

인간은 크게 세 부류중 하나에 속해 있다. 아직도 애굽 땅에서 고통 받고 있는 사람, 그 고통에서 나오긴 했으나 아직은 광야에서 긴 시간을 보내고 있는 사람, 그리고 마지막으로 목표달성을 눈앞에 두고 가나안 땅으로 들어가려는 사람이다.

당신은 지금 어디에 있는가.

그런데 여기서 중요한 사실이 있다. 애굽이든 광야든 가나안이든 간에 모든 사람이 애굽을 나와 광야를 거쳐 가나안에 도달하는 것은 아니라는 것이다. 애굽은 빠져나왔는데 그 광야에서 수십 년을 보내는 사람도 있고, 어떤 사람은 단 몇 년 만에 광야를 졸업하고 가나안 땅으로 들어가는 사람이 있는 반면, 광야를 이기지 못하고 그만 광야에서 영영 무덤이 되는 사람도 있다는 것이다.

그것이 우리네 인생사이다.

소원과 성취를 위해서는 이처럼 광야와도 같은 시간을 필요로 한다. 그것은 인내일 수도 있고 기다림일 수 있으며 잠깐의 멈춤일 수도 있다. 때로는 끊임없이 반복되는 훈련일 수 있고 거친 숨소리와 땀을 뻘뻘 흘려야하는 수고일 수도 있다.

내 지나간 삶을 돌아보면 불투명한 미래 때문에 술 마시고 방황 아닌 방황하던 대학 시절이 첫 번째로 만났던 광야의 시간이었던 거 같고 졸업 후 고달팠던 10년간의 숨 가빴던 직장 생활이 두 번째 광야의 시간이었던 거 같다.

세계는 지금, 신자유주의 경제 질서가 몰고 온 파장으로 자본주의 무한경쟁 시대를 만들었고 인간의 욕망과 어우러지면서 자기중심적이고 타인을 배려하지 않는 냉혹한 사회를 만들어놓았다. 경쟁에서 이긴 자들은 독점적 지위를 누리고 경쟁에서 패한 자들은 더욱 벼랑 끝으로 내몰리고 있다.

광야다.

지금 우리는 이스라엘 민족이 보냈던 광야에 살고 있다. 출애굽기는 꿈을 향해 현재를 살아가는 모든 인류의 흐름과 닮아있다. 난관을 헤치고 성공이라는 가나안 땅을 좇는 한 개인의 흐름과도 닮아 있다.

2.진짜 희망과 헛된 욕망

우리는 누구나 소원을 가지고 그 소원이 이루어지길 희망한다. 작은 소원이라면 일상 속에서 자연스럽게 이루어지기도하고 반대로 이루지 못하는 경우도 있다. 또한 나의 의지와는 관계없이 어떤 일이 진행되어 소원이 이루어지는 경우도 있다. 하지만 소원이 좀 더 큰 소원이라면 그것은 목표가 되고 그것을 이루기 위하여 나의 적극적인 의지가 있어야한다. 그런 것을 이루어나가는 과정이 개인적인 측면에서 대확행이다.

감나무에 탐스럽게 익은 감을 먹고 싶다면 어떻게 해야 할까.

우선, 내가 움직여 나무에 오르거나 사다리를 가져와야 한다. 감을 따기 위한 감나무 채도 가져와야한다. 그리고 감을 따기 위해서 움직여야 한다.

낮은 곳에 있는 감은 비교적 어렵지 않게 손에 넣을 수 있다. 감을 따서 맛있게 먹을 수 있다. 이게 소원이나 목표가 이루어지는 1차적 원리이다. 매우 간단하다. 꼬마들도 감나무에서 감을 딸 수 있고 어린 시절 누구나 경험해 본 놀이이기도 하다.

문제는 그 다음부터이다. 좀 더 높은 곳에 있는 감을 따려면 어떻게 해야 할까. 나무에 오르거나 사다리를 가져와야 한다. 나무에 잘 오른다면 상관없겠지만 서투르다면 방법을 바꿔 사다리를 이용하게 될 것이다. 그렇게 해서 이번에도 감을 땄다면 당신은 여기까진 잘 해낸 것이다.

그런데, 이번에는 그보다 더 높은 곳에 있는 감들이 눈에 들어온다. 나무에 내 키 높이만큼 올라와 버려서 위험하기도 하고 사다리일 경우 제일 위 칸까지 올라와서 더 이상 올라갈 수가 없다. 이럴 경우 두 가지 중 하나를 선택하게 될 것이다. 여기까지만 하고 도로 내려가 감 따기를 그만두던가, 아니면 좀 위험하더라도 나무타기를 계속 시도하여 더 높은 곳의 감을 따던가.

결과는 어떻게 되었을까, A는 나무를 잘 타서 더 높은 곳의 감은 물론 가장 높은 곳에 있는 감까지 모두 따서 내려오고 B는 발을 그만 헛디디는 바람에 미끄러져서 나무에서 떨어지고 만다. 이럴 경우, A와 B는 각각 어떤 평가를 받게 될까. 사람들은 A가 끈질기게 매달려 목표를 이루었다고 하고 B는 욕심을 너무 부려서 나무에서 떨어졌다고 할 것이다.

우리는 여기에서 지극히 평범하면서도 중요한 사실을 발견할 수 있다.

A와 B를 살펴보면 A는 나무를 잘 탔고 B는 나무를 잘 타지 못했던 것이다. A는 능력에 맞게 감을 딸 수가 있었고 B는 능력 이상으로 감을 따려다 떨어지게 된 것이다. 욕심이란 관점에서 보면 B가 능력보다 더 큰 목표를 가졌던 것이다. B의 사례를 두고 사람들은 욕망이라고 하고 욕심이라고 부르기도 하고 과유불급 이라고 말하기도 한다.

여기까지는 시즌 1이다. 이제 시즌 2를 보자.
다시 B가 나무타기 연습을 하여 그 능력을 키웠다. 시즌1에서는 능력이 부족했지만 계속 훈련하여 시즌 2에 도전하였다. 그의 노력과 성장이 헛되지 않아 이번에는 A가 한 만큼 B도 높은 곳에 있는 감을 모두 딸 수 있었다.

이에 대해 사람들은 B를 두고 머라고 할까, 지난번엔 욕심을 부려 떨어지더니 이번엔 잘했다고 평한다. B의 능력이 자란 건 생각하지 않고 성공여부를 중요시하며 이번에는 욕심을 부리지 않아 성공했다며 과유불급에 대해서 이야기 한다.

여기에서 우리가 중요하게 생각할 점은 목표와 능력의 상관관계이다.

이 세상에는 두 가지 이야기가 존재한다. 열심히 노력하고 피 땀 흘려서 값진 성과를 이루었다고 하는 것이 있고 욕심을 부려서 실패했다고 비판하는 것이 있다.

행복에 대해서도 마찬가지이다. 한쪽에서는 목표를 세우고 부단히 노력하라 하고 다른 한쪽에서는 욕심을 버리고 헛된 욕망을 갖지 말라 한다. 심지어는 실패하면 과욕을 부려서 실패한 것이라 하고 성공하면 부단히 노력한 결과라 한다.

도대체 어느 것이 맞는 것인가. 어느 장단에 춤을 추어야하는 것일까. 나도 이에 대해서 많은 고민을 하였다. 삶을 살아가면서 일이 잘 풀려나갈 때조차도 내가 너무 욕심을 부리고 있는 건 아닐까 은근히 불안하기도 했다.

하지만 나는 이에 대해서 오랜 생각 끝에 명쾌한 결론에 도달하였다. 어떤 일을 함에 있어 작은 단계로부터 시작하되, 그 성공 여부는 본인의 능력에 달려 있다는 것이다. 1단계 목표가 성공하려면 1단계에 부합하는 능력을 가져야 한다는 것이다. 그리고 1단계가 성공하면 2단계 목표를 세우고 2단계에 맞게 능력을 증가시켜야 한다. 3단계 목표를 세우면 3단계에 맞게 능력을 증가시켜한다.

이런 식으로 목표와 능력이라는 두 바퀴로 점점 더 나은 목표를 향해 나아가야 한다는 것이다. 목표 쪽으로 값을 확장했으면 능력 쪽도 그에 걸 맞는 단계로 함께 끌어올려야 목표를 이루는데 성공할 수 있다.

목표만 잔뜩 올려놓고 그 짝인 능력을 키우지 않는다면 그 목표는 허황된 것이며 준비되지 않는 것이고 욕심이고 헛된 욕망이다. 이런 일은 대부분 실패로 끝난다.

신약성경 빌립보서 4장13절은

"내게 능력 주시는 자 안에서 내가 모든 일을 할 수 있느니라."

고 말한다. 여기서 '능력주시는 자'란 기독인이면 신이라 할 수 있겠지만 일반인들에게는 '자기 자신'이 된다. 결국 능력이 모든 일을 할 수 있으며 성공과 성취, 목표 달성을 좌우하게 되는 것이다.

이쯤 되면 당신은 알아차릴 것이다. 소원과 목표에 대해 목표를 달성하고 성공에 이르는 일은 아주 간단하다는 것을.

그것은 **목표와 능력의 양 날개를 끊임없이 되풀이** 하면 된다. 물론, 여기서 능력이란 개인의 '피와 땀'을 의미하는 것이다.

아무 것도 없는 가난한 집에 태어났지만 목표를 하나하나씩 이루어 거대한 성공 스토리를 써내려간 사람들이 얼마나 많은가.

박지성 선수와 김연아 선수를 보라. 그들이 세계적 스타의 위치에 오르기까지 얼마나 많은 피와 땀을 흘리며 능력을 키워왔는가를.

로또 복권에 당첨되어 수십억을 거머쥔 사람이 왜 쫄딱 망하게 됐을까? 갑자기 들어온 돈을 관리할 '능력'이 안 되었던 것이다. 당신도 어느 날 느닷없이 어떤 행운을 만날 수 있다. 하지만 그에 맞는 '능력'을 보강하지 않으면 행운으로 얻어진 것들은 결국 도로 내주게 될 것이다.

이제 우리는 무엇이 진짜 희망이고 무엇이 헛된 욕망인지 깨달아야한다. 지금 꼴찌여도 괜찮다. 아무 것도 이루어놓은 게 없어도 괜찮다. 이 원리만 잘 이용하면 얼마든 다시 날아오를 수 있다. 서두르지 말고 작은 일부터, 작은 소망부터 하나하나씩 이루어 나간다면 머지않은 시간 내에 당신은 희망으로 가득한 창공을 날고 있을 것이다.

1단계 목표 설정 》능력 보강 》1단계 도달성공

1차 설정 》》》 능력보강 》》》 1차 성공 》》》 2차 설정 》》》 능력보강 》》》 2차 성공

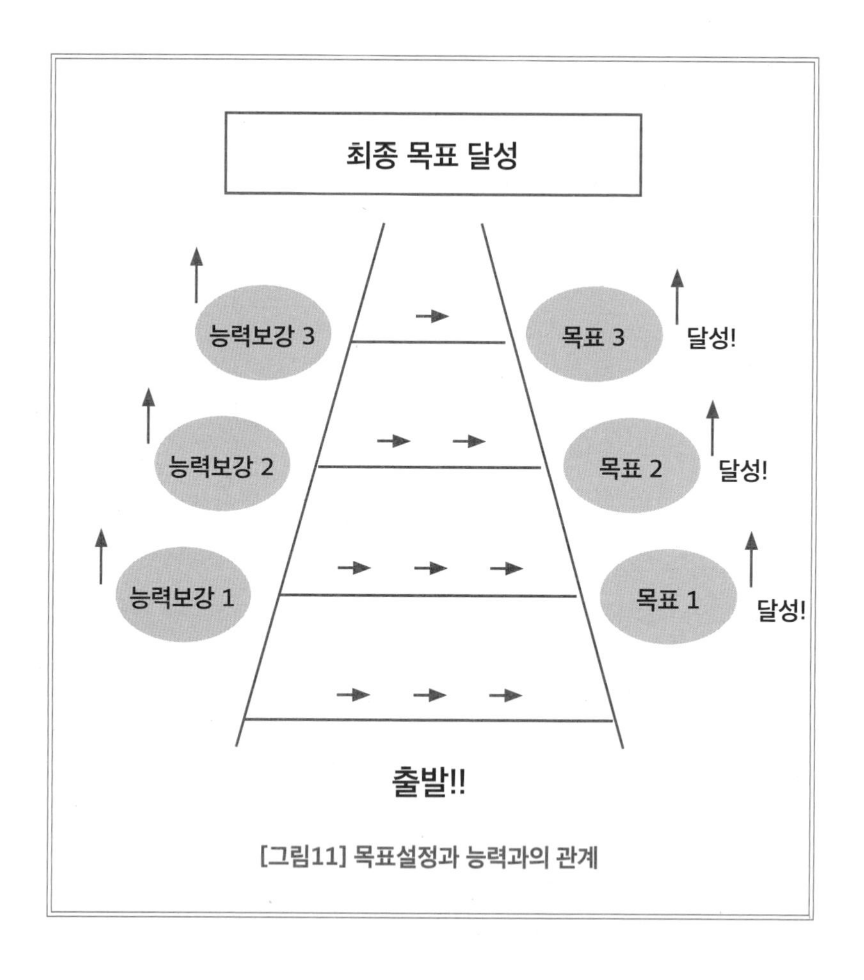

[그림11] 목표설정과 능력과의 관계

3.아름다운 꼴찌 이야기

1968년 올림픽 마라톤, 위대한 꼴찌 존스티븐 아크와리

꼴찌를 했음에도 사람들에게 영웅으로 기억되는 마라토너가 있다. 2009년 한 매체에서는 올림픽 역사상 가장 명장면으로 기억되는 TOP 10에 당시 아크와리 선수의 마지막 결승전에 통과 장면을 뽑기도 했다.

때는 1968년 멕시코시티 올림픽 마라톤 경기장. 이날의 경기는 올림픽 3연패를 기대하던 전년도 챔피언 아베베가 경기를 도중에 포기하고 같은 국적의 팀 동료인 웰더가 금메달을 따고 시상식도 화려하게 마친 상태였다. 대부분의 선수들이 모두 골인하면서 경기는 마무리되고 있었다. 시상식이 끝나자 TV중계진도 철수했고 관중도 하나둘 빠져나가기 시작했다. 이 때 장내 아나운서가 "이제 이번 마라톤 경기의 마지막 주자가 들어오고 있습니다." 라는 안내 방송이 나가자 기자들이 몰리면서 경기장은 갑자기 술렁이기 시작했다. 잠시 후 경기장에 탄자니아의 마라토너 존스티븐 아크와리 선수가 들어오고 있었다.

그런데 그가 좀 이상했다. 발에는 붕대를 감고 있었고 붉은 피를 흘리고 있었으며 고통으로 절뚝이며 달려오고 있는 것이었다. 다리에 붕대를 감은 채 뛰다, 절뚝이며 걷기를 계속하면서 주경기장 한 바퀴를 달렸다. 이를 지켜보던 관중들은 그에게 기립박수로 격려하기 시작했다. 관중들의 환호는 점점 커져갔다. 그가 마침내 마지막 한 바퀴를 다 돌고 결승선을 통과했을 때는 금메달을 딴 것처럼 환호했다.

이날 아크와리 선수는 19㎞ 지점에서 자리다툼을 하다가 옆선수와 충돌로 넘어졌는데 이때 부상을 입었던 것이다. 무릎이 골절 되었고 어깨 마저도 다친 상태였다. 절반도 달리지 않은 상황에서 누가 봐도 완주는 불가능해보였다. 당시 의료진은 그가 다시 뛰어서는 안 된다고 경기를 만류 하였다. 하지만 아크와리는 달리고 걷고, 달리고 걷고를 반복했다. 어느덧 해는 지고 저만치 앞서서 달리던 선수들은 이제는 아무도 보이지 않았다. 하지만 아크와리는 아랑곳하지 않고 42.195㎞를 죽어라 달려왔던 것이다.

경기를 마치고 아크와리 주변으로 기자들이 몰려들었다. 왜 그렇게 끝까지 달렸느냐는 기자들의 질문에,

"당신들은 나를 잘못 알고 있는 거 같다. 내 조국은 내가 출전만 하고 오라고 6천마일이나 떨어진 이곳에 보낸 것이 아니다. 경기를 끝내고 오라고 보낸 것이다."

라며 나무라듯 대답하고 병원에 실려 갔다.

수많은 이야기 거리를 남겼던 멕시코시티 올림픽의 모든 경기는 끝났지만 사람들은 그의 경기를 '100년 올림픽 역사에 가장 아름다웠던 순간, 가장 위대했던 꼴찌'라고 기억한다. 그리고 그를 진정한 올림픽의 영웅이라고 찬사를 보낸다.

아크와리 선수는 참 대단한 열정을 가진 선수임에 틀림없겠다. 요즘 같은 젊은이라면 어디 흉내나 낼 수 있겠는가. 나라도 경기에서 부상을 입으면 당장 경기를 포기하고 치료부터 할 텐데 그럼에도 악착같이 뛰는 저 근성!! 스포츠 정신이 놀랍다.

마라톤은 42.195㎞를 뛰는 경기이다. 고된 인내를 요구하는 경기이기도하다. 마라톤에서 중요한 것은 뭐니 뭐니 해도 끝까지 완주하는 것이리라. 내 지인 중에도 시즌만 되면 마라톤에 참가하는 한분이 있는데 10여 차례나 완주 기록을 가지고 있다. 끝까지 완주하려면 자신의 컨디션과 페이스 조절이 중요하단다. 처음부터 무리해서 달려도 안 되고 구간마다 체력 안배를 잘해야 무사히 완주를 할 수 있다는 것이다. 그는 등수가 중요한 게 아니라 끝까지 달리기를 완주하는 것에 목표를 두고 있다고 한다.

마라톤은 우리의 인생과 닮은 점이 많다. 인생은 긴 여정을 가야하는 길이다. 42.195㎞를 나이로 각자 계산한다면 나는 딱 절반을 턴한 셈이다. 100살까지 살게 될지 그전에 가게 될 지는 지금으로서는 알 수 없으나 100살까지 산다고 보면 정확하게 하프에서 막 턴한 상태이다. 그렇게 생각하니까 축구경기로 하면 전반전을 끝낸 상황에 불과한 것이다. 축구경기는 후반전이 중요하고 야구는 9회 말 투아웃 이후부터라고 하니까 나는 아직 ~ing 중인 것이다. 그렇게 보면 지금의 20대, 30대는 그야말로 인생 초반전인 셈이다.

우리 인생길에는 변수가 많다. 10년 후에 내가 어디서 뭘 하고 있을지 아무도 알 수 없다. 그것은 누구에게나 마찬가지이다. 내가 처음 회사를 들어갔을 때 죽을 때까지 거기서 뼈를 묻으려고 했다. 그 시절은 그런 게 가능했고 회사도 정년퇴직이 보장된 곳이었다. 하지만 거기서 나는 10여년 이상을 버티지 못하였다. 그 후 여러 차례 하는 일을 바꾸었다. 그리고 지금 내가 여기서 글을 쓰고 집사람과 공단 앞에서 식당을 하게 될 줄은 상상도 못한 일이었다.

인생은 그런 것이다. 운명처럼 정해져있지도 않은 것이고 뜻대로 되는 것도 아니다. 지금 암울하다고 해서 그 상태가 영원히 지속되는 것도 아니다. 생각하는 것보다 인생은 그렇게 간단치 않다. 내가 다시 젊은 시절로 돌아가게 된다면 인생은 마라톤과도 같은 것이라 생각하고 컨디션과 체력을 잘 안배하면서 살아갈 것이다. 아쉽게도 난 그렇게 살지 못했다. 너무 앞서가서 생각했고 현실에 만족하지 못했으며 불안한 미래를 걱정하면서 살았다. 놀고 싶어도 놀지 못했고 늘 불안했다.

이제와 생각해보면 과거와 미래에 집중하기보다는 현재에 더 집중하면 좋았을 걸 하는 후회가 든다. 아직 오지 않은 미래를 현재로 불러들여 굳이 고통을 당겨올 필요가 없는데도 앞서서 걱정했고 두려워했다. 그것은 마치 수정할 수 없는 과거를 붙들고 괴로워하는 것과 같다. 난 참 바보다.

오늘 나의 의지와 행동이 미래를 바꾸는 것은 일정부분 사실이지만 그렇다하더라도 반드시 공식처럼 현재가 미래로 다 연결되는 것은 아니다.

지금 당신이 하고 있는 일을 10년 후에도 같은 일을 하고 있을 거라는 보장은 없으며 미래에 당신은 현재와 전혀 동떨어진 다른 일을 할 수도 있다. 심지어는 지금 이 자리에 있지 않을 수도 있다.

지금 빛나지 않는다고 해서 침울해할 필요는 없다. 아직 빛나야할 때가 되지 않아서 그럴 수도 있기 때문이다. 기다릴 때는 기다릴 필요가 있는 것이다.

때를 기다리되, 무언가 조금씩은 준비를 해두면 선택할 기회가 그만큼 늘어나게 될 것이다. 기회는 반드시 온다. 기다리면 반드시 오게 돼 있다. 아무리 이 사회가 헬 조선이고 노답 사회라도 한 번의 기회는 당신에게 반드시 찾아온다.

지금 답답하고 아무 것도 보이지 않는다고 해서 그 상황이 영원히 지속될 거 같은가. 정말 그렇게 생각한다면 당신은 좀 더 돌아다닐 필요가 있다. 그리고 더 넓은 세계와 만날 필요가 있다.

이스라엘 민족이 출애굽하여 광야에서 오랜 시간을 보낸 것처럼 인간에게는 광야의 시간들이 있다. 누구도 광야를 거치지 않고 가나안 땅으로 직행한 사람은 없다. 있다고 해도 그들은 극소수의 사람들뿐이며 그들은 그들일 뿐이다.

별들 중에도 크게 빛나는 별이 있는가 하면 덜 빛나는 별도 있다. 크게 빛난다고 해서 위대한 것만은 아니다. 덜 빛난다고 하여 별이 아닌 것은 아니다.

꼴찌라고 해서 비난받지 않으며 꼴찌라 해도 주눅들 필요는 없다. 이 세상을 당당하게 살아갈 용기가 있으면 된다. 그런 자신감이라면 얼마든지 이 영욕의 광야 생활을 지나 가나안 땅으로 들어갈 수 있다.

자, 당신은 70억 인류 중에서 유일무이한 존재이다. 당신과 똑같은 사람은 없으며 당신은 대체 불가능하다. 당신은 귀하고 소중한 존재이며 당신의 유일뮤이는 천연기념물보다 20배, 100배의 가치를 가졌다.

이런 자존감을 가지고 자기를 사랑하며 자신감을 가지고 나간다면 못할 일이 없을 것이다. 이렇게 한껏 고양된 자존의 검을 고스란히 녹슬게 할 것인가.

1968년 멕시코 올림픽의 스타가 된 꼴찌, 아크와리는 자존감이 대단했던 인물이었으리라. 부상으로 인하여 보나마나 꼴찌였음에도 불구하고 경기 한판에 자존을 걸고 오직 완주하기 위하여 다시 달린다는 것은 자신이 끝까지 달리는 마라토너라는 자부심과 당당한 자신감이 있었기 때문이리라.

출처: 국민체육진흥공단
http://blog.naver.com/PostView.nhn?blogId=kspo2011&logNo=221322361638
출처: 스피릿 오브 마라톤, 강철린, 유페이퍼, 2016.

젖과 꿀이 흐르는 가나안을 향해가는 이스라엘 민족의 광야 생활을 통해, 어떤 일을 이루기위해서는, 땀과 수고, 열정이 필요하다는 것이다.

또한 꿈을 가지되, 그에 합당한 능력도 함께 길러야 목적에 도달할 수 있는 것이며 이를 한 단계, 한 단계 밟아 올라가야만 한다. 꿈만 갖고 능력을 키우지 않는다면 헛된 욕망 속에 꿈꾸고 있는 것이 된다. 자신이 감당할 능력이 준비되어 있지 않으면 제아무리 로또에 당첨 되어도 반드시 행복한 길로만 갈 것이라고 말 할 수 없다.

멕시코 올림픽의 1등 같은 위대한 꼴찌, 아크와리 선수.

마라토너로서의 자부심과 당당함을 가지고 달리는 모습이 우리들의 오늘 하루의 삶에 투영되기를 바래본다.

대확행 : 공동체

이제 부터는 공동체를 다룰 것이다.

개인적 의미의 대확행은 자기의 소원을 성취해가는 것이 되겠지만 공동체의 대확행은 우리사회구성원 모두가 행복해지는 것이다. 그러려면 우리사회의 문제점을 찾고 해결책을 찾아가보는 것이 순서일 것이다. 공동체의 모든 문제점을 다 찾기는 너무 방대해서 쉽지는 않겠지만 지금 가장 시급하고 중요한 문제부터 살펴보기로 한다.

이 장은 좀 무거운 주제들을 다루게 될 것이다.

1. 녹록치 않는 현실, 이생망과 노답 사회

권위주의 시대가 막을 내리고 90년대 문민정부가 들어서면서 우리 사회는 획일주의가 만들어낸 긴 잠에서 깨어나기 시작했다.

1등만이 중요했던 시절. 90년대 초반까지 군사문화의 잔재들이 지속되면서 능력에 따른 줄 세우기, 서열위주에 대한 가치가 다양성이란 이름으로 새 옷을 갈아입으며 상대 가치에 주목하게 되었다.

금메달만 가지던 영광을 은메달과 동메달도 함께 나누어 가지게 되었다. 은메달 동메달도 중요한 것이라는 인식이 확산되었고 1등만이 독차지하던 시대는 서서히 저물어갔다. 결과를 중요시하던 시대에서 결과를 이루어가는 과정의 중요성에 눈뜨기 시작하였다.

가치의 절대적 우선순위가 조금씩 평준화되어 갔다. 89년 김보성, 이미연 주연의 영화 "행복은 성적순이 아니잖아요."는 저물어가는 80년대의 마지막에서 획일적인 가치의 아성을 무너트리는 데 중대한 역할을 했다.

입시위주의 교육을 비판한 이 영화는 사회적으로 큰 반향을 일으키면서 1등 문화의 폐해를 단적으로 드러냈고 1등에 대한 절대 가치의 추종에 경종을 울렸다. 교육에서 시작한 변화의 움직임은 김영삼 문민정부가 도래하면서 획일적인 문화에 반대하는 목소리들이 각 분야로 퍼져 나가기 시작하였다. 1등에게만 환호가 쏟아지던 시대에서 여기 꼴찌도 있다고 존재를 알리기 시작했고 순위를 정하는 문화보다는 다양한 가치를 중요시하게 여기는 인식이 새로운 트렌드를 형성하여갔다.

'행복은 성적순이 아니잖아요.'를 이어서 '그래 가끔은 하늘을 보자.', '꼴찌부터 1등까지 우리 반을 찾습니다.'등 비슷한 영화들이 쏟아져 나왔다. 이 영화들에는 저급한 내용도 있었으나 성적 제일주의, 주입식 교육 등 기존의 입시 문화에 반기를 들면서 새로운 문화의 갈망을 계속 담아갔다.

1%가 모든 것을 독점하던 시대에서 나머지 99%도 중요하다는 사실에 사람들은 서서히 눈뜨기 시작하였다. 세상에는 1등보다 소중한 가치가 있다. 모두가 1등을 향해 달려가던 사람들이 '모두 1등할 수는 없는 것이다.'는 평범한 진리를 깨닫기 시작했던 것이다.

2천 년 대 들어와서는 이 같은 현상이 더욱 확대되어 초등학교부터 성적표에서 등수를 표기하는 것 자체가 사라지기 시작하였다. 성적표에 1등도 꼴찌도 없어졌다. 순위를 정하는 문화가 자취를 감추기 시작했던 것이다.

문화의 인식 면에서는 1등도 꼴찌도 중요치 않는 평준화된 가치관이 자리 잡아갔지만 그러면서 한편으로는 한국사회는 경제적 관점에서는 끝도 없이 양극화가 진행되어갔다.

경제적 부는 1%도 안 되는 소수에 집중 되어갔고 나머지 99%는 상대적 빈곤에 시달렸다. 97년 외환위기 때 만들어진 비정규직 법안은 지난 20여 년 동안 노동의 질을 떨어트렸고 경제적 불평등을 부채질하였다. 특히, 경제발전의 축이라 할 수 있는 중산층이 97년 외환위기 와 2010년 미국 발 금융위기 등, 두 번의 위기를 만나면서 무너져갔다.

미중 무역 분쟁의 발발로 중국과 미국에 수출 비중이 높은 우리경제는 직격탄을 맞게 되었다. 일본의 잃어버린 20년의 시작이라며 사람들은 아우성쳤고 2%대의 저성장과 함께 언제 끝날지 알 수 없는 불황의 터널로 들어가기 시작했다.

대기업의 자본들이 탈한국을 외치며 베트남을 위시한 동남아시아와 외국으로 빠져나갔다. 2010년 이후 기업들의 탈한국 현상은 이제 대기업을 넘어 중소기업까지 확대되고 있다. 고용 없는 성장에 청년들은 몸부림쳤으나 진짜 대재앙은 어쩌면 이제부터가 시작일지 모른다.

국민소득 3만 달러를 돌파하면서 세계 11위의 경제 대국을 건설하였으나 한국 국민들의 행복 지수는 낮아졌고 사회적 양극화가 나은 문제점은 폭발의 발화점이 되는 시점까지 째깍째깍 흘러가고 있다.

"이번 생은 망했다."

요즘 와서 자주 들리는 말이다. 줄여서 '이생망'이라 한다.

이생과 환생을 이야기하는 것은 종교인들이 쓰는 말인데 이 말을 20대 청년들이 즐겨 사용하고 있다. 한 설문 조사 결과에 의하면 취업준비생 54%, 임금노동자 40%가 이생망을 떠올린 적이 있다고 한다. 이것이 5년 전의 내용이니 지금은 훨씬 증가했을 것이다. 대학생과 취업 준비생들은 높은 취업 절벽에서, 직장인들은 저임금과 높은 강도에서 이생망을 떠올린다.

대한민국의 청년문제가 서울에 있는 대학에 다니고 있거나 졸업한 사람들에게 초점이 맞추어져 있는 것도 문제다. 전국에서 고등학교 졸업자, 전문대학, 지방대학교 졸업자들은 그야말로 청년 중에서 "잊혀진 청년"이다. 이들은 깊은 소외감에 빠져있다.

무기력한 이들에게 수도권의 헬 조선 타령은 사치스런 특권으로까지 보인다. 서울 밖에도 청년이 있다. 아무리 소리쳐도 그들의 목소리는 시대의 다른 목소리들에 이내 묻히고 만다. 이들을 포함한다면 청년의 문제는 더 광범위해진다. 지방, 고졸, 전문대 출신을 비롯해 제도권에서 다루지 않는 청년을 포함하면 지금까지의 청년문제는 어쩌면 피상적으로 다루고 있는지도 모른다.

죽을힘을 다해 취업에 성공한다고 해도 그들을 기다리고 있는 것은 저임금과 살인적인 노동 강도이다. 회사에서는 부속품으로 전락했고 연속되는 야근에 저녁을 빼앗긴지 오래다. 미래도 없다, 서서히 회사에 길들여져 가는 이들은 서로를 '사축'이라 자조한다.

한국의 노동시간은 연간 2100시간으로 OECD 가운데 최장이다. 독일

취업자의 연간 평균 노동시간은 1363시간, 독일보다 4달이나 일을 더 한다. OECD 평균은 1700시간이고 장시간 근로로 악명 높은 일본도 1700시간이다. 여기에 구매력 평가기준 실질임금은 더 열악하다.(한국22위)

직장인은 그래도 매달 들어오는 수입이 있으니 상황의 반전을 노리며 시간을 벌수는 있지만 대학생들의 주거비는 알바 비용으로 충당하기엔 턱없이 부족하다. 지 · 옥 · 고는 지하방, 옥탑 방, 고시원을 가리키는 말로 청년들의 꽉 막힌 현실을 자조하는 말이다.

이처럼 현실은 녹록치 않다. 부의 대물림, 양극화, 저임금, 불안정한 일자리, 치솟는 주거비, 부족한 사회안전망 등 여러 문제들이 씨줄과 날줄로 얽혀 터져 나오면서 돌파구를 찾지 못한 채 한국사회는 저성장과 불황의 늪에서 헤어나지 못하고 있다.

사회는 다원화되고 절대 가치보다는 상대 가치의 중요성이 정착되고 결과보다는 과정의 중요성이 다양한 가치 속에 평준화되어 갔지만 우리 사회는 경제적 양극화에 시달리면서 부에대한 서열화가 여전히 극명하게 자리 잡고 있다. 부의 서열이 세습화됨에 따라 금수저, 은수지, 흙수저 담론이 탄생하였고 이생망의 낙담과 노답사회의 체념 속에 절망의 꽃들이 피어나고 있다.

사회적 가치에 대한 인식은 평준화되었으나 경제적 기반은 더욱 서열화 되었으며 고착화 되어가고 있다.

2. 이시대의 자존감과 행복

이생망과 노답 사회, 헬 조선을 이야기하니까 답답해지는가?

우리는 이 상황에서 다시 처음으로 돌아가 우리가 가져야할 자존감에 대해서 이야기해야할 필요성이 있다. 그리고 존재에 대한 것들과 그것이 사회적관계로 인하여 위협받고 있는 것들에 대해서 상기할 필요가 있다.

당신은 이 드넓은 우주에서 유일한 존재이다. 당신의 신분은 탄생과 동시에 만들어졌으며 당신은 죽을 때까지 그 권리는 영원하다.

당신은 세상 어디에도 없는 유일무이한 존재이다. 그 누구와도 같지 않으며 누구로도 대체할 수 없다. 오직 당신이 오리지널이고 원본이다. 그 소중하고 고귀함은 천연기념물보다 30배, 100배의 가치가 있다.

나는 이것을 존재 자각이라고 했다. 중요한 것은 당신이 이것을 확실하게 깨달아야하는 것이다. 그리고 이 존재 자각은 확고 부동해야한다. 어떤 일이 당신에게 닥쳐온다 해도 절대로 흔들림이 없어야한다.

당신이 어떤 일로 모욕적인 하루를 보낸다 해도 당신의 유일성이 달라지는 것은 아니다.

당신이 교통사고를 당하고, 건강을 잃고, 주식이 하락하고, 빌려준 돈을 받지 못하고, 상사에게 꾸지람을 듣고, 운명이 야속하다는 비애감에 젖어도 당신의 유일무이는 그대로 이며 당신은 여전히 천연기념물인 것이다. 이런 것들하고 아무런 관계가 없다. 이것은 '존재'에 대한 문제이다.

이 존재 자각이 확고부동할 때 어떠한 어려움이 와도 흔들리지 않는다. 특히 우리는 사회 속에 있기 때문에 사회적 관계에서 오는 공격들을 날마다 만날 수밖에 없다. 확고한 존재 자각을 가질 때만이 방어할 수 있다.

이생망과 노답 사회, 헬 조선 등 이런 것들도 모두 사회적 관계에서 오는 것들이다. 확고한 존재 자각으로 방어력을 갖지 못하면 당신은 나락으로 떨어질 수도 있다. 비록 이생망과 노답 사회, 헬 조선에서 살고 있다 하더라도 당신의 존재는 여전히 천연기념물이며 소중하고 고귀한 존재이다.

또한 당신은 행복해야한다. 단 한 번뿐인 인생을 사니까 무조건 행복해야한다. 오늘 하루도 행복을 찾아 막 돌아다녀야한다. 행복은 '남에게 비치는 내 모습이 아니라 내 안에서 피어나는 것'이다. 나를 기쁘고 즐겁게 하는 것들이 다 행복이다. 신은 당신에게 천연기념물 이상으로 행복하게 살라고 당신을 탄생시켰다. 그리고 세상 도처에 행복을 깔아놓았다. 당신은 일어나서 가마니에 퍼 담기만 하면 되는 것이다.

우리가 행복감별기에 하나하나 대입해봤지 않는가. 아내도 행복감별기에 넣어보고 직장 상사 ** 팀장도 넣어보았다. 다른 건 다 필요 없다.

오직 당신을 기쁘고 즐겁게 하는 것. 이것이 행복이다. 이것이 **행복 자각**이다.

당신의 행복은 당신이 기준이며 당신이 찾고 만들어가야 하는 것이다. 거기에 소확행의 의미가 있다. 가족과 친구와 지인 등 당신이 편하게 생각하는 사람들과 기쁨을 나누는 것으로 확장하면 그것이 중확행이 되는 것이다.

당신이 지금 행복을 느끼지 못하는 이유는 남들 눈치를 보고 있거나 남들과 비교를 하고 있기 때문이다. 그도 아니면 어떤 큰 문제가 해결되지 않고 있기 때문일 것이다.

행복은 남의 눈에 비친 내 모습이 아니라 바로 내안에서 피어나는 것이다. 그러므로 남들의 눈치를 보지 말고 당신의 행복에 집중하라.

남들과 비교하는 것은 스스로 불행을 자초하는 일이다. 남들과 비교하면서 열등감에 빠지는 것만큼 불행한 일은 없다. 아직도 이 원리를 깨닫지 못한다면 다시 처음으로 돌아가 읽기 바란다.

어떤 큰 문제가 해결되지 않았다 해서 괴로움에 나날을 보내고 있는 사람이 있다. 이런 사람이 대단히 많다. 하지만 큰 문제는 단번에 해결되지 않는다. 그렇다고 그 문제가 해결될 때까지 당신의 행복을 유보할 것인가.

오늘 현재를, 지나간 과거의 후회로 채우지 말아야한다. 어차피 과거는 다시 돌아오지 않는다. 그것 때문에 당신의 오늘, 이 천금 같은 하루를 망치지 말아야한다. 그것은 아직 도래하지 않은 미래도 마찬가지이다.

3.나는 꼴찌다

다시 이 장의 주제인 공동체의 문제점으로 돌아와 보자. 나는 꼴찌다. 이제는 꼴찌라는 단어도 자주 쓰는 단어가 아닌 게 돼 버렸다. 실제로 나 자신도 꼴찌라는 단어는 들어본 지가 오래됐다.

우리사회는 정신세계와 문화의 인식 면에서는 1등도 꼴찌도 중요치 않는 평준화된 가치관이 자리 잡아갔지만, 몸담고 있는 현실에서는 엄연히 존재하고 있는 게 사실이다.

이 세상의 재화는 1%라는 소수에 집중되어있고 그들은 경쟁에서 승리하였다. 나머지 99%가 남은 파이를 가지고 씨름하고 있다. 1%의 전위그룹과 99%의 하위그룹은 분명히 존재한다. 하위그룹을 꼴찌그룹으로 생각해도 무방하다.

이 시점에서 우리는 B급 문화와 롱테일의 법칙에 대해서 알아 보고자 한다. 이 두 가지가 우리 공동체의 문제를 바라보는데 어떤 힌트를 주고 있다고 생각하기 때문이다.

B급문화

경쟁에서 밀려난 하위그룹을 표현하는 말로 문화현상에 나타난 'B급 문화'와 연관지을 수 있다. '하류(꼴찌)문화', '비주류 문화', '날 것의 쾌락주의' 등을 아우르는 총칭으로 B급으로 규정짓고 이를 기반으로 나타나는 모든 문화 현상을 'B급 문화'라 한다.

B급 문화의 이면에는 기존의 보수적인 규범에 대한 일탈과 항거를 표현하기도 한다. 또한 주류사회에 대한 분노와 풍자를 담아내기도 한다. B급은 기존 가치를 전복하는 예술흐름이나 행동 방식으로 나타나기도 하며 경건주의를 파괴하는 메시지를 담고 있기도 한다.

오늘날 한국사회의 경쟁에서 탈락한 99%는 B급이라는 것과 닮아있다. 실제로 이를 같게 봐도 무방하다.

언론인이자 작가인 이 형석씨는 B급 문화를 이렇게 설명한다.

B급은, 주류 문화의 엘리트주의나 고상하고 세련되며 고급스럽고 값비싼 예술과는 거리를 두고 창조된 예술이나 문화이다. 거기에는 '의도적인 싼티, 촌티, 날티'가 베어있고 고급 예술 및 주류 문화에 대한 야유와 조롱, 비판이 깔려 있다. B급은 주류 질서와 고급 예술에 대한 비판적

태도이자 개성 및 개인주의의 한 양식이며 사회적으로 상위1%가 아닌 99%의 목소리이자 '존재증명'이다.

*출처:B급 문화 대한민국을 습격하다, 이형석, 북오션, 2013 43p

B급 문화는 2001년 등장한 싸이로부터 비롯된다. 싸이의 탄생 자체가 기존의 주류음악에 대한 도전이었다. 싸이에서 끝난 것이 아니라 B급문화는 싸이에서 시작하여 계속적으로 주류문화와 경쟁하면서 발전해 오고 있다.

싸이 이후, B급 정서는, 존재 없는 자들의 무가치한 도전을 콘셉으로 한 '무한도전'과 예의와 격식주의의 넘사벽이었던 토크쇼에 '무릎팍도사' 등으로 전이되어 나타났다. 현재 인기리에 방송되고 있는 '속풀이쑈 동치미', '얼마예요?' 등은 B급 정서가 토크쇼에서 깊숙이 침투해 있음을 보여주는 것이다.

최근 인기 정상 가도를 달리고 있는 2019년에 나타난 '펭수 신드롬'도 B급 문화를 기반으로 하고 있다는 것은 주지의 사실이다.

영화에서는 봉준호, 박찬욱, 류승완, 김지운 등의 젊은 감독들이 B급 영화의 전선을 형성하고 있다.(이들은 할리우드 B급 영화의 열광적 지지자들이다.) 이들은 90년대이후 등장해 전성기를 구가하고 있으며 특히, 봉준호 감독은 기생충으로 아카데미 4개부분을 석권함으로서 수상에 있어서 탈아메리카를 불러왔다, 미국 영화 중심의 아카데미가 권위를 내려놓고 변방의 비주류 문화를 받아드린 대표적인 경우라 할 수 있다.

하위문화는 B급 문화와 그 맥락을 같이한다. 이러한 하위문화의 발달은 전방위적으로 확대 재생산되어 결국에는 주류와 비주류의 경계를 허물고 주류의 변화마져 이끌어내고 있다. 이처럼 B급 감성은 다양한 분야에서 생산되면서 하나의 문화 양식이 되어 우리도 모르는 사이에곁에 와 있는 것이다.

롱테일의 법칙

롱테일의 법칙은 2004년 '와이어드'의 편집장인 크리스 앤더슨이 처음 사용한 용어로 전체의 하위 80%가 상위20% 보다 더 뛰어난 가치를 창출한다는 것이다. 역팔레토 법칙이라고도 불리운다.

쉽게 설명하면 전체구성원 80%가 핵심 구성원 20% 보다 더 중요한 가치를 만들어낸다는 것을 말한다.

사소한 다수인 80%는 각각의 매출은 작지만 이를 모두 합치면 인기있는 상위20%제품의 매출 못지않게 판매고를 올린다는 내용이다

아마존닷컴에서 잘 팔리는 책 20% 보다 1~2 권 판매되는 책 80%의 매출이 크다는 점에서 착안해냈다. IT 플랫폼에서는 백화점 등 오프라인 매장과 달리 상품을 무한대로 진열할 수있기 때문이다.

이탈리아 경제학자 빌프레도 팔레토(V. Pareto)의 주장과 반대되는 견해라 하여 이를 역팔레토의 법칙이라고 불리기도 한다.

많이 팔려나가는 상품을 순서대로 가로축에 놓고 상품 각 각의 판매량을 세로 축으로 놓은 다음, 이를 선으로 연결했을 때 많이 팔리는 상품은 급경사를 이루며 짧게 이어지지만 적게 팔리는 상품들은 공룡의 긴 꼬리(Long tail)처럼 길고 낮게 이어진다는 것이다.

이 꼬리부분에서 길고 낮게 판매되는 상품이 베스트셀러 상품의 판매량보다 많다는 것이 롱테일의 법칙의 핵심이다.

인터넷, 블로그, SNS 등 커뮤니케이션의 발달로 이전 시대와는 다른 정보교환과 소통이 일어남에 따라 비주류의 80% 사람들이 무시못할 소비 세력으로 중요성을 갖게 되었다.

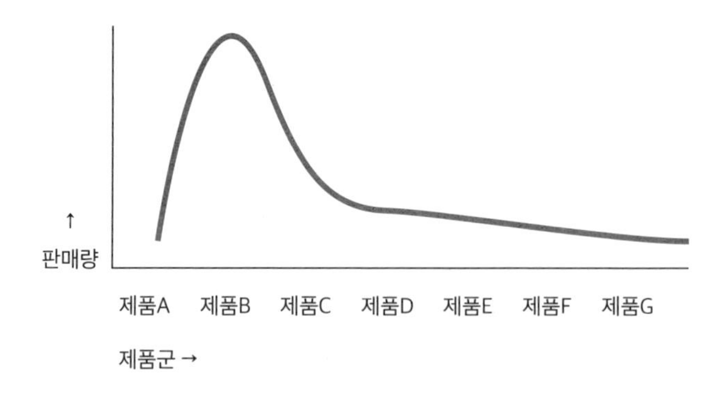

[그림12] 롱테일의 법칙, 제품군과 판매량

B급문화와 롱테일의 법칙을 대입

최근 우리경제에 대한 불안이 확산되면서 장기침체로 접어들고 있다는 경고가 잇다르고 있다. 우리나라 노동시장의 근본적인 문제는 대기업과 공공부분의 노동 시장보다는 다수의 근로자가 속한 하위 노동시장에 있다. 하위 노동시장에 속하는 근로자가 대다수를 차지하는 만큼 이들의 문제는 곧 청년 실업, 자영업의 몰락, 소득 불평등 같은 문제와 연결될 수 밖에 없다. 그러므로 하부 노동 시장의 문제가 근본적으로 해소되지 않고는 어떤 대책을 쓰더라도 효과를 보기 어렵다.

B급 문화의 확산과 롱테일의 법칙을 한국경제에 대입하면 어떻게 될까. 한국경제는 지금 무엇이 문제이며 어떻게 하는 것이 모두를 위한 길일까.

롱테일의 법칙은 전체의 하위 80%가 상위 20% 보다 더 뛰어난 가치를 창출한다는 것이다. 사소한 다수인 80% 제품은 1-2권 팔리는 게 고작이지만 이를 다 합치면 인기있는 20% 제품보다 총량에서는 더 많이 팔린다는 것이 롱테일의 법칙의 핵심내용이다. 이는 아마존의 실제 판매고로 증명되었다. 하나 하나의 힘은 작지만 이것을 모두 합쳐놓으면 상당한 영향력을 끼친다는 것이다.

앞장에서 우리는 녹록치 않는 한국경제의 현실을 드려다 보았다. 한국경제는 1%에 집중된 부와 고용의 구조적인 면을 혁신하는 것이 최우선 과제이다. 하지만 기득권으로 대표되는 주류의 흐름에 맡겨서는 이 난제들이 해결될 수 없다.

B급 문화가 진화를 거듭하여 이제는 주류대중 문화에 영향력을 미치면서 하나의 문화로 줄기를 형성해가고 있듯이 수렁에 빠진 한국경제도 이와 같은 활력이 필요하다. 20%의 전위그룹과 80%의 하위그룹간의 상생의 길이 모색되어야 한다.

2016년 촛불혁명의 승리는 그것의 가능성을 엿 볼 수 있는 작은 기회였으며 이제는 꼴찌 문화도 서열을 자각하고 꼴찌의 출발을 알리는 거대한 담론이 시작되어야한다.

2020년 연동형비례대표제의 시행으로 다양한 정치세력의 등장할 수 있는 길을 연 것도 문제를 해결하는데 시발점이 될 수 있다. '비정규직 철폐를 위한 정당', '기본소득 당', '결혼미래 당', '지방대생도 좀 먹고 살자 당' 등, 구체성에 목적을 두는 핀셋 정당의 출현도 가능해진 것이다.

모두가 행복해지는 길의 첫걸음은 경쟁에서 패배한 80%가 하위그룹(꼴찌그룹)에 속해 있음을 자각하는 것이다. 그리고 B급문화가 지속적으로 성장해가서 주류문화의 변화를 이끌어 냈듯이 하위그룹도 그 자각을 바탕으로 끊임없이 문제점을 제기하고 여론을 조성하여 변화를 촉구하는 등, 발전적 방향으로 나아가 20%의 전위 세력들에게 변화를 이끌어 내는 일이다.

개인도 마찬가지이다. 당신이 천연기념물보다 30배, 100배 이상의 귀하고 소중한 존재라는 확고한 존재자각으로 중무장하고 한걸음, 한걸음 나아가야한다.

그것이 모두가 행복해지는 길이며 대확행으로 가는 첫걸음이다.

4. 그래도 당신은 천연기념물이다

시대는 암울하고 무너질 수 없는 절벽이 가로막고 있지만 우리는 다시 정신적으로 무장해야한다. 어떤 경우라도 당신의 자존감이 침해받지 않아야한다. 자존감이 침해받는 것은 생명을 잃은 것과 마찬가지이다. 당신의 자아가 서서히 죽어가는 것이다.

우리는 서두에서 이야기했던 백신을 꺼내들 때가 되었다. 아무리 상황이 열악해도 "그래도 천연기념물이다."라는 생각으로 무장하고 나아가야 한다. 아무리 힘들어도 절대 주눅 들지 말아야한다.

오늘날 한국사회는 청년실업과 비정규직, 양극화라는 3대 소용돌이에 직면해 있다. 이들 문제들의 원인은 청년실업은 성장이 멈춰버린 한국경제의 문제이고 비정규직은 97년 금융위기에서 만들어진 결과물이며, 그로인해 양극화라는 골이 더 깊어진 것이다.

국민소득이 3만 달러를 가고 4만 달러를 간다고 한들 이 문제는 해결되지 않으며 고용 없는 성장은 지속되고 구조적 모순은 계속 깊어져 갈 것이다. 그대로 두면 해결될 가능성은 1도 없다.

그나마 다행인 것은 21대 국회의원선거를 통하여 청년정책에 변화들이 나타나기 시작한 것은 고무적인 일이다. 아직은 일부의 주장이긴 하지만 정의당에서는 20세가 되는 청년에게 1인당 3천만 원을 지급하겠다고(청년기초자산제) 공약으로 내걸었고 1인 가구 청년에게 매월 20만 원씩 지급하는 내용을 공약으로 내걸었다.(1인 가구 월세 지원)

정의당에서 공약으로 내걸면 민주당에서 베껴가는 것은 시간문제이다. 20대국회 막바지에는 신보라 의원이 발의한 청년기본법이 통과되기도 했다.

국가적 위기감이 주류에게도 전달되어 조금씩 변화의 조짐이 나타나고 있다.

이런 상황에서 지금 비주류에게 필요한 것은 '연대'이다. 구성원 각자는 파편처럼 흩어져 있는 것처럼 보이지만 서로 연결되어 있는 것이며 같은 아픔을 겪고 있기 때문에 어느 선까지는 상호 의존하는 관계이다.

'너의 문제일 뿐이다.' 또는 '나의 문제일 뿐이다.'라고 무관심할 게 아니라 같은 공동체의 문제라는 것부터 인식해야한다. 이런 연대 의식 속에 구성원들의 문제는 사회의 문제로 인식하게 되고 그것이 양적으로 증가하게 되면 정치권도 자연스럽게 이를 해결하기 위해 나서게 될 수밖에 없다.

이 드넓은 우주에서 당신은 유일무이하다. 당신은 대체 불가한 존재이며 당신의 귀중함은 천연기념물의 30배, 100배 이상의 가치를 가진 사람이다. 때문에 당신은 그 자체로 사랑받아야하며, 당신은 행복을 누릴 권리가 있다.

어떤 일로도 그리고 그 누구도 당신의 이 권리를 빼앗지 못하며 당신이 비록 실업자 신분이고 비정규직의 저임금에 시달린다고 해도 당신은 존귀함은 그대로이다.

이 명제를 붙잡고 절대 주눅 들지 말고 나아가라. 내 행복은 내가 찾으며 내가 기쁘고 즐거워야한다. 그것들을 찾아 늘 행복하게 살아야한다.

당신이 발을 딛고 서있는 것, 코로 숨을 쉬고 있는 것, 눈으로 바라보고 있는 것, 이 모든 것이 행복이다. 살아있음으로 인하여 느끼고 생각하고 만지고 말하는 것, 이 모든 것 자체가 사실은 당신의 행복인 것이다. 당신이 깨달은 행복 자각을 절대 놓치지 마라.

천연기념물이라는 확고한 존재 자각을 통해 자존감을 드높이고 자기를 사랑하는 자기애와 융합하여 자신감 있고 당당하게 나아가라.

나는 지금까지 인생을 살아오면서 4-5번이나 넘어졌다가 일어 섰다를 반복하고 있다. 10대의 어린 시절부터 시련을 겪었으며 사업하다 망해 집안의 온갖 물건들에 그 무시무시한 빨간 딱지가 붙기도 했다. 하지만 나는 죽지 않았으며 보란 듯이 되살아나 기사회생했다.

어떠한 열악한 상황이 오더라도 '그래도 나는 천연기념물이다.' 오직 그것만 주문처럼 되뇌며 나아가라. 그러면 문제는 해결될 것이다.

의기소침해 있는 당신,
이제 백신을 다시 꺼내들 때가 되었다.

돈 드는 일이 아니므로 '나는 천연기념물이다.'를 3~4회 소리 높여 외쳐라.

그러면 당신의 가슴을 점거하고 있는 우울한 감정들이 떠나갈 것이며 모든 악과 3장에 있는 84가지 '타도해야할 대상'들은 슬금슬금 뒤로 물러나게 될 것이다.

그것이 지금 당신이 할 수 있는 가장 거대한 전쟁이다.
대왕의 제전이다.

출처: 부들 부들 청년, 경향신문 특별취재팀, 후마니타스, 2017.
B급 문화 대한민국을 습격하다, 이형석, 북오션, 2013,

봉인해제식

(대확행으로 가는길)

봉인해제

이제 2020년대가 시작되었다.

동해의 첫 해오름을 시작으로 힘차게 새해 아침을 맞았다.

일출을 보면서 나는 새로운 10년을 시작하였다. 그리고 지나간 10년을 상념 속에 털어내는 작업을 했다.

생각해보니 10년전 이 날도 이 자리에 있었던 것이다, 10년 동안 우리는 많은 진보를 했다. 가장 큰 전환은 역시 스마트폰일 것이다. 스티브잡스는 우리에게 작은 선물을 주고 떠났지만 그 선물은 놀랍게도 우리 사회를 송두리째 바꾸어 놓았다.

바야흐로, '포노 사피언스'의 시대인 것이다.

스마트폰이 출현할 당시만해도 어른들의 장난감 정도로만 생각되었다.

하지만 이제는 모바일을 기반으로 해야만 모든 사업이 진행될 만큼 시장과 문화를 흔들었다.

문화의 혁명은 그렇게 조용히 오는 거라는 사실을 새삼 느끼게 한다.

이제 2020년대의 시작이다. 2020년대는 또 무엇이 우리생활에 큰 변화를 가져다 줄까.

나는 해돋이의 장엄한 광경을 보면서 2020년대를 생각해보았다. 그리고 앞으로 10년을 그려보았다. 그 생각 끝에 이 글의 마지막 장인 제 8장이 만들어졌다. 8장은 이 책의 제목인 봉인해제식이다. 8장에서는 2020년대를 통하여 앞으로 10년 동안 우리공동체에 가장 큰 화두가 될 만한 두 가지를 정해보았다.

아직은 변방에서 논의되고 있는 재료이지만 1년이 지나고, 2년이 지나고 해를 지날수록 이두 문제는 우리를 자극하고 집요하게 생명력을 발휘하면서 우리 공동체를 파고들 것이다.

이제 이 책을 마무리하면서 2020년대에 향후 10년 동안 우리 사회를 뜨겁게 달굴 두 가지를 봉인해제 한다.

이 두 가지는 해를 거듭할수록 뜨거운 화제가 될 것이므로 먼저 알아둔다면 그만큼 빠르게 상식을 접하는 것이다. 봉인해제 되는 두 가지가 무엇인지, 이제, 그 이야기 속으로 들어가 보자.

(존 롤스의 관점에서 우리사회의 최소 수혜자들이 누구인가를 드려다 보았고 2010 년대까지의 문제를 2020 년대에 보상하는 관점에서 그들이 최대수혜자들이 되길 바라는 시각으로 기술하였다.)

그리고 소화행, 중확행을 지나 대확행 공동체 편을 이어 모두가 행복해지는 실마리를 찾아가는데 힘써 보았다. 그리고 두 가지 답을 얻었다. 그 두가지 답은 시간적으로 미래에 속하며 앞으로 10년동안 우리와 함께할 재료와 일치하기도 한다.

대확행으로 가는길

다양한 사람들이 모여 사는 사회에서 모두가 행복한 길을 찾는다는 것은 쉽지 않은 일이다. 그것은 계층에 따라서 서로의 이해관계가 다르기 때문이다.

또한, 아무리 위대한 가치를 가진 사상이라고 하더라도 모두를 만족시키지는 못한다.

어쩌면 모두가 행복해지는 대확행의 길은 우리가 생각하는 이데아 같은 것인지도 모르겠다.

미국의 철학자 존 롤스는 대표작 '사회정의론'에서 '정의'의 두 가지 원칙을 제시한다. 이 중 두 번째 원칙은 '최소 수혜자에게 최대한의 수혜가 돌아갈수록 해야 한다'는 것이다. 이는 기회가 평등하게 주어지는 상황에서도 발생하는 불평등을 조정하기 위한 차등 원칙이다.

그가 그렇게 보았던 이유는 최소수혜자가 감내할 수 없는 고통을 겪는 조직은 지속적으로 발전할 수 없다고 보았기 때문이다.

나는 이 관점을 두고 우리가 속한 사회를 바라보았으며 21세기 문제 가득한 대한민국사회에서 우리가 관심을 가지고 나갈 분야를 '기후환경'과 '청년문제'로 정해보았다. 그리고 모두가 행복해지는 대확행을 위해서는 이 두문제가 해결되어야 존 롤스가 말하는 정의에 가까이 다가갈 수 있다는 것을 깨닫게 되었다.

모두가 행복해지는 길은 쉽지 않으나, 우리사회에서 발생되는 모든 문제점에서 그들이 최소 수혜자라는 관점으로 바라본다면 결국 이 문제의 해결이 대확행으로 가는 지름길이 될 것이며 '우리 사회는 노답이다.'고 외치는 사람들에게 하나의 답이 될 수 있을 것이라 생각한다.

당신은 이 세상에서 귀하고 소중한 존재이며 그 유일무이는 천연기념물보다 30배, 100배 이상의 가치를 지닌 존재라고 외치면서 시작했던 나의 이야기는 이 시대를 살아가는 개인의 행복을 위한 '소확행', 소중한 사람과 함께하는 '중확행'을 지나 우리가 속한 사회의 구성원 모두가 행복해지는 길을 찾아가보는 '대확행'으로 마무리 지으면서 끝을 맺고자 한다.

(이번 장은 리포트 형식으로 작성하였다.)

Point 존 롤스

존 롤스는 미국의 사회철학자이다. 정의란 무엇이며, 정의로운 사회는 어떻게 만들어져야하는 지를 평생 연구했다. 그의 성과는 정치, 경제는 물론 20세기를 아우르며 영향력을 미쳤다. 롤스는 개인의 자유를 존중하고 정치적 자유를 주장함과 동시에 사회적 약자를 배려하는 게 곧 정의임을 주장해 많은 지지를 받았다. 20세기 자본주의의 다양한 복지제도가 그의 사상에 영향을 받아 탄생하였다 해도 과언이 아니다.

롤스가 제시한 정의의 원칙은 두 가지.
제1원칙은 평등한 자유의 원칙이고 제2원칙은 차등의 원칙과 공정한 기회의 원칙이다. 제1원칙은 모든 사람은 평등하게 기회를 받아야하고 제2원칙은 분배는 최소수혜자들에게 최대 혜택이 돌아가야 한다는 것이다.
롤스는 기회균등보장을 위해 국가의 개입을 중시한다. 약자를 배려하는 평등한 분배를 중시하면서도 개인의 자유와 그 결과에 대한 차이를 인정해야한다는 면에서 사회주의와 다르다.
롤스의 사상은 부익부 빈익빈 등 자본주의 모순이 증대하면서 관심을 모았으며 경제적 양극화와 사회적 불평등 문제가 고조되는 가운데 주목받게 되었다. 오늘날 자본주의 현대 복지제도의 이론적 토대가 되었다.

롤스는 부유한 가정에 태어났다. 어린 시절 폐병으로 동생의 죽음을 본 이후 가정 형편이 어려워 낙오하는 친구들에 관심을 두었다. 흑인이라는 이유로 차별 받아서는 안 되며 경제적 빈곤 때문에 차별받아서는 안 된다는 소신을 키웠다. 사회적 약자가 된 사람들을 보면서 올바른 사회를 소망했다. 그의 이런 사상은 '정의론' 등에 녹아있다.

봉인해제
①

봉인해제 첫 번째
'기후환경 파업'

첫 번째로 봉인 해제되는 것은 기후환경 파업운동이다.
이 문제로 세계는 지금 시끌시끌하다.

해외에서는 그레타 툰베리라는 10대 소녀가 트럼프대통령과 날선 공방을 이어가고 있다. 우리의 아들 딸들도 수업을 팽개치고 거리로 나섰다.
고등학생들이 학교를 가지않고 수업을 거부하며 피켓을 들고 난리를 치고 있다니 이게 무슨 소리인가.
이른바 앵그리 틴에이저(Angry Teenagers), 성난 십대들이다.
이 운동은 아직 변방에서 논의되고 있는 내용이지만 향후 10년동안 뜨겁게 지속될 화두이다.

이제부터 그 이야기를 봉인해제 한다.

1.거리로 나온 한국의 툰베리들

모두가 행복해지기 위해서는 우리가 몸담고 살아가는 환경에 대해서 이야기를 하지 않을 수 없겠다. 깨끗한 환경에 살아가고자 하는 바람은 우리 모두의 소망이며 장차 미래세대에게도 건강한 지구를 물려주어야 할 책임이 있다. 최근 스웨덴에서 10대 청소년 크레타 툰베리(19)를 중심으로 해서 일어난 10대들의 기후파업이 우리나라에도 상륙하여 그동안 환경에 소극적이었던 기성세대에 경종을 울리고 있다. 이른바 거리로 나온 '한국의 툰베리들!!'이 그들이다.

"기후 위기로부터 살기위해 우리는 지금 행동해야 합니다."

2019년 9월, 여기는 스웨덴의 수도 스톡홀름의 거리. 6만 명의 시위대가 거리를 가득 메우고 '미래를 위한 금요일(Friday for future)' 기후 파업운동이 벌어지고 있다.

시위참가자들은 기후변화대응을 주장하는 구호들을 줄기차게 외치며 각종 피켓을 들고 스톡홀름의 중심가를 행진해 나갔다. 아이부터 성인, 노인까지 모든 계층의 시민이 모였지만 이날 집회의 가장 눈길을 모은 것은 이른바 '10대'였다. 10대들이 선두에서서 시위를 주도하였고 집회의 사회와 진행을 맡은 것도 10대가 주축이었다.

기후 파업운동에 대한 이야기를 꺼낼 때 반드시 빼놓지 말아야 할 인물이 있으니 그가 바로 스웨덴의 그레타 툰베리(2003년 1월3일생)이다. 2018년 그녀에 의해서 시작된 기후 파업 운동은 현재는 삽시간에 140여 개 국가로 퍼져나가 그 공감 속도가 놀라울 만큼 빠른 진전을 보이고 있다.

뜻을 같이하는 10대들과 젊은이들이 참여로 2020~2030년대에도 계속 대규모집회로 발전할 가능성이 크다. 이 운동의 특징은 기존의 성인중심의 환경 운동과 달리 10대가 주축이 되서 일어난 운동이라는 것이다. 이른바 '앵그리 틴에이저(Angry Teenagers)'이다.

한국의 상황은 어떨까?

우리나라에서도 한국의 툰베리들이 거리로 나섰다. 2019년 3월15일, 5월 24일, 9월 27일 등 세 차례에 걸쳐 시위를 펼쳤다. 기후변화의 심각성을 알리고 대책을 촉구하기위하여 청소년들이 수업을 거부하고 거리로 나선 것이다.

한국 청소년들이 등교거부시위에 동참한 것은 크레타 툰베리가 스웨덴에서 처음으로 '등교 거부시위'를 펼친 이후 1년도 되지 않은 시간이다.(이를 '기후파업운동'이라 한다. 2018년 8월부터 툰베리가 스위스 국회 앞에서 1인 시위를 하면서 시작되었으며 매주 금요일 학교수업을 거부하고 10대들이 시위를 벌이는 것을 말한다.)

작년 5월 24일에는 세종문화회관 앞에서 한국청소년 기후소속 단 회원들이 '524 청소년 기후행동 기후변화대응 촉구 집회'는 세간의 이목을 끌기에 충분했다. 이어 같은 해 9월 집회에서는 500여 명이 참석하기도 했다. 집회를 이끄는 단체는 '청소년 기후행동'으로 지금도 다양하게 활동을 펼치고 있다.

기성세대가 만들어놓은 법과 질서에 의문을 던지며 어른들의 반성과 개혁을 요구하는 10대들의 목소리가 울타리를 넘어 기성세대를 압박해오고 있다. 그들은 지금 환경뿐만 아니라 노동, 인권 등 여러 분야에서 한국의 툰베리로 활약하며 과감한 개혁을 요구하고 있다.

학생의 본분은 공부하는 것이고 꼬박꼬박 학교와 수업시간에 출석하는 것이거늘 이들은 왜 그것을 팽개치고 거리로 나서게 된 것일까. 그들은 왜 이렇게 화가 난 것일까.

2030년까지 탄소사용량을 2010년 기준 45%까지 급감 시키지 않는다면 기후 재앙이 현실화 될 것으로 전문가들은 보고 있다. 이미 2018년 유럽을 달구었던 폭염은 그것의 전조현상에 불과할지 모른다. 2030년이면 앞으로 10년 밖에 남지 않았다.

10대가 분노하는 이유는 기성세대들의 무관심이다. "기후변화 논란이 시작된 지 수 십년 됐으나 달라진 건 아무 것도 없다.", "어른들은 기후변화를 남의 일같이 생각한다."

당사자인 그들에게는 심각한 문제이지만 정녕 권력을 쥐고 있는 기성 세대는 정치며 경제며 우선당장 먹고사는 문제에 급급하다는 것이다.

기후행동네트워크(CAN)가 발표한 각국의 기후변화대응지수(CCPI)를 보면 우리나라는 61개국 중 최하위권인 58위를 받았다. 온실가스배출억제 부분은 59위, 에너지 소비 저감노력은 61위를 기록했다. 기후행동네트워크(CAN)는 우리나라를 매우 낮은(very low)등급으로 분류하였다.

11위 경제대국에 걸맞지 않는 위상이다. 이거 하나만 보더라도 정부차원의 대응은 "기후변화 아무 관심 없음."이다. 그저 매일 초미세 먼지 타령만 하고 있을 뿐이다. 환경운동연합에 따르면 우리나라는 1년에 7억톤이 넘는 온실가스를 배출하는 세계 6위 나라이다.

"바로 지금 기후 변화 운동을 시작해야합니다. 현재성이 중요해요. 즉각 실시 할 수 있는 것들 이죠."

하기 쉬운 일부터 바로 실시하자는 이야기이다. 이들의 주장은 그리 거창한 게 아니다. 환경 운동이라고 해서 지구와 대기를 통째로 바꾸는 '지구를 지키는 슈퍼맨'이나 '독수리 오형제' 급의 임무가 아니라 전기절약, 대중교통 이용, 자전거타기, 주1회 채식 먹기 등 대게 이런 종류다. 정부 차원에서 할 일이 있고 개인 생활에서 할 일이 있다고 강조한다.

TV에서는 초미세 먼지가 중국으로부터 들어왔으니 미세먼지 마스크를 착용하라는 아침 방송을 들으며 마스크를 찾는 데만 신경 쓰고 있는 것이 사실이다. 우리는 딱 거기까지이다. 하지만 여기서 우리가 알아야 할 사실이 있다. 한국의 미세먼지, 오존 문제 등도 최근 10대들의 시위 속에 주장하는 기후 환경 문제와 그 맥락을 같이한다는 사실이다.

10대들의 기후 파업운동의 핵심인물인 크레타 툰베리는 비행기 타는 것을 자제하고 기차와 전기차를 이용한다. 비행기가 어마어마한 이산화탄소를 배출하기 때문이다. 그는 유명세를 타고 유럽 전역을 돌아다니며 강연회와 시위에 참석하고 있는데 모두 기차와 전기차를 이용한다.(실제로 그녀는 제 24차 유엔 기후총회가 폴란드의 카토비체에서 열렸는데 스웨덴에서 폴란드까지 전기차로 이동하였으며 스위스의 다보스에서 열리는 다보스 포럼에 참석할 때는 덴마크, 독일을 거쳐 무려 30시간이나 기차로 이동하였다. 심지어는 미국에서 열린 유엔본부 기후정상회의에 참석하기위해 영국 남서부 플리머스 해안에서 대서양을 건너 2주 동안 4천km를 친환경 요트를 타고 미국으로 갔다.)

"기성세대는 청소년을 딸, 아들처럼 봐요. 아직 덜 성숙하고 덜 완성된 의견을 내는 아이들로요. 그러나 우리의 목소리가 다른 세대의 목소리와 동등한 의견으로 무게를 가져야한다고 생각해요. 저희는 미래 세대지만 동시에 현재를 살아가는 시민이니까요."

청소년기후행동에서 주축으로 활동하는 김유진(18)양은 시사저널과 갖은 인터뷰에서 이렇게 되묻고 있다. 그는 현재 고등학생이다.

이들의 활동은 그 윗세대인 청년들의 활동과 연합하고 시민환경단체들과 공동의 전선을 형성해가고 있다.

기후행동은 교육청과 환경부를 방문하고 요구사항을 전달했다. 이들의 주장은 지구온도 1.5도 상승을 제한하기위한 2050년 탄소배출 순제로(0) 달성, 2050년 재생가능에너지 100% 달성, 2020 년 신규석탄화력 백지화 등이다. (탄소중립(Net Zero)이란 이산화탄소배출과 흡수수준을 똑같이 맞춰 실질적인 이산화탄소 배출을 0으로 맞춘다는 것이다.)

기성세대는 이제 어떤 대답을 내놓을 것인가. 이제는 기성세대가 그들에게 답을 할 차례이다.

환경의 문제는 특정세대의 문제가 아니라 전 세대에 걸친 문제이다. 그리고 환경문제엔 좌나 우도 필요 없다. 이 문제는 우리보다 살아갈 날이 더 많이 남은 젊은 세대들에게는 더 직접적인 일이 될 것이다. 그리고 딱히 해결책을 내놓지 못하고 있는 기성세대에게 따져 묻는 것은 어쩌면 당연한 것인지도 모른다.

그렇다고 지금 당장 석탄연료를 금지하고 육류를 먹지 못하게 할 수도 없지 않는가. 수소 자동차, 전기 자동차 시대가 완전히 도래 하면 내연기관차가 내뿜는 이산화탄소는 많이 줄겠지만 거리의 모든 차량이 수소 자동차, 전기 자동차로 다 깔릴 때까지 그 시간들을 지구의 오염된 환경이 기다려 줄 수 있을까. 지금 이 시간에도 북극의 얼음덩어리들은 아이스크림 녹듯이 녹고 있다.

비행기를 타지 말자는 운동은 인류가 만들어낸 문명의 이기들을 모두 반납해야 되는 상황이 오고야 만다는 것에 다름 아니다. 어디 비행기뿐이겠는가. 석유와 천연가스, 석탄 연료로 쓰는 모든 것들이 해당된다. 전기는 말할 것도 없고. 이 문제에 자신 있게 결단할 수 있는 사람들이 얼마나 될까. 우리는 정녕 미래세대가 가져야할 것들을 빼앗는 이기적인 존재들인가.

왜 이렇게 세상을 망쳐놓았냐고, 이 망쳐놓은 세상에서 어떻게 우리가 살 수 있느냐고 10대들은 아우성이다. 젊은 세대들은 그렇게 기성세대를 탓한다. 여기에 대해 우리는 어떻게 대답해줄 수 있을 것인가.

좌절된 새, 알바트로스는 플라스틱 조각을 먹고 죽어갔다. 꿈을 피워보지도 못하고 새끼 알바트로스는 아무 소리도 못 내고 죽어갔다. 어미 알바트로스가 플라스틱을 새끼에게 먹인 것처럼 우리는 이산화탄소와 메탄가스, 온실가스가 가득한 땅을 아들, 딸들에게 남겨주고 있다. 어미 알바트로스와 기성세대는 서로 똑같다. 자기 새끼를 죽이고 있는 것은 마찬가지 아닌가. 어미 알바트로스는 플라스틱이 죽음의 물질이라는 것을 몰라서 그랬다고 하자, 하지만 우리는 온실가스가 이대로 가다가는 아들 딸들에게 어떤 결과를 안겨줄지 알고있지 않는가. 알면서도 방치하는 것, 이건 미필적 고의다! 직무유기란 말이다. 더 이상 이래서는 안 된다. 이건 기성세대가 대단히 잘못하는 일이다. 그들이 불덩이가 된 지구에서 살게 할 수는 없다. 기성세대가 지금이라도 정신 차린다면 우리의 아들, 딸들이 잘 살아갈 수 있는 지구를 만들 수 있다.

이제 변화는 시작되어야한다. 거리로 나간 한국의 툰베리는 우리시대의 아들, 딸들이다.

환경의 문제는 더 이상 일부의 사람들의 문제가 아니다. 내 주변부터 실천해 나가야하며 작은 일부터 바꾸어 나가야한다. 각자의 삶속에서 기후 위기에 대해서 이야기해야하고 행동으로 나서야한다.

기후위기에 용기를 내어 이야기할 수 있는 사람이라면 누구나 상관없다. 그는 청년일 수도 있으며 농민일 수도 있다. 노동자, 과학자, 의사, 교수, 정치인일 수 있다. 그들이 바로 진정한 한국의 어른 '툰베리들'이다.

지구라는 땅덩어리를 잠시 빌려 사용하고 있는 우리는 이를 잘 관리할 의무가 있다. 우리는 죽어 이 땅에서 사라지겠지만 미래 세대는 계속해서 이 땅위에서 역사를 만들어 가야하기 때문이다.

모두가 행복해지는 길은 멀고 쉽지는 않겠지만 모두가 행복해질 때까지 우리는 작은 힘이라도 보태며 가야한다.

그게 인간의 도리이다.

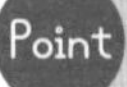

왜 고기를 먹지 말아야하나요?

기후변화에 관한 정부간협의체(IPCC)에 따르면 전계 온실가스 22% 가량이 가축 생산 및 소비 때문에 발생한다고 추정했다. 온실가스를 잡으려면 에너지와 운송 수단만으로는 기후 변화를 막을 수 없으며 육류 및 우유의 섭취를 줄여야 한다는 것이다.

지구 온난화와 온실가스의 주범은 이산화탄소(CO_2)와 메탄(CH_4)이다. 이산화탄소는 석유, 석탄 연료를 사용할 때 발생하고 메탄은 농업, 축산업등 유기물이 분해될 때 발생한다. 메탄은 이산화탄소 보다 23배나 온실효과가 큰 물질이다.

소나 양등 가축이 소화 과정에서 내뿜는 트림과 방귀가 엄청나다. 소한마리가 120kg의 메탄가스를 만들어낸다는 통계도 있으며 전 세계 15억 마리의 소가 내뿜는 메탄가스의 온실 효과가 전 세계 차량이 뿜는 배출가스의 온실효과보다 크다는 소리도 있다.

어른들은 대체 뭐를 했나요?

1979년 기후문제를 다루기 위해 처음으로 세계 기후협약을 기획하였고 1997년 교토의정서, 2015년 파리기후협약을 거쳐 오늘에 이르고 있다. 1979년으로부터 어언 40년이란 시간이 흘렀지만 10대들의 주장대로 달라진 것은 아무 것도 없다.

트럼프가 파리협정을 탈퇴를 선언하고 여러 나라들이 탈퇴를 고려중인 상태이다. 한국을 비롯해 온실가스 배출량 10위 이내 국가들은 대부분 협약 준수에 소극적이다. 협약에 따라 탄소세를 도입한 국가는 칠레, 스페인, 아일랜드와 북유럽 국가들뿐이다. 결국 2015년 파리협약이후 전 세계 온실가스 배출량은 줄어들기보다 오히려 더 늘어나고 있다. 이에 기성세대에 실망한 청소년들이 기후파업운동을 벌이며 들고 일어난 것이다.

IPCC의 경고

2018년 10월 인천 송도에서 열린 유엔 기후 변화에 관한 국가간 협의체(IPCC)에서는 2050년까지 지구 온도를 1.5도로 제한해야한다는 특별 보고서를 발표했다. 이를 위해서는 2030년까지 전 세계 온실 가스 배출량을 2010년 대비 45%까지 줄여야 한다는 권고안을 발표했다.

지구 기온이 1900년 이전 산업화 시대보다 1.5도 상승하면 기후 재앙이 오고 2도 상승하면 인류는 돌이킬 수 없는 파국이 올 것으로 전문가들은 내다보고 있다.

봉인해제
②

봉인해제 두 번째
'국민기본소득제도'

두 번째로 봉인 해제되는 것은 국민기본소득제도이다.

이 문제로 세계는 지금 복지정책과 사회보장제도에 빅뱅이 일어날 조짐이다.

가히, 이것은 산업혁명 초기에 나타났던 러다이트(Luddite Movement,기계 파괴 운동)의 세기적 변형이다.

그 때의 역사적 반성을 통해 더 이상 어리석지 않겠다는 인류의 다짐이자 4차산업혁명시대, 인공지능과 로봇의 습격에 대한 맞대응이다. 이미 일부국가에서는 진보적 실험이 실시되었다.

우리나라에서 이 운동은 아직은 변방에 머물지만, 향후 10년 동안 뜨겁게 지속될 화두이다. 왜? 인류의 노동 대재앙을 막아줄 존재는 결국 국가밖에 없기 때문이다.

이제부터 그 이야기를 봉인해제 한다.

2. 국민 기본소득과 청년수당

기본소득제도에 대해서 최근 몇 년 동안 논의가 본격적으로 무르익는 모습이다. 그리고 놀라울 만큼 많은 사람들에게 지지를 받고 있다. 하지만 아직도 이런 제도가 있는지 조차 모르고 있는 사람들도 많다.

뭐니뭐니해도 이제도의 특징은 국가가 모든 국민에게 아무 조건 없이 매월 일정소득을 주겠다는 것이다. 국민연금, 의료보험, 실업수당 등 개인이 일정 기간 동안 납입하고 나중에 수혜를 받는 기존의 사회보장제도와는 본질적으로 다르다.

일을 하든 일을 하지 않든, 부자이든 가난한 자이든, 조건을 달지 않고 전 국민 누구에게나 지급하는 것이다. 이점이 기존 복지정책과 사회보장제도에 비하여 비슷하면서도 완전히 다른 점이다.

우리나라도 '기본소득 당'이 정치적 목적을 가지고 등장하였다. 이들은 "아무 조건 없이 전 국민에게 매월 60만 원씩 기본소득을 지급 하겠다." 는 공약을 내걸었다. 묻지도 않고 따지지도 않고 대한민국 국민이면 누구에게나 국가가 책임지고 매월 60만 원씩 지급하겠다는 것이다.

기본소득 이란 게 도대체 무엇이기에 이렇게 화제일까.

우선, 기본소득 지구네트워크(Basic Income Earth Network. BIEN)의 정의를 살펴보자.

기본소득이란 자산에 많고 적음에 관계없이 노동의 참여 여부와도 관계없이 국가가 개인에게 무조건 지급하는 소득을 말한다.

기본소득에 대해서 아직도 논의가 활발하고 여러 가지 해석이 있을 수 있다. 그리고 이와 비슷한 복지정책과 사회보장제도가 있다. 하지만 이런 비슷한 것들과 구별되는 기본소득만의 특징이 있다.

기본소득의 핵심은

첫째, 국가가 책임지고 지급하는 소득이다.

둘째, 사회구성원 모두에게 지급하는 소득이다.

셋째, 일하거나 일하지 않거나 관계없이 지급하는 소득이다.

넷째, 부자나 가난한 자나 구분 없이 지급한다.

다섯째, 가구단위로 지급 하는 게 아니라 개인별로 지급한다.

미국 알래스카 주에서는 1982년부터 연 1회 전 주민들에게 약 1천~3천 달러의 기본소득을 지급하고 있다. 알래스카의 기본소득은 석유수입을 기반으로 지급되는 배당금성격의 종신기금이다.

최근 들어서는 핀란드에서 기본소득을 세계최초로 실험했다. 2017년과 2018년 2년 동안 장기실업자 2천명을 정하여 매달 560유로를 지급하는 방식으로 기본소득에 대해서 실험하였다. 스위스에서는 2016년 여름 기본소득 실시여부를 국민투표에 부쳤다가 부결되기도 하였다.

기본소득은 아직은 논의와 실험을 거치는 단계이기는 하지만 점점 구체성을 띠면서 다가오고 있다. 경제적 양극화가 가져다준 불평등과 4차 산업혁명에 따른 인공지능과 자동화로 인하여 대량실업의 발생가능성이 대두되면서 이를 해결할 수 있는 인류의 대안으로 부상하고 있는 것이다. 인류문명의 급격한 변화에 대해서 대비를 해두지 않으면 사회통합과 안정이 깨지기 때문에 최소한의 생존을 위한 기본소득의 지급이 불가피하다는 것이다.

실리콘밸리의 주요 인사들도 기본소득의 필요성에 대해서 발언을 쏟아내고 있다. 페이스북의 최고경영자 마크 저커버그는 대학졸업식에서 향후 도래할 4차 산업혁명 시대에는 사회적 문제를 해결할 기본소득과 같은 새로운 아이디어가 필요하다고 말했다. 페이스북의 공동창업자인 크레스 휴스도 기본소득 제를 지지한다는 내용의 발언을 하고 있다. 이는 테슬러의 최고경영자 일론 머스크도 마찬가지이다.

기본소득 지구네트워크(Basic Income Earth Network. BIEN)는 1986년에 유럽 네트워크(Basic Income European Network)가 만들어진 후 2004년 전 세계로 확대되었다. 2015년 기준 23개국이 가입했으며 한국은 2010년 17번째 가입 국이 되었다. 2016년 여름에는 서울에서 제16차 세계 대회를 개최하기도 하였다.

이러한 때에 우리나라에서도 전 국민에게 기본소득을 지급해야한다고 주장하는 정치세력이 등장했다. 바로 '기본소득 당'이다. 기본소득 당은 기후위기와 4차 산업혁명시대에 핵심정책으로 월 60만 원을 아무 조건 없이 기본소득으로 지급할 것과 공공 서비스를 강화하는 새로운 사회적 전망을 내놓았다. 창당에 참여한 사람들은 대부분 10~30대 젊은이들이다. 용혜원, 신지혜 씨 등이 활약하고 있다.

우리가 살고 있는 땅덩어리와 그 속에 묻혀있는 자원이란 것은 한 개인의 것이 아니라 사회의 것이고 그것은 사회 구성원들의 공유물이다. 지금까지는 그것을 채굴하고 개발해서 가져가는 자에게만 혜택이 주어졌다. 하지만 이제부터는 개발해서 가져가는 사람은 그 사람대로 이익을 가져가고 남아있는 자원에 대해서는 사회 구성원들에게 혜택이 돌아가야 한다.

4차 산업혁명 시대를 맞이하여 빅 데이터는 어떻게 봐야하나.

빅 데이터를 가공하는 기업들과 그들이 생산하는 이윤은 점점 커지고 있다. 하지만 데이터를 제공하는 것은 다수의 사회구성원들이다. 이제는 데이터를 제공하는 자들에게도 권리가 있다는 것이다.

기본소득은 앞으로 다가온 노동의 재앙을 막는 차원에서 사회적 안전망으로 꼭 필요하다. 방향성은 그렇게 가야한다. 하지만 이를 위해서는 재원을 어떻게 마련할 것인가에 달려있다. 전 국민에게 매월 30만 원~65만 원을 지급하기위해서는 190조~400조 원이 필요하다. 정부예산이 500조 원이니 기본소득 실시에만 얼마나 많은 돈이 들어가는지 알 수 있다.

미국 민주당 경선에서 선전하고 있는 앤드류 양도 기본소득 실시를 주장하고 있다. 그녀는 기본소득을 자유배당금(Freedom Dividend) 으로 이름 짓고 소득과 직업이 있든 없든 18세 이상의 미국시민에게 1인당 1천 달러를 지급하겠다고 주장하고 있다. 그녀는 재원을 마련하는 방안으로 10%의 부가가치세도입, 기존복지제도 통폐합, 최고소득층과 환경세를 통하여 재원을 마련할 수 있다고 보고 있다.

국내에서도 이에 대한 논의는 활발하지만 아직은 구체적인 결론에 이르지는 못하고 있다. 토지세와 환경세를 손 볼 것을 이야기하고 있다. 재산세, 종합부동산세 등을 폐지하고 토지세로 통합하여 단일화 하는 것을 생각해볼 수 있다. 이를 통해 지가총액의 3~4%의 세율로 과세하는 방안이 있을 수 있다. 세율은 점차로 조금씩 높여가면 된다.

유럽의 환경 선진국에서는 환경세가 GNP의 4~5% 선까지 도달한 나라가 있으므로 우리도 환경관련 세금들을 손 봐야한다. 이자, 배당 등 불로소득에 대해서도 세율을 높일 필요가 있다. 그 밖에 여러 가지방법들이 있을 수 있겠다.

3. 빅 데이터 세, 신설

하지만 기존의 것들의 세율을 높인다 해도 막대한 재원을 마련하기는 한계가 있다. 그래서 나는 기존 것들과 더불어 새로운 과세를 통하여 재원 확보하기를 바래본다.

내가 주장하는 것은 '빅 데이터 세' 신설이다. 인공지능이란 것을 자세히 살펴보면 레이어가 끊임없이 확장되는 심층신경막이다. 그리고 빅 데이터를 기반으로 하고 있다. 아무리 인공지능이라고 하더라도 빅 데이터가 없으면 소용없는 것이다.

앞에 의견 드린 대로 빅 데이터는 그 사회의 다수의 구성원이 만들어낸 것이다. 즉, 빅 데이터를 구성하고 있는 각 데이터들은 개인들의 것이다. 이를 빅 데이터화하여 수익을 창출하고 있으므로 당연히 과세의 대상이 되며 국가는 과세의 정당성을 가진다.

지금도 그렇지만 4차 산업혁명시대에는 인공지능과 빅 데이터는 필수적이다. 빅 데이터를 만드는 기업에 '빅 데이터 세'를 부과한다면 안 걸리는 기업이 없을 것이다. 처음부터 사업자 등록할 때 '세'와 '목'에 빅 데이터 항목으로 분류해서 사업등록을 하게한다면 대단히 광범위하게 세금을 징수할 수 있으며 기존에 거론되고 있는 '로봇 세'보다도 더 많은 재원을 마련할 수 있을 것이다. 사회적 합의와 정치권의 변화를 이끌어낸다면 지금 당장이라도 시행이 가능한 방안이다.

내가 조세전문가는 아니지만 내 생각을 토대로 다른 전문가들이 힘써본다면 기본소득제도의 앞날은 더 밝아질 것이다.

대한민국 사회가 모두가 잘 사는 대확행으로 가기 위해서는 비정규직의 문제, 청년실업, 사회적 양극화가 해결되어야한다. 이 세 가지 문제는 어느 한 집단의 문제가 아닌 우리 사회 전체의 문제인 것이다. 이 문제를 해결하지 않고는 빈곤과 실업을 야기하고 소득 격차는 더욱 벌이질 것이다. 사회 구성원의 구매력이 감소하면 한 국가의 경제는 저성장 국면을 벗어나지 못한다. 기본소득세는 이를 해결하는 시발점이 될 수 있다.

4차 산업혁명으로 사람들의 일자리가 인공지능과 기계로 대체되고 있다. 노동하는 인간은 두려움을 느낄 수밖에 없다. 일하지 않아도 최소한의 삶이 보장되는 기본소득이 마련되어야하며 우리사회도 이에 대한 논의를 시작해야한다. 그리고 이를 보편적인 사회적 스탠스가 되기까지 끌어올려야한다. 2020년대에 우리 모두가 할 일이다.

4. 청년수당

국민 기본소득제도와는 본질적으로 성격이 다르긴 하지만 서울시와 성남시에서 시작한 청년수당은 이제 전국 지자체로 확대 되고 있는 모습이다.

아직은 청년들의 구직활동을 돕고 취업 준비생들에게 한정적으로 지급하고 있기는 하지만 지자체의 재정상태가 좋아진다면 아무런 조건 없이 모든 청년에게 50만원의 수당을 지급하는 정책으로 발전해가야 한다.

이미 경기도에서는 이와 유사한 형태의 청년수당을 지급하고 있다. 경기도에 거주하고 있는 모든 청년들에게 조건 없이 분기당 25만 원, 1년 100만 원씩을 지급하고 있다. 아직은 지역화폐로 지급하고는 있지만 특별한 전제 조건이 없다는 면에서 기본소득제와 유사하다. 노동을 하든지 하지 않든지 부자이든 가난하든 아무 상관없이 청년들에서 일괄 지급하고 있다.

이 진보적 실험이 성공을 거둔다면 '청년 국민 기본소득제도'부터 실현될 수 있다, 그렇게 되면 N포세대, 이생망, 헬조선, 노답사회 등 청년 문제들이 조금이나마 활로를 찾게 될 것이다.

5.모두가 행복해지기까지

존 롤스 정의론 제 2원칙은 '최소 수혜자들에게 최대의 수혜가 돌아가도록 해야 한다'는 것이다.

존 롤스의 정의론 관점에서 본다면 기후환경 문제에 있어서 10대들이 최소 수혜를 받고 있는 것으로 볼 수 있다. 지금의 기성세대는 맑고 깨끗한 공기 속에 생활해오면서 살아왔다.

세계 환경 단체들은 향후 30년 동안의 기후 환경이 전 인류의 생존을 가늠하게 될 것으로 보고 있다. 지금의 기성세대는 1950~1970년대 생들이다. 이들의 대부분은 향후 30년 안에 이 땅에서 사라져 간다고 보면 기후 환경의 최대한의 수혜를 받고 떠난 마지막 세대가 될 것이다.

하지만 지금의 10대는 30년후에는 40대 내지는 50대에 가있을 것이다. 2050년이 기후환경에 마지막 사선이 될 것으로 본다면 지금의 10대는 인류의 재앙을 고스란히 떠안는 세대가 될 것이다.

기후 환경의 문제는 아직 살 날이 남아있는 10대들에게는 빼놓을 수 없는 관심사이다. 하지만 현 시대의 법률과 정치력을 장악하고 있는 세력은 기성세대이다. 기성세대는 그동안 기후환경에 가장 많은 수혜를 받았고 기후환경을 망친 주범이기도 하다.

지금의 10대는 곧 청년세대로 이어진다. 청년세대는 이생망, 헬조선, 노답사회, N포세대이다.

청년세대는 한국경제가 안고 있는 구조적 모순을 고스란히 다 뒤집어 쓰고 있다.

나는 10대들이 학교수업을 거부하고 거리로 나서는 기후 파업운동과 미래가 꽉 막혀있는 청년세대들의 문제에 활로를 찾기 위하여 청년을 포함한 국민 기본소득 제도로 이야기를 끌고 갔다.

'최소 수혜자들에게 최대의 수혜를 주어야한다'는 롤스의 관점에서 우리 공동체가 대확행으로 가기 위해서는 10대와 청년세대의 문제를 해결하는데 우선 순위를 두는 게 맞다고 생각했기 때문이다.

우리 공동체는 이것 말고도 수많은 문제점을 안고 있다. 여기서 모든 걸 다룬다는 것은 무리가 있을 것이다.

모두가 다 행복해지는 것은 쉽지는 않겠지만 지금부터라도 시급한 문제부터 해결해 나가야한다. 그것이 우리 공동체에 기성세대가 남은 인생을 통하여 할 일이다.

기성세대는 그동안 해외수출을 하고 국위를 선양하고 그렇게하여 세계 11위의 경제 규모를 만들어 놓았다. 그래 잘했다. 얼핏보면 대단히 자랑스런 일이다.

하지만 10대들에게는 재앙의 기후 환경을 만들어 놓았고 청년세대에게는 고용없는 성장의 나라를 만들어 놓은 것에 불과하다.

10대들이 하는 소리에 '아직 어린 것들이 하는 소리'라 무관심하고 청년세대들의 긴 한숨에는 더 노오력 하라 말한다. 심지어는 나약하다고 꾸짖는다.

그리고 그들은 아무 것도 바꿀 생각을 하지 않는다. 그래서 꼰대들이라고 욕들어 먹고 있는 것이다.

기득권을 장악하고 있는 기성세대는 지금부터라도 10대와 청년세대의 문제에 공감하며 해결을 위해 나가야한다.

우리 공동체가 이만큼 경제성장을 이루고 세계의 강대국들과 어깨를 나란히 하게된 것은 자랑스런 일이다. 하지만 이제는 앞만 보고 달릴게 아니라 옆도 봐야하고 뒤도 돌아봐야한다. 뒤처지고 있는 내 새끼들은 없는지 살펴야하고 얼른 다독여서 다시 잘 달리고 따라올 수 있도록 해야 한다.

체력이 약해 숨을 헐떡이면 물을 갖다 주고 땀을 닦아주고 지원을 아끼지 말아야한다.

그게 기성세대가 할 일이고 집안의 가장이 할 일이다.

* * * * * * * * *

10대들의 기후파업운동과 국민 기본소득제도는 지금 전 세계적으로 뜨거운 감자이다.

다만, 아직 우리 나라는 본격적으로 불붙기 직전이라고 할 수 있다. 그 이유는 우리나라는 핵개발을 포함한 남북 문제를 비롯하여 미국, 중국, 일본등 외교적인 문제와 헌법개정, 검찰개혁등 고유한 문제들이 있기 때문이다.

하지만 기후 파업운동과 국민 기본소득제도는 향후 우리공동체도 본격적으로 맞딱트릴 문제임에 분명하다. 기후환경의 문제는 시간적 시급성이 있기 때문이다. 향후 10년 안에 이산화탄소 배출량을 획기적으로 줄이지않으면 당장은 2030년 부터 기후재앙과 만나는 하는 절박함이 있다. 또한 국민기본소득은 경제적 양극화, 청년실업, 4차 산업혁명에 따른 대규모실업에 대비하는 사회안전망 차원으로 볼 수 있기 때문에 해를 거듭할수록 국민적 관심과 지지를 얻게될 것이다.

이 두 문제는 일부에서 논의하다가 사라져버릴 그런 차원이 아니다. 아직은 변방에서 논의 되고 있기는 하지만 수년 안에 티핑 포인트를 맞이할 것으로 보인다.

지금까지 향후 10년 안에 우리 사회에 커다란 화두가 될 두 가지로 기후환경파업과 국민기본소득제도를 풀어보았다.

모두가 행복해지는 길은 쉽지 않겠으나 우리 공동체가 모두 행복해지는 대확행으로 가기위해서는 10대들과 청년세대를 향한 따뜻한 관심과 배려가 필요하다.

내가 좋아하는 시, 홍 윤숙님의 두 어린이를 소개하면서 제8장 봉인해제식(대확행으로 가는 길) 편을 마무리 한다.

출처:요즘애들 요즘어른들, 21세기 북스, p161 ~ p162
시사저널, 우리도 시민이다 펜대신 피켓든 10대들 , 2019 10 16
한계례, 지금청소년은 멸종위기세대, 어르들은 뭐하죠, 2019 12 12
해럴드경제, 한국기후변화대응지수 '최하위권 ' 61개국중 58위 2019 12 10
오마이뉴스, 지구 살릴 수 있는시간 10년도 남지 않았다. 2020 1 9
기본소득이란 무엇인가, 다니엘라벤토스, 한솔수북, p29 ~ p31
기본소득당 https://www.basicincomeparty.kr

두 어린이

아이들이 놀다가 한 아이가 넘어져 웁니다.

아이들은 우는 아이를 두고 가버렸습니다.

너머진 아이는 더 큰소리로 울었습니다.

한 아이가 울지 말라고 달랬지만 소용이 없었습니다.

다른 아이가 물끄러미 지켜보다

넘어진 아이 옆에 자기도 넘어져

우는 아이 손을 잡았습니다.

울던 아이는 울음을 그치고

서로 마주보며 웃고 일어나 집으로

돌아갔습니다

홍윤숙

(내 안의 광야, 홍윤숙, 열린, 2002)

에필로그

당신은 지금 행복한가요?

누군가 "당신은 지금 행복한가요?" 라고 묻는다면 어떻게 대답해야할까. 이 책을 다 읽은 독자라면 "글쎄요, 잘 모르겠는데요." 라고 우물쭈물거리며 확실한 대답을 피하지는 않을 것이다. 아직도 자존감과 행복에 대해서 확실한 대답을 내놓지 못한다면 당신은 이 책을 처음부터 다시 읽어 나가야할 것이다.

이 책을 읽기 전에 당신은 어땠는가.

누군가 당신에게 "당신은 지금 행복한가요?" 라고 묻는다면
"행복이고 나발이고 지금은 먹고살기 바쁘다.", "배부른 소리 그만하라. 하루 벌어 하루 먹고사는데 웬 행복타령이냐", "손님이 뚝 끊겨서 장사하는 사람들 난리다." 이랬을 것이다.

지금 대한민국사회는 모두가 아우성이다. 국제기구의 조사에 의하면 한국인의 행복지수는 세계52위로 OECD 전체국가 중 하위에 속한다. 세계11위 경제대국이란 것에 비하면 걸맞지 않는 게 사실이다.

행복이란 본인이 느끼는 체감이 중요하다.

주식시장에 예를 들어보자. 요동치는 주식시장에서 핵심은 '증시의 민감도'가 무엇인지를 파악하는 게 제일 중요하다. 증시가 기업의 펀더멘탈을 반영하여 움직이는 것은 맞지만 그건 원론적인 이야기이고 하루하루 시장을 들었다 놨다하는 것들이 있다.

최근엔 미중 무역 분쟁이 가장 큰 증시의 민감도였다. 그래서 이와 관련된 소식이 나올 때마다 시장은 요동쳤다. 기업의 가치가 우수한 종목이라 하더라도 시장전체를 지배하는 흐름에 맥을 못 추곤 한다. 개별적이고 디테일한 것들이 좋다고 해도 시장을 움직이는 큰 흐름이 좋지 못하면 이에 함몰되고 마는 것이다.

우리가 인생에서 느끼는 행복도 이와 비슷하다. 어떤 목표와 소망이 이루어져야 비로소 행복감을 느끼게 된다. 어떤 일이 자기를 계속 괴롭히고 그 문제가 해결되지 않으면 완전하게 해결될 때까지 행복을 유보한 채 살아간다.

취업을 하지 못한 실업자라면 좋은 회사에 취업할 때까지 그는 좋은 일이 있어도 만족하지 못하고 불안하다. 직장인들에게는 승진의 기회를 잡아야하고 남과의 경쟁에서 이기고 남보다 빠르게 승진을 거머쥐었을 때 비로소 행복하다 느낀다. 하지만 그전까지는 여전히 행복을 느끼지 못한 채 방치하고 있다.

이 책을 다 읽은 독자라면 "아니에요, 그렇지 않아요. 중요한 문제가 해결되지 않아도 지금 행복하게 느끼면 그게 행복이에요."

이렇게 대답하게 될 것이다.

신자유주의 물결이 만들어낸 무한경쟁사회가 우리가 가져야할 행복을 집어삼켰다. 한쪽에서는 거기에 먹이가 된 사람들이 끌려 다니고 한쪽에서는 모두가 1등 할 수는 없다고 자각하기 시작한 사람들이 작은 것에서도 행복을 찾아야 한다고 소리치며 소확행으로 달려가고 있다.

나는 거기서 한걸음 더 나아가 당신은 세계에서 유일한 존재라 이야기하며 천연기념물을 끄집어냈다. 그리고 당신이 보고 생각하고 만지고 숨쉬는 모든 것들이 사실은 당신의 행복이라 이야기를 하였다. 내가 만든 세계 특허(?) '행복감별기'를 통해 주변에 있는 모든 것들을 대입하여 행복을 안겨주는 존재와 그렇지 못한 존재를 구분하였다.

'나를 즐겁고 기쁘게 해주는 것이 행복' 이라고 행복의 기준을 명확하게 두었다. 남에게 끌려 다니지 말고 행복만큼은 본인이 중심이 되어 판단하고 느끼고 사는 것이 좋은 일임을 계속 강조하였다. 심지어는 의도적으로 행복한 일을 만들어서 찾아가라고까지 하였다.

그러면서 남과 비교하지 말 것과 남에게 행복하게 보이려고 하는 행동들을 허영심이라 규정하고 어리석은 행동을 그만하라고 잔소리해댔다.

나의 존재, 나의 행복, 나의 문제, 나의 성취 등 모든 것들에서 나를 앞세우는 문화가 대세가 되어 가고 있다. 나는 이런 문화 현상들이 나쁘지 않다고 말했다. 개인주의는 자유민주사회의 중요한 가치이다. 다만, 이것이 자기의 이익만을 위하여 남에게 피해를 주는 이기주의로 가지 말아야한다고 이야기하였다. 이를 근간으로 나와 남과의 관계를 구분하고 개인의 일상의 삶에서 행복을 찾는 소확행에서 중확행과 대확행으로 의미를 확장하였다. 그러다보니 결국에는 한국사회가 안고 있는 여러 가지 문제들까지 다루게 되었다.

그리고 이제 끝을 맺는다.

누군가 "당신은 지금 행복한가요?" 라고 묻는다면 이제 어떻게 대답해야할까. 이 책을 다 읽은 독자라면 "글쎄요 잘 모르겠는데요." 라고 지금도 그렇게 대답할 것인가. 아니다. 그 대답은 이렇게 바뀌어야한다.

"네. 저는 행복합니다. 행복은 오로지 내가 찾고 만들어가는 것이니까요. 나는 귀하고 소중한 존재이고 세계에서 유일무이한 존재입니다. 이를 천연기념물이라고 하죠. 그게 나랍니다. 그래서 나는 오늘도 이 하루를 행복하게 보내고 있답니다. 당신도 가져 보세요. 당신도 분명 나처럼 행복해질 수 있을 것입니다."

당신 앞에 널려있는 행복을 주워라. 마구 주워서 당신의 바구니에 담아라. 세상의 시간은 의미 없이 흘러가는 것에 불과하다. 당신이 천연기념물이라는 존재를 자각하고 행복에 대해 자각할 때 당신은 그동안 보지 못했던 것들을 보게 될 것이며 새로운 세상이 열리게 될 것이다. 그리고 세상이 당신의 품안으로 들어오게 될 것이다.

봉인해제식

누구나 한해의 마지막 날은 아쉬움과 다가올 새해에 대한 설렘과 소망으로 맞이하는 시간이다. 그런데 이 시각에 북적이는 유흥 거리에서 고등학생들이 자기들만의 성대한(?) 의식을 치르기 위해 술집으로 들어갈 준비를 하고 있다. 마지막 날인 12월31일 밤 11시30분, 도심의 유흥가에 고등학생인 듯한 학생들이 3~4 명씩 어울려 다니면서 호프집을 기웃거리고 있다.

'봉인해제'란 해가 바뀌면서 합법적으로 주류와 담배구입이 가능하고 유흥업소 출입이 허락되는 만 19세 이상의 나이가 되는 것을 말하는 신조어이다. 그리고 이들이 치르는 그 성대한 거시가 바로 '봉인해제식'이다.

이들을 유심히 지켜본 사람도 있겠지만 대부분의 기성세대는 이런 것이 있는지 조차 알지 못한다. 이들은 12월31일 밤 11시30분정도부터 주변의 주점들을 탐색하다가 가장 마음에 드는 술집으로 새해를 알리는 밤 12시가 되기 10분 전에 입장한다. 그리고 비로소 자정과 함께 만19세가 되어 합법적으로 공개된 장소에서 술을 마시기 시작한다. 이것이 봉인 해제식이다.

이날, 이들이 느끼는 해방감이란 어느 정도였을까.

* * * * * * * *

10대들이 펼치는 봉인해제식은 그들의 억눌림을 해방하는 한판의 유희였을 것이다.

그동안 선생들의 눈을 피해 3~4명씩 여관방에서 술자리를 가지며 입시의 스트레스를 풀다 이제 비로소 합법적으로 공개된 장소에서 자리를 갖게되니 그들의 해방감이란 얼마나 대단한 것이었을까.

10대에서 20대로 넘어가는 젊은이들의 봉인해제식이 그런 거라면 성인들의 봉인해제란 무엇일까.

당신은 이 드넓은 우주에서 단 하나뿐인 존재이다. 당신의 유일성을 깨달아야하며 그 유일무이는 천연기념물보다 100 배이상으로 가치있고 소중한 것이다. 이것을 자각하는 것이 봉인해제다.

우리는 단 한 번뿐인 생명을 살고 있다. 참다운 인생을 살기 위해서는 행복에 대해서 자각해야한다. 행복의 주체는 남이 아니라 '나'이다. 행복이란 남에게 비치는 내 모습이 아니라 내 안에서 우러나오는 것이다. 그렇기에 나를 즐겁게 하고 기쁘게 해야하는 것이 행복이다.

사회에서 만든 속박을 걷어 치우고 오직 나의 행복을 쫓아서 사는 삶, 그것이 행복에 대한 봉인해제다. 또한 이것은 진정으로 내 삶의 주인으로 살아가는 길이기도 하다

향후 10년동안 우리사회에 뜨거운 화두가 될 두 가지를 선정하였다. 10대들의 기후파업운동과 국민기본소득제도 이다. 이미 두 문제에 대해서는 아직은 변방에서 논의되고 있는 사항이지만 향후 10년동안 우리사회를 뜨겁게 달굴 이슈이다. 이 두 가지를 봉인해제 하였다.

그 외에도 나는 많은 것들을 이야기 하였다. 글을 읽고 난후 당신의 마음에 변화를 불러 일으킨 점이 있다면 그것들이 '봉인해제'이다.

봉인해제는 어느 한 가지만을 뜻하는 것이 아니다. 그 속에는 많은 것들이 포함되어있으며 은유적인 의미로 사용했음을 밝힌다.

우리사회는 지금 답답한 현실 속에 놓여있다. 저성장과 불경기, 경기는 끝도 없는 침체의 늪에서 빠져있으며 청년들이나 기성세대나 무거운 침묵 속에 있다.

나는 이렇게 힘든 시간을 보내는 사람들의 마음을 부풀어 오르게 하기 위하여 이글을 썼다.

침울한 사람들이 활력을 되찾고 원래의 모습으로 되돌아가 밝게 웃으며 다시 행복하게 살아가기를 소망해본다.

봉인해제는 우리 안에 감추어져있던 어떤 것들과 내면에서 꿈틀거리고 있었던 무엇인가가 억눌림을 뿌리치고 봇물 터지듯 세상 밖으로 힘차게 튀어 오르기 시작하는 것이다.

나는 청년 세대들이 이생망과 노답 사회에 절망하는 모습을 보며 가슴 아팠다. 이글은 모든 침체된 것들의 소생을 꿈꾼다.

우리는 모두다 천연기념물이다. 생명의 가치는 존엄하다. 하늘아래 한 사람 한 사람 귀하고 소중한 존재들이다. 그리고 우리 모두는 마음껏 행복할 권리가 있다.

이 책을 덮으며 억눌려있던 당신의 모든 것들로부터 봉인해제 되길 바란다.

봉인 해제된 자가 걸어가는 길은 무서울 게 없다. 꼴찌여도 상관없다. 내 자신이 봉인해제 되었으니 이제부터 다시 시작이다.

자, 이제 세상을 향해 걸어 나가라.

그동안 느껴 보지 못하고 걸어 보지도 못했던 또 다른 세계가 당신 앞에 펼쳐져 있다.

유일무이한 소중한 당신, 오직 당신의 행복을 향해 걸어나가라.

벌써부터 심장이 요동치지 않는가.

지금부터는 오로지 당신만의 시간이다,

요동치는 나의 삶

뒤풀이

이글은 봉인해제식의 정진화 작가의 실제 이야기를 바탕으로 쓰여진 글이다. 꼴찌에서 1등으로 다시 1등에서 꼴찌로. '인생꼴찌론'의 밑바탕이 되었던 이야기를 뒤풀이 형식으로 엮는다.(다만, 형식과 내용면에서는 좀 더 생동감있게 표현하기위하여 1인칭 작가시점으로 묘사하였다)/ 편집자 주

요동치는 나의 삶 1

중학교 때까지만 해도 나는 학교에서 공부 열심히 하고 친구들과 사이 좋게 지내며 집에서는 부모님 말씀 잘 듣는 착한 아이였다. 성적도 아주 좋아서 반에서 1등도 하고 줄곧 상위권을 놓치지 않았다. 어쩌다 상위권을 놓치기라도 하면 다음 시험을 잘 준비해서 탈환하곤 하였다. 아마도 중3때가 전성기였을 것이다. 그때는 과목평균 98점을 기록하기도 했다. 언제나 선생님들의 사랑을 독차지하였고 3년 내내 실장(지금의 반장)을 했다. 그렇게 졸업할 때까지 모범생의 생활이 계속되었다.

특히, 기억력이 좋았던 거 같다, 집중해서 책을 보기 시작하면 외우는 대로 모두 머릿속에 들어갔다. 그리고 절대 잊지 않았다. 주로 시각적인 효과를 이용하여 외우는 버릇이 있었다. 마치 카메라로 어떤 장면을 사진으로 찍은 것처럼 주요 내용을 찰칵 찍고 머릿속에 저장하였다. 그러면 자리를 잘 잡으면서 차곡차곡 쌓여갔다. 나는 기억의 창고에 번호표만 매기면 되었다.

중간고사나 기말고사가 있을 때면 기억의 창고를 대대적으로 개방하는 날로 생각하면 되었다. 머릿속에 책꽂이가 있었다. 그 책꽂이에 수없이 많은 책들이 꽂아있었고 하나하나 꺼내서 답을 쓰면 되었다. 과목 평균이 98점을 얻을 수 있었던 것은 그냥 쉽게 얻어지는 것이 아니었다.

한번은 필기노트 한권을 페이지 별로 사진을 찍듯이 암기하였다. 이것저것 단편적으로 암기하느니 노트 한권을 몽땅 외워버리면 되었다. 노트를 넘어서 교과서 한권을 몽땅 외운 적도 있었다.

필기노트와 교과서를 통째로 외운다고 생각해보라. 모든 문제는 그물에 다 걸렸으므로 만점을 받는 것은 당연할 수밖에 없는 일이었다.

'교과서 한권을 다 외운다고?', '진짜?'

그랬다. 전성기 때는 그렇게 공부하였다. 이건 그런 경험이 있는 사람만이 알 수 있는 일이다.

지금이야 선생님들이 점수를 후하게 줘서 100 점 맞는 일이 쉬운 일이지만 지금부터 40여 년 전에는 만점 맞는 게 쉬운 일이 아니었다. 선생님들도 자존심이 있어서 인지 '어떤 시험이든 100점은 있을 수 없다. 100점은 완벽할 때만 줄 수 있는 것이다.' 이런 마인드가 지배하던 시절이었다. 그래서인지 과목당 꼭 1~2 문제는 중학교 수준으로는 풀 수 없는 문제를 내곤했다. 그래도 노트와 교과서를 1p부터 다 외우고 있다면 만점 맞는 일은 가능한 일이었다.

어떤 경우는 일부러 만점을 맞지 못하도록 아주 처치 곤란한 문제를 내는 선생님도 있었다. 지금 생각해보면 그 분들의 나이가 지금의 내 나이쯤 되었을 텐데 겨우 열다섯, 열여섯 아이들과 한심한 자존심 놀이였지 않나 싶다. 꼭 그렇게까지 하면서 그 분들은 무얼 가르치려한 걸까.

지금이야 세상이 많이 변해서 문제도 쉽게 출제하고 각종 상들도 후하게 주는 거 봐서는 쓸데없는 자존심들은 많이 사라진 게 아닌가 생각해본다. 하여간 나도 오기가 생겨서 한 문제를 안 틀리려고 노트와 교과서를 달달 외워댔으니 서로가 한심하기 그지없는 일이었다.

그렇게 행복했던 중학교 시절이 가고 고등학교에 입학하게 되었다. 고등학교는 공부해야할 범위와 양이 많아진 것일 뿐 실력을 이어가는 데는 무리는 없었다.

그런데 고1학년 말부터 나에게 조금씩 이상한 변화들이 찾아오기 시작했다. 중학교 때보다는 놀 수 있는 시간이 적고 책상에 앉아서 집중해야할 시간이 많아서 인지 어느 날부터 집중력이 흐려지기 시작했다. 처음엔 잠시 쉬고 나면 곧 회복되었으나 그런 일들이 잦아졌다.

고2에 진학해서 다니던 학기 초반 나는 내 안에서 무언가 스르르 빠져나가는듯한 느낌을 받았다. 그리고 이내 답답함이 밀려왔다. 하지만 이

내 별거 아닌 것으로 생각하고 다시 공부에 집중했다.

그때부터였던 거 같다. 그때부터 갑자기 나의 사진 찍기 기술은 선명한 재생에 실패하기 시작하였다. 그리고 하루하루 지날수록 쇠퇴해갔다. 나의 고민은 깊어갔다. 누구를 붙잡고 이야기할 수도 없었다. 그리고 성적은 내리막길을 시작하였다.

한번 상위권을 내주면 바로 탈환해야하는데 시간을 끌게 되면 바로 밑에 순위 그룹들이치고 올라오기 때문에 다시 밀리게 되고 그러면 걷잡을 수 없이 하강하게 된다. 사태는 심각했고 수개월 만에 중위권으로 밀려 내려갔다. 부모님들은 고등학교에 올라가더니 조금 고전하고 있다고 생각했던 모양이었다. 하지만 나한테는 심각한 일이었다.

사진 찍기 기술이 먹혀 들어가지 않자 나는 이빨 빠진 호랑이였다. 그때 비로소 알았다. 암기하는 일이 이렇게 힘들다는 것을…

이제부터는 무식하게 연습장에 쓰면서 외우고 또 외웠다. 백지 연습장이 까만 볼펜글씨로 가득 찼지만 그게 몇 권이 되어도 사진 찍기 기술은 되살아나지 않았다. 나는 이 일이 지금까지도 미스터리하다.

여름방학이 지나면서 서서히 지쳐갔다. 공부에 흥미를 잃기 시작했다. 성적은 중위권도 간당간당하더니 하위권으로 급 추락하였다. 나는 아득하게 펼쳐진 미래와 만나야했고 짜증이 늘어갔고 걷잡을 수 없이 무너져갔다. 참담했다.

열여섯이란 어린 나이에 몰아친 광풍과도 같은 것이었다. 내가 감당하기엔 상황이 너무 좋지 않았다. 결국 충남대학교 정신과를 아버지와 함께 갔다. 아버지에게 '내 머리가 이상해진 거 같다.'고 하소연해 봤지만 그게 간단히 해결될 일이 아니었다.

여러 가지 검사를 하고 약 처방을 해서 먹었지만 결과는 달라지지 않았다. 또한, 그때는 전 국민 의료보험이 없었던 시절이어서 진료비와 약값도 부담이 만만치 않았다. 매번 병원에 갈 때마다 시골에서 농사짓는 부모님에게는 큰돈이 부담이었다. 병원에서 준 약으로 다소 나아지는 듯 보였으나 더 이상의 진전은 없었다.

나는 낙담했다. 그리고 현실을 직시하면서 내 운명이 도도하게 뒤바뀌고 있음에 가슴을 쳐야했다.

나는 이제 공부에 흥미를 완전히 잃었다. 수업시간에도 맨 뒷자리에 앉았다. 공부하고는 담을 쌓기 시작했고 우등생 시절 '문제아' 라고 생각했던 아이들과 친해졌다.

그 해 가을 기말고사를 보는데 나는 공부를 1도 하지 않았다. 시험지를 받아들었을 때 아는 문제가 단 한 문제도 없었다. 그래서 1번부터 끝번 문제까지 다 찍었다.(그때는 대부분 4지선다형 이었다.) 내가 꼴찌를 할 거라고 당연하게 생각되었다. 그런데 다 찍어도 확률이란 게 있어서 점수는 나왔다. 18점, 20점, 30점. 이 정도이긴 하지만 말이다.

성적표가 나왔는데 57명중 나는 51등을 하였다. 이 성적이 나의 흑역사 최고의 성적이었다. 그때 나는 알았다. 꼴찌도 아무나 하는 것이 아니구나. 처음부터 끝까지 다 찍어도 꼴찌를 못하는구나. 사실 51등부터 57등까지 최하위는 성적에 의미가 없다. 어차피 그들도 다 찍기 때문에 누가 잘 찍느냐의 게임이었다. 꼴찌도 운이 좋아야한다. 1등도 아무나 하는 게 아닌 것처럼 꼴찌도 아무나 하는 게 아니었다.

이 기가 막힌 일들이 나에게 태연하게 역사하고 있었다. 그리고 나는 나를 잊었다.

* * * * * * * *

나는 지금도 열차 출입문 난간에 매달려 있던 기억이 생생하다. 탈출구를 찾지 못하던 나는 아버지가 보관하던 금고에서 10만원을 들고 집을 나왔다. 지금으로 말하자면 가출이었다. 학교도 싫었고 집도 싫었다. 아무도 내 마음을 알아주는 사람이 없었다. 대전으로 도망 나와서 역전 시장과 도심을 헤맸다. 가슴 밑바닥에서 솟아 나오는 울분을 다 쏟아내야만 살 거 같았다. 그렇지 않으면 돌아버릴 거 같았다.

다시는 집으로 돌아가지 않으리라 생각했다. 도심 한 복판에 개천이 있었고 개천을 따라 하염없이 걸었다. 노을이 지고 어둠이 찾아왔다. 그래도 계속 걸었다. 휴대폰도 컴퓨터도 없었던 시절이었으므로 사라지면 그만이었다. 가출을 한 것인지, 누군가에 의해 실종된 것인지, 살아있기는 한 건지, 날은 추워지는데 가족들은 걱정이 이만 저만이 아니겠지만 나는 오히려 홀가분했다. 내 방식으로는 방황이었고 그 모범생이었던 내가 내지를 수 있는 유일한 반항이었다.

그렇게 낯선 길을 한참을 걸었다. 얼마를 걸었을까. 오랜 시간이 흘러간듯했다. 불덩이 같던 가슴도 식고 땀도 말랐다. 차가운 늦가을 바람이 스치고 지나갔다. 사방은 어두웠고 인적은 끊어져 있었다. 멀리서 버스 몇 대가 모여 불빛을 발하고 있는 곳이 보였다. 나는 그곳으로 갔다. 도착하여 주위를 살펴보니 그곳은 버스 터미널이었다.

이제는 오래된 일이라서 자세하게 기억나지 않지만 근처 식당에서 국밥을 먹었던 같고 소주 두병을 사들고 둑길에 앉아서 소주를 들이키다가 너무 추워서 여관방으로 기어 들어간 거 같다. 그리고는 기억이 없다. 다음날, 쓰린 배를 움켜쥐고 냉수를 벌컥 벌컥 들이켜 마셨다. 그러다 갑자기 울컥하면서 왜 이렇게 서러운 지 뜨거운 눈물이 쏟아졌다. 그러면서 부모님 얼굴이 떠올랐고 그제야 내가 지금 가출을 했으며 여기 알지도 못하는 곳에서 잠을 자고 하룻밤을 보낸 것에 대해서 생각이 들기 시작했다.

또 하루가 지나가고 있었다. 생각해보니 시간이 지날수록 막막해져갔다. 돈도 떨어져가고 이제 어떻게 지내야하나 당장 어디서 잠을 자고 무얼 해야 하나 조금씩 걱정이 되기 시작했다. 아무런 준비도 생각도 없이 무작정 집을 뛰쳐나왔던 탓에 할 수 있는 일들이 아무 것도 없었다. 그리고 불현듯 부모님이 생각나고 동생과 누나도 생각났다.

결국, 며칠 만에 집으로 돌아왔다. 그리고 내가 저질러 놓은 일들을 수습해야 했다. 그때 나는 알았다. 나에게도 이런 면이 있었구나. 공부하기 싫어 가출하는 것, '문제아'들만 저지르는 일인 줄 알았더니 나에게도 이런 면이 있었구나. 담임선생님이 나를 바라보던 생각도, 친구들이 나를 바라보던 생각도 그랬으리라.

이제 계절은 겨울을 향해 달려가고 있었다. 하지만 내 생활은 그대로였고 달라진 것은 없었다. 여전히 공부는 손에 잡히지 않았고 우울한 날들은 계속 되었다. 가출해서 돌아온 후 며칠 동안은 다시 시작해보자는 마음도 생겼지만 문제가 해결되지 않았는데 상황이 좋아질 수는 없는 일이었다.

가출사건은 그렇게 끝나가는 듯 보였다. 하지만 이 일을 계기로 나는 점점 대담해지고 있었다. 결국, 가출 사건은 내 인생에 엄청난 사건으로 몰아가고 있었던 것이다.

나는 지금도 열차 출입문 난간에 매달렸던 기억이 생생하다. 그렇게 어떤 결말을 나는 생각하고 있었다. 이만 여기서 끝내는 편이 낫겠다고 생각했다. 어차피 회복이 어렵다면 남은 인생을 얼마나 괴롭게 보내야 할 지 앞날이 머릿속에 그려졌다. 어린 나에게 이런 일들이 벌어진 게 억울했지만 운명이라면 어쩔 수 없는 일이었다.

일을 감행하기까지 많은 고민과 상념의 시간을 보내야했다. 그리고 하나하나 계획을 세웠다. 한 번에 끝내자. 그리고 아무도 모르게 끝내자. 어차피 누구나 한번은 언젠가는 떠나야하는 것이다. 무섭긴 하겠지만 "까짓것 가출도 해봤고 나도 이제 컸잖아!!"

계획한 날은 다가왔고 어디서 그런 엄청난 실행력이 솟아났는지 그 무서운 결정을 감행하기에 이르렀다.

그날은 일찌감치 친구들을 따돌렸고 혼자였다. 학교를 마치고 집으로 돌아가는 열차 안에서 나는 마지막으로 마음을 가다듬었다. 다음 역까지 걸리는 시간은 딱 10분. 중간쯤에 1분짜리 굴(터널)이 있다. 그때가 타이밍이었다. 열차 안을 마지막으로 휙 둘러보았다. 객차 안에는 웃고 떠드는 사람들, 책을 보는 학생들, 퇴근하고 집으로 가는 사람들, 직장인들과 학생들, 모두가 행복해 보인다. 언제나 퇴근 열차는 붐볐다. 나는 사람들 틈을 비집고 열차와 열차를 연결하는 출입문 쪽으로 갔다. 그리고는 아래쪽으로 있는 난간에 섰다. 현재는 열차가 출발하면 출입문이 닫혀서 떨어질 염려가 없지만 그 당시에는 그대로 난간이었다. 그래서 난간에서 떨어져 죽는 사람도 있었다. 열차가 굴을 통과하는 시간에 뛰어내리면 되었다. 그러면 쥐도 새도 모르게 이 세상과 하직하는 것이었다.

다행히 열차와 열차를 연결하는 통로에는 그날따라 사람이 적었다. 나는 난간 계단으로 내려갔고 양쪽 손잡이를 잡았다. 이것만으로도 보는 사람에게는 대단히 위험한 것이다. 그리고 정상인이라면 무섭게 느껴지는 게 당연하다.

손잡이를 붙잡고 난간에 서자 찬바람이 밀려 몰아 들어왔다. 시원했다. 쌩쌩 달리는 기차속도와 이미 어두워진 초겨울 저녁시간이었으니 체감 온도로 치면 영하 10도 이상은 되었을 것이다.

'이렇게 나의 인생은 여기서 막을 내리는 구나.' 나는 생각했다. '짧았지만 한때는 행복했었노라. 공부로 1등도 해봤고 늘 상위권이었고 늘 반장 아니면 부반장이었고 과목평균 98점이라는 개교 이래 최고 기록도 세웠고, 정상대로만 커주었다면 훌륭하고 멋진 어른이 되었을 텐데. 아름다운 꿈, 피워보지 못하고 이렇게 가는 구나. 친구들아 안. 녕. 먼저 가서 기다릴게. 잘 살다 오렴. 안. 녕. 친구들아..흑!'

나는 끝없이 뜨거운 눈물을 흘리고 있었다.

기차는 곧 거침없는 속도로 굴속으로 들어갔다. 그리고 어둠속에서 요란한 소리를 내며 달려갔다. 손에 쥔 손잡이에 힘을 주고 꽉 붙잡았다. 마지막으로 심호흡을 하고 쥐었던 손을 놓으면서 뛰어내리면 되었다.

정적 같은 시간들이 흘렀다. 나의 몸이 아득하게 느껴졌다. 저 하늘에서 떨어지는 은하수의 별똥별은 어디서 와서 어디로 가는 것일까. 수억 만 년, 수천만 년을 저 별과 우리는 거리를 좁히지 못한 채 영원한 그리움 속에서 그렇게 살아야하는 것일까.

기적을 울리며 기차는 어두컴컴한 터널을 힘차게 통과했다.

* * * * * * * *

그날의 내가 감행하지 못한 결과, 어느덧 내 인생의 시간은 50줄까지 살고 있다. 그것이 액땜이었을까. 인생 최악에 느끼는 그 단맛, 그 맛이 밀려올 때마다 아. 이제 시련은 끝나가는구나. 여기가 밑바닥 지하실이구나, 이제 이것보다 더한 고통은 없구나. 그러면서, 이제부터는 잘 된다!! 훌훌 털고 시간은 내편이다!! 생각이 들곤 한다. 그리고 실제로 모든 일은 그 단맛 이후부터 잘 풀려나갔다.

그 날, 그 터널 속에서 내가 느낀 그 단맛을 아직도 나는 기억한다. 그 단맛은 어김없이 내 최악의 상황이 펼쳐질 때마다 나를 찾아와 나를 깨웠고 그게 회복을 알리는 신호가 되었다.

내가 다시 살 수 있었던 것은 두 사람 덕분이다. 그리고 그들로 인하여 나는 10대라는 어두운 터널을 통과할 수 있었고 20대로 성장하는 데 귀중한 자양분이 되었다.

"야, 풀빵(풀빵은 당시 내 별명이었다.)! 며칠 놀더니 놀만했냐. 너 경찰한테서 안 잡혀온 게 다행이다. 대전 갔었다며 짜식 달아날 거면 서울로 가야지."

나랑 가까이 지냈던 명수 녀석이 어깨를 툭 치며 다가왔다. 그리고는 씩 웃으면서 하는 말이었다. 가출을 끝내고 등교했을 때 모두들 나를 어리둥절하게 대했다. 첫날은 침묵 속에서 그렇게 조용히 흘러갔다. 한사람씩 다가와 나에게 이런저런 말을 걸기 시작한 것은 다음날부터였다.

'너 가출하고 우리만 죽어났다. 네 짝은 상담실에 불려가고, 선생들 이틀 동안 너 찾느라 난리 났었다.'

가출해서 돌아온 나는 경위서와 반성문을 하루 종일 썼다. 선도부 선생님께 불려 가기도했지만 상담실에서 몽둥이질은 안했다. 그러기엔 학생들의 몸이 이젠 자기들보다 커버렸고 혈기왕성한 나이였다.

그때 조금은 느낄 수 있었다. 평소에는 관심도 없던 사람들이 나에게 주목한다는 사실을 말이다. 이른바, '문제아'들이 말썽을 일으키는 게 다 이런 이유에서였구나 생각했다.

이과에서 국어를 가르치는 신 선생님께서 상담실로 나를 찾아왔다. 이분은 작년에 여고에서 오셨는데 교지에 실린 내 글을 보고 특별히 나를 좋아해주시던 선생님이었다. 앞에 말한 소중한 사람 중 한분이 이분이다. 다른 선생님들과 달리 선생님이 내게 주신 말씀은 아직도 기억이 생생하다.

"인생은 여러 갈래의 길이 있단다. 지금 너희들은 한 가지 길만 생각하겠지. 하지만 공부가 인생의 전부는 아니란다. 졸업하고 사회에 나가보면 알게 될 거야. 얼마나 다양한 직업과 얼마나 많은 사람들이 각자 살아가고 있는지. 그러니 이 시기를 지혜롭게 잘 통과하길 바랄게. 그만한 나이 때가 제일 힘든 때지. 이 고비만 잘 넘기면 돼. 나도 너희들 나이엔 그랬어."

그리고 선생님은 자신이 믿는다는 거룩한 신에 대해서 말씀해 주셨다.

"신이 우리를 만들 때 어떤 생각이었을까. 신은 한 사람 한 사람 우리를 똑같지 않고 각기 다르게 만들었지. 왜 그랬을까. 그건 각자를 향한 어떤 목적과 계획이 있었던 거야. 그게 뭔지, 그런 거 한 번 잘 생각해 보기 바란다. 앞으로 잘 할 수 있겠지. 나는 너를 믿는다."

그리고는 선생님은 잠시 말씀이 없으셨다. 가만히 내 어깨를 토닥여 주셨다.

"또 올게."
짧은 인사를 하고 빙그레 웃으며 나가셨다.

선생님이 나가신 후 그제야 나는 복받치는 눈물이 흘러내렸다. 그동안

참아왔던 눈물이 하염없이 쏟아졌다.

신은 한 사람 한 사람 우리를 똑같이 만들지 않았으며 각자에게 목적과 계획이 있다는 것.

내 나이 열일곱에 깨달은 진리였다. 그리고 그것이 열차 출입문 난간에 매달렸던 나를 살렸다. 말의 힘이란 게 이렇게 무서울 수도 있는 것이구나. 지금도 나는 그렇게 생각하고 있다

내가 어두운 터널 안에서 달리는 기차 난간에 매달려 있을 때 그리고 터널을 통과하는 1분이라는 짧은 시간에 이 말이 불현듯 떠오르지 않았다면 지금의 나는 존재하지 않을 것이다.

'엄마, 아빠. 미안해. 이 세상은 너무 일찍 내게 고통을 주었어. 나 이제 그만할래.'

이제는 뛰어내려야겠단 마음을 굳히고 두 발에 힘을 힘껏 주고 승강기를 붙잡고 있던 두 팔을 뿌리치던 찰나였다.

힘차게 뛰어내려야할 순간에 어떤 에너지가 선생님이 해주신 그 말과 함께 생각 속으로 뛰어 들어왔던 것이다. 그 0.3초도 안 되는 짧은 시간에.

신이 나를 향한 목적!! 계획!!

원인을 알 수 없었던 나의 뒤바뀐 생활에 대해서, 1등에서 꼴찌로 전락한 나에 대해서 그 말은 어떤 가능성 같은 것이었다. 망가져가는 내 시간표에 치열하게 항쟁해가던 나에게 준 고귀한 선물 같은 것이었다. 그것이 결국 열일곱의 어린 죽음을 그렇게 유보시켰던 것이다.

지금도 그때를 생각하면 가슴이 답답해온다. 어린 나이에 생과 사를 넘나들었던 중대한 갈림길이었으니까. 어쩌면 운명 같은 것이었을지도 모르겠지만.

그것이 내가 느낀 절망의 끝자락 이었다. 그리고 절망 끝에서 또한 희망이 솟아난다는 것도 알게 되었다. 그러니까 절망과 희망은 같이 오는 것이다. 다만 우리가 현실 속에서 느끼는 절망에 대한 고통이 너무 커서 그 희망을 보지 못하는 것이다.

그 후로도 나는 몇 번의 아슬아슬한 곡예놀이를 하게 되지만 그 때마다 번번이 다시 일어나곤 하였다.

요동치는 나의 삶 2

면접을 마치고 돌아온 나는 좀 피곤했지만 어쩌면 이제부터 서울 생활이 시작될 수 있겠구나 생각하니 다소 두렵기도 하였다. 그렇다고 지금 상황에서 다시 돌이킬 수도 없었다.

더 이상 실업자로 돌아가긴 싫었던 것이다. 하지만 다시 기자의 길을 걷는다하니 썩 마음에 내키는 일은 아니었다.

"내일 회장님 면접이 최종적으로 있을 것이니 아홉시까지 다시 오시면 되겠습니다."

면접관의 정중한 대답을 듣고 취업이 거의 결정된 것임을 알 수 있었다.

그날 밤은 누나네 집에서 하루 더 묵기로 했다. 스무 살 때부터 서울에 올라와 벌써 20년째인 누나가 반겨 주었다.

"그래도 지방보다는 서울이 일자리는 많지. 사람도 많고 놀 곳도 많고 말은 제주로 보내고 사람은 서울로 보내라고 하잖니."

누나는 나의 서울 입성을 반겨주는 듯 했다.

"아참, 엄마한테 전화 왔었어. 꼭 전화하라고 하더라."

저녁상을 들여오면서 누나는 전화기를 눈짓했다.

두 건의 면접이 다 끝났고 결국 다시 기자 쪽으로 하겠다고 고향 집으로 전화를 했는데 엄마가 뜻밖의 이야기를 하는 것이었다.

"무슨 교과서 회사라 하고 내일 아홉시까지 출근하라고 한다. 꼭 가 보거라. 그런데 엄청 친절하더라. 마치 아는 사람처럼 이야기하는데 좋은 회사 같다. 내일 꼭 가보기 바란다."

엄마가 이야기하는 회사는 어제 면접을 본 회사였다. 신입사원을 뽑는데 지원자가 채용인원에 자그마치 10배나 몰렸다.

이틀 전에 서울에 올라올 때 나는 두 건의 면접을 보러온 것이었다. 하나는 교과서 회사였고 하나는 의료신문기자였다.

교과서 회사는 어제 면접을 본 후 결과를 기다리고 있었고 의료신문기자는 오늘 면접보고 취업이 결정되었던 것이다.

그런데 이미지나 분위기나 임금 등으로 보나 어제 본 교과서 회사가 훨씬 마음에 들었다. 하지만 구름처럼 몰려온 지원자며, 그들의 학력이나 실력으로 봐서 내가 면접에 합격하긴 어려운 일이었다.

어느 쪽으로 갈 것인지를 결정하는 것은 생각하고 말고도 없었다.

수년 동안의 기자 생활에 지쳐 있었고 그 생활을 때려 치고 실업자의 생활을 자청한 것은 보다 안정적인 회사를 들어가기 위해서였으니까.

다음날 나는 지하철을 타고 교과서회사로 향했다. 서울에서 삼 일째 되는 날이었다. '내가 어떻게 면접에 합격했지? 연고대 나온 놈들도 많았는데 모를 일이다. 혹시 뭐가 잘못된 건 아닐까?

그 회사를 합격하여 다시 오게 될 줄은 정말 몰랐다. 그리고 그때까지도 반신반의 하고 있었던 것이다.

그러나 그때부터가 내 인생의 제 2라운드의 화려한 시작이었다. 확실하게 나는 붙었고 신입 사원이 되어 나의 새로운 인생이 열리고 있었다. 비록 고향을 떠나 타향이긴 했지만 1년여의 실업자 생활을 생각하면 끔찍한 것이었고 비로소 회사다운 회사를 다니게 된 것이니 졸업 후 2~3

년간의 방황을 드디어 정식으로 끝내는 순간이었다.

그때부터가 그야말로 인생에 있어서 행복했던 10년의 시작이었다. 중학교와 고등학교 때 뒤바뀐 삶 이후에 20대에 들어서 나는 뜻하지 않는 큰 행운을 거머쥐게 된 것이었다.

그리고 오늘 이렇게 첫 출근을 하고 있는 것이었다. 그리고 기쁨으로 가득 찬 발걸음 속에 불현듯 지나간 수년 동안의 일들이 영화를 보듯 생생하게 스쳐 지나갔다.

불운의 10대를 보내면서 내가 선택한 것은 재수였다. 고등학교를 최악의 성적으로 졸업하고 다시 회복을 기대하면서 나는 재수학원에 등록했다. 고3 후반에 학력고사를 1달 정도 앞두고 몸이 회복되는 듯 보여 그때라도 늦지 않았다 생각하여 피치를 올렸지만 끝내 좋은 성적을 낼 수는 없었다. 기간이 너무 짧았던 것이다. 천안의 후기 대학에 가까스로 붙긴 했지만 나에겐 아직도 미련이 남아 있었다. 이번은 뜻대로 안됐지만 1년의 시간이 다시 주어진다면 한번 해볼만하단 생각에서였다.

겨울이가고 졸업을 하고 봄이 왔다. 하지만 생각처럼 슬럼프는 회복되지 않았고 잠시 좋아지다가도 이내 다시 정신이 흐려지기 시작했다. 그러기를 수개월. 여름이 지나도록 책 한 권을 보지 못하였다.

한 치도 앞을 내다 볼 수 없는 시간들이 흘러갔다. 이대로 낙오자가 되는 건 아닐까. 벌써 9월인데 학력고사는 이제 두 달 남짓 남겨둔 상태였다.

"신앙을 가져보는 건 어떨까 생각해 보세요. 지금으로선 상태가 호전되기는 어려워 보이네요."

실망스런 상담을 끝내고 다시 어두움이 찾아왔다. 하지만 나는 그럴수록 끝까지 포기하지 않겠다는 집념이 있었다.

아마도 그때쯤이었을 것이다.
어떤 흐름들이 환하게 비치면서 몸이 좋아지는 느낌이 밀려왔다. 뭐라 표현할 수 없는 영롱함 같은 것들이 내 몸을 감싸면서 고등학교 때 스르르 빠져 나갔던 기운이 실바람처럼 내 영혼에 부드럽게 꽂히는 기분이 들었다.

그리고 나는 알게 되었다. 내 몸이 조금씩 회복되고 있음을.

두 달 반이라는 시간 동안에 나는 방에서 한 발도 밖에 나오지 않았다. 몸은 다 회복되지 않았지만 엄마가 가져오는 밥만 먹고 그렇게 두 달 반 동안 사력을 다해서 공부에 집중하였다. 비록 중학교 때의 사진 찍는 거 같은 절정의 기술은 아니었지만 죽음을 각오하고 책과 매달렸다.

몇 개월 후 지방의 H대학교에 장학생으로 합격할 수 있었다. 그리고 4

년 동안의 대학생활이 시작되었다.

(때는 1987년. 나는 6월 항쟁과 만났고 그 역사의 순간을 방랑처럼 함께했다. 전두환이 백담사로 쫓겨나고 88년 서울올림픽이 열렸고 임수경이 월북하였다. 동구권이 무너졌고 소련도 무너졌다. 거침없이 시간은 흘러갔다. 여기에 다 담지는 못하지만 지금 생각하면 한 해 한 해가 역사의 소용돌이였던 것이다. 그 사이 친구도 가고 사랑도 갔다.)

"정기자. 이번 김수형 총재 건 말이야. 기사 다 됐음 빨리 넘겨. 다음 달 기획 건 잡아놓은 거 검토하고 충주 인터뷰 건은 어떻게 됐어? 잘 되어가는 건가."

학교를 졸업하고 나서 내가 처음 입사한 곳은 지방의 작은 언론사였다.

처음엔 이리 치이고 저리 치이고 하면서 수습기자 생활을 계속했지만 학교 다니던 것보다는 새롭고 신나는 일이었다. 무엇보다도 내 스스로 사건을 취재하고 사람들을 만나 인터뷰하고 기사를 작성하고 그것이 활자화되어 거리에 뿌려진다는 건 내 마음에 쏙 드는 일이었다.

어떤 사명감 같은 것도 있었다. 그때는 풀뿌리 민주주의라 하여 지방자치 1기가 시작되었던 시절이었고 내가 속한 언론사는 지방의회 의원들과 자지단체의 움직임을 전문적으로 다루는 회사였다.

그러나, 지방의 언론사이고 그 중에서도 신생 언론사여서 그런지 임금 수준이 너무 낮았다. 그리고 인력도 부족해서 여간해서 멀티 플레이어 아니면 일을 다 감당하기 힘들었다. 거기에다가 광고 쪽 일도 같이 해야 하니까 기획, 취재, 업무, 광고까지 혼자 해야 할 일이 너무 많았다. 그리고 너무 바빴다. 지금 생각하면 일요일도 없었던 거 같고 회사일이 곧 내 일이었고 오직 회사와 사장님을 위해 일하는 거 같았다.

그리고 무엇보다도 괴로웠던 게 취재를 나가면 주머니가 두둑해지는 촌지였다. 당시 지방의원들은 잘 나가던 지역 유지들이 대부분이었다. 지방 자치도 아직 초기단계여서 모든 게 정비되지 않았고 의원들도 전문의원이 써주는 시나리오를 그대로 읽어 내려가는 게 고작이었다.

일반인들은 김영란 법에 왜 언론인이 포함되는지 잘 모를 것이다. 그만큼 당시엔 촌지문화가 만연했고 그 액수도 상당했다. 임금이 낮았던 이유도 촌지를 알아서 챙기라는 그런 거였다. 학교선생님들도 은근히 촌지를 바라던 시절이었으니 기자야 언론이라는 무기를 들고 있었으므로 나쁘게 마음먹으면 얼마든지 올바르지 못한 길로 갈 수 있었다. 지금은 많이 없어졌지만 한때 사이비기자라는 단어가 입방아에 오르던 시절이 있었다. 그런 시절에 신생언론사에서 기자생활을 해나간다는 것은 쉽지 않은 일이었다.

첫 번째 언론사가 그런 문제들을 안고 있었다면 두 번째로 옮긴 언론사는 문제가 더 있었다. 처음에는 잘 알 수 없었으나 시간이 지나면서 그들이 하는 일에 불합리한 요소들이 많다는 걸 알게 되었고 나에게도 강요하는 흐름 속에서 나는 조금씩 회의감을 느끼지 시작했다.

나는 2년여의 기자 생활을 접기로 했다. 더 이상 이런 생활이 싫었다. 사표를 쓰고 집으로 들어갔다. 그리고 좀 더 안정적인 직장을 들어가기로 하고 실업자 생활을 시작하였다.

그런데, 한 달 두 달 실업자 생활이 생각했던 거보다 길어지고 있었다. 요즘은 그래도 단기 아르바이트 자리라도 있어서 반실업 상태라 해도 몇 시간씩 일하면서 용돈이라도 벌 수 있다. 그러나 내가 실업자 시절에는 일자리도 많지 않았고 여전히 시골에서 실업자 생활을 했다. 시골 농촌에 농사짓는거 말고 무슨 일자리가 있겠는가.

그때 나는 알았다. 노는 것도, 그러니까 휴식이라는 것도 땀 흘려 노동을 한 후에 휴식을 취할 때 값진 것이지 매일 노는 사람에게는 휴식이 의미 없다는 것이다. 그리고 인간은 노동을 해야 한다는 것도 알게 되었다.

놀면 좋을 거 같지만 막상 몇 달 놀다보면 처음엔 좋지만 계속 노는 일이 힘들어진다는 것이다.

'제발 뭐라도 일 좀 했으면 좋겠어.' 6개월이 지나도 취업은 되지 않았고 특히 지방에는 변변한 일자리가 없었다. 그나마 좋은 일자리는 연줄을 통해 들어가기 때문에 인맥 없는 나에게 좋은 자리가 들어온다는 건 아예 기대할 수 없는 것이었다.

이력서를 들고 가보면 대학을 나와도 판매영업이 대부분이고 관리 사무직은 거의 없다고 보면 된다. 내 얘기가 지금부터 30년 전의 일이니 지금이야 말할 거 뭐 있나.

노는 것도 하루 이틀이지 6개월이 지나고 1년이 다 돼 가면 돈도 필요하고 무엇보다 취업이 될 수 없다는 불안감과 이러려고 대학을 졸업했나 하는 자괴감, 그리고 점차적으로 자신감도 떨어지게 된다.

'3년은 놀아야 돼. 그래야 놀았다 할 수 있지.'

지금도 그렇겠지만 10년 전에도, 20년 전에도, 30년 전에도, 3년 이상 노는 사람은 꼭 있었다.

나는 1년 정도 놀았다. 어떻게든 대전에서 직장을 구하고 싶었다. 아, 하지만 어느 지방이든 그렇듯 일자리가 없다. 회사에서 사람을 뽑지 않는다. 뽑더라도 한두 명이 고작이고 그 나마도 다 연줄로 들어가는 것이었다.

3년은 놀지 못했지만 1년이란 기간 동안을 놀아봐서인지 지금 놀고 있는 사람들의 고통을 안다.
그 불안을 알고 그 자괴감을 안다. 거의 1년을 놀자, 나만 지치는 게 아니었다. 부모님도 지치고 가족도 지치고 여자 친구와도 지쳐갔다. 그때의 여자 친구가 지금 나랑 살고 있는 집사람이다.

그렇게 지방의 언론사를 두 군데 거친 후 자발적 실업자가 되어 1년여의 실업자 생활을 보내다가 지방에서 취업을 포기하고 서울로 가겠다는 결심을 굳혔다. 두 군데 이력서를 넣어서 교과서 회사에 합격해서 첫 출근을 하게 된 것이다.

1년 이상 놀다 취업하게 됐으니 얼마나 기쁘고 반갑겠는가. 이거는 경험해본 사람만이 아는 것이다. 하루 종일 마당이라도 쓸라 하면 쓸 것이요, 하루 종일 쓰레기를 치우라면 다 치울 것이다. 어떤 일이든 맡겨만 준다면 자신 있었다. 설마 노는 거보다는 낫겠지.

회사는 교육부에서 승인해준 중학교, 고등학교 교과서를 합동으로 주문, 생산을 하는 곳이었다.

쉽게 말하면 교과서를 만드는 민간 기업들이 조합을 구성하여 공동 생산하고 공급, 판매하는 곳이었다. 조합을 만들어 공동 제작하니까 재료비도 낮출 수 있고 경영합리화와 업무효율화를 꽤 할 수 있었다.

그로인하여 무엇보다도 교과서 가격을 낮출 수 있었다. 학생들이 배우는 교과서가 일반도서에 비하여 가격이 현저히 낮은 이유는 이런 시스템이 있었기 때문이다. 그리고 공동으로 공급하여 물류비를 절감하고 학생들이 배우는 교과서가 새 학기 전에 반드시 도착하기 위해서 정부에서도 민간업자들이 조합을 결성해 공동으로 보내지도록 바라고 있었다.

이런 필요로 만들어진 회사이므로 근로조건이라든가 고용이 견고한 회사였고 급여도 일반중소기업에 비할 바가 아니었다. 대기업 이상은 못돼도 준하는 수준에는 도달하고 있었다.

이런 회사를 지방대학을 나온 내가 면접에 합격하다니 믿어지지 않는 일이었다.

물론, 신입사원인 내가 하는 일은 말단인 만큼 하는 일도 많았고 힘도 들었다. 그때 다시 알게 되었다. 어딜 가나 말단은 제일 일이 많은 것이라고. 언론사 때도 말단이었던 내가 일이 제일 많았다. 여기도 마찬가지였다. 다만 임금이 안정적이었고 언론사 시절보다는 많았다. 물론 촌지 같은 건 당연히 없었다. 하지만 그래도 그게 나는 좋았다.

처음에 1~2년차까지는 복사와 제본만 시켰다. 복사할 거는 왜 이리 많은지. 그리고 그 많은 서류들을 모두 제본하여 철해야했다. 함께 입사한동기들은 모두 투덜댔지만 나는 그래도 좋았다. '니들도 1년만 놀아봐라.'

인생에 있어서 한번 놀아보는 것도 나쁘지만은 않은 거 같다. 실업자 생활을 통하여 노동의 즐거움을 알았고 직업의 소중함을 깨달았기 때문이다.

시간은 흘러갔다. 나는 경리부와 현장부서 그리고 기획부 등을 거쳤다. 하지만 내 마음 속에는 늘 궁금한 점이 있었다. 아무리 봐도 내 스펙으로 올 수 있는 회사가 아니었다. 시간이 지날수록 더 느끼게 되었다.

그러던 어느 날이었다. 업무 과 과장님과 우연히 휴게실에서 함께 있을 기회가 있었다. 부서는 달랐지만 과장님이 인품이 좋으셔서 내가 부담 없이 따르는 편이었다. 커피를 한 잔 마시면서 이런저런 이야기를 하다가 이런 말씀을 해 주셨다.

"정군. 혹시 사는 곳이 충청북도 **군***면 맞는가?"

"네 맞는 데요. 어, 그런데, 과장님, 어떻게 제 고향을 아세요?"

나는 깜짝 놀란 토끼 눈이 되어 물었다. 의아했다. 내가 고향 이야기도 한 적 없거니와 서울 한 복판에서 봤을 때 충청북도 **군은 지방에 쪼그마한 읍 단위 정도에 불과한 것이었다. 그런데 어떻게 이분이 그걸 알고 있단 말인가.

그분의 이야기는 그랬다. 조합 말고 협회 쪽에 이사 한 분이 계시는데 그분의 고향이 충청북도 **군** 면이라는 것이었다.

아.
나는 정말 놀라 자빠질 뻔 했다.

그리고 바로 느낌이 왔다. 머릿속에서 지금까지 어떤 일들이 벌어지고 있었는지 빠르게 생각이 스쳐 지나갔다.

협회 쪽이라면 조합을 총괄하는 곳으로 인사기획팀이 있는 부서이다. 그리고 내가 있는 조합과는 떨어져있는 별도의 회사였으나 매우 밀접하게 관련된 회사였고 지금으로 하면 지주회사와 같은 것이었다. 협회가 모회사라면 내가 있는 조합은 자회사였다. 그리고 사실상 협회가 조합을 통제하고 있었다.

그랬구나. 그제야 의문이 풀리기 시작했다. 김 이사란 분이 내 이력서를 보고 픽업이 이루어진 것이구나. 1천만의 대도시 서울 땅에서 그것도 같은 직장에서 군과 면 단위까지 같은 사람을 만난다는 것은 쉬운 일이 아니었다.

요즘 같으면 인사청탁이라 의심할 수 있겠지만 아버지가 무슨 재력이 있다고 그런 일을 할 거며 원래 아버지 성격에 그런 건 생각도 안 되는 일이었다. 그 대꼬챙이 성격을 물려받아서 기자 시절 촌지를 거절하던 나였으니까.

그 이후에 총무과에 근무하던 동기에게 자세하게 그 이사님에 대해서 알아보니 업무과장이 말하던 게 모두 사실이었다.

비공식적인거지만 나는 그분과 일면식도 없었고 2년이 지났어도 얼굴 한 번 본적이 없었다.

그리고 몇 년 후 내가 총무과로 발령이 나서 근무하게 되었을 때 정규채널을 통해 그분의 인사기록을 볼 수 있었다. '충청북도 **군***면 ***리'라고 분명하게 기록되어 있었다. 나와 면단위까지 같고 리만 다른 것이었다.

지금까지도 이일은 미스터리하다

1천만의 도시 서울에서 한 직장에 같은 마을 사람을 만날 확률은 글쎄, 800 만분의 1 이라는 로또 확률보다 높은 것이다. 서울은 인구가 1천만이니까 1천만분의 1 아닌가. 로또는 800 만분의 1 이고.

인생이란 참으로 알 수 없는 것이다. 중학교 때는 앞에서 1등하면서 승승장구 하던 내가 고등학교 가서 꼴찌로 추락하는 아픔을 겪기도 했지만 이번에는 1년을 넘게 놀던 실업자가 기사회생하여 욱일승천하는 경우를 만났으니 말이다.

음지가 양지되고 양지가 음지 되는 것이다. 그러므로 지금 안 좋다고 해서 좌절할 필요 없는 게 우리의 삶이다. 삶은 모르는 것이다. 우리의 미래가 어떻게 바뀔지는 아무도 모르는 것이다.

중학교 때까지 1등 하다가 고등학교 때 추락한 것은 내 의지로 인한 것이 아니었다. 그것은 그저 나에게 비운이었다. 그런데 이번엔 그 반대의 경우였던 것이다. 내가 이 회사에 픽업된 것은 내 의지로 인한 것이 아니었다. 물론 신문에 난 사원 모집 광고를 보았고 이력서를 쓴 거는 내가 맞지만 이사란 분이 없었다면 내가 여기를 들어올 수 있었을까.

아주 나중에 그 이사님과 조우하게 되기는 하지만 끝내 그걸 묻지는 못했다. 그리고 꼭 물어야하는가도 생각해볼 문제이고.

10대의 어린 시절에 그 절망에 빠져 가출을 하고 자살을 결심하고, 그 극심했던 고통속의 나날들, 그것에 대한 보상이 20대에 예상 밖의 행운으로 돌아오고 있는 것이었다.

아.

인생이란 참 알 수 없는 것이다. 그리고 끝날 때까지 끝난 게 아니었던 것이다. 나는 하여간 인생에 로또를 맞았다. 직장도 잘 들어갔고 돈도 벌었다. 입사 후 2년 만에 여자 친구와 결혼했고 몇 년 후에 집도 샀고 차도 샀다. 서른이 되기 전에 결혼을 하고 집을 사고 차를 산 사람은 친구들 중에 내가 제일 빨랐다. 인생에 있어 가장 행복한 시절이었다.

회사생활은 순탄했다. 경리부에서 시작해서 현장부서와 기획부를 거쳤다. 하지만 그렇다고 이사님이 회사생활까지 뒤를 봐주는 건 아니었다. 회사생활은 오직 나 자신에게 달린 문제였으니까. 최선을 다하는 길만이 사는 길이었다. 그것이 내 운명에 순응하는 길이라 생각했다.

나는 이미 십대의 어린 나이에 어두운 터널에서 뛰어 내렸을지도 모르는 삶이었다. 그리고 20대에 와서 기적적으로 기사회생하였다. 그랬기 때문에 나는 더 열심히 살아야했다. 그게 내 운명에 대한 보답이라 생각했다.

여기까지는 다 좋았다. 그리고 그런 순탄한 흐름이 별 무리 없이 이어져 나가는 듯했다. 이 일이 일어나기 전까지는 말이다.

나는 그동안의 행복이 이어지다가 다시 나락으로 떨어지는 일을 만나게 된다. 지금까지 이야기는 내 의지와 관련 없이 나를 둘러싸고 벌어진 운명과도 같은 이야기였다. 하지만 지금부터는 내 의지에 의해서 시작되고 의지에 의해서 극복하고 일어선 이야기이다.

요동치는 나의 삶 3

가게 문을 닫고 W와 나는 테이블에 앉았다. 손님이 끊어졌다고 해서 일찍 문을 닫을 수도 없었다. 카운터의 시계가 새벽 두시를 넘어 가고 있는 것을 확인하고 그만 셔터를 내리자고 W에게 이야기하고 대강 치울 거는 치우고 테이블에 앉았다.

"매상 얼마나 올랐냐? 40은 넘었냐?"

들으나마나 한 대답이었지만 그래도 일말의 기대감은 있었다.

"36만원."

W는 금고의 지폐들을 확인하고 나에게 말했다.

"아.."

나는 짧은 한숨이 흘러나왔다.

어떻게든 50만 원 이상 매상을 올려야했는데 가게를 인수한 후 한 번도 50만원을 넘어 보지 못했다. 화려한 개업식 이후 매상은 곤두박질하여 이제는 40만원 밑으로 아예 내려가 버렸다.

"이대로는 안 돼. 무언가 대책을 세워야 돼."

아직은 늦더위가 가시지 않았기 때문에 에어컨은 쌩쌩 돌아가고 있었다. 시끄러운 소리사이로 체념 섞인 W의 목소리가 낮게 들려왔다.

"그래야지."

내 목소리에는 힘이 없었다.

밤 2시30분을 넘어서고 있었고 상가 건물의 간판들도 하나 둘 꺼져가고 있었다. 피곤하기도 했다.

"주방장이 하는 말인데 손님들이 화장실에서 이런 말을 했대. 기분 나쁘게 듣지는 마. 사장이 너무 늙었대."

W는 나의 반응이 어떨까 하여 각오라도 한 듯 이제는 이야기를 해야겠다고 생각했는지 작심하며 말했다.

"그래? 아."

나는 또 짧은 한숨이 나왔다. 다음날은 일요일이니까 3시가 가까워져도 여유는 있었다. 집에 가서 푹 자도 되니까.

W는 먼 친척뻘로 격의 없이 지내며 내 사업을 도와주고 있었다. W와 H 대 앞에서 주점을 인수하게된 것은 그러니까 지금부터 딱 8개월 전이었다. 교과서 회사에 다니고 있던 나는 이제 본격적으로 내 사업을 해야겠다고 생각하고 이리저리 알아보다가 마침 H대 앞에 괜찮은 가게 하나가 나온 것을 알게 되었다. W도 나와 비슷한 생각을 하던 중 서로 이야기가 통했던 것이다.

나는 그동안 벌어 놓은 돈과 집을 담보로 대출하여 4억에 달하는 거금(?)을 마련하였다. 지금도 생각하면 미친 생각이겠지만 나는 그때 사업에 진짜로 미쳐 있었다. 어차피 직장생활로는 승부를 낼 수 없다고 판단한 나는 주점을 인수하기 전에도 서울에서 고시원을 차려서 낮에는 직장을 다니고 밤에는 고시원을 운영하였다. 그리고 그걸로 돈도 좀 벌었다.

첫 번째 사업에 얼마간의 성공으로 인하여 가기서 번 돈과 가지고 있던 돈을 몽땅 합치고 집을 담보로 대출까지 얻어 주점을 인수하게 된 것이다. 4억은, 돈 많은 사람들에게는 큰돈에 속하지도 않겠지만 그 당시 나에게는 전 재산이나 다름없었다.

나에게 가게를 넘기고 떠난 사장은 30대 후반의 아주머니였는데 화장을 곱상하게 하고 있어서 그렇게 나이 들어 보이지 않았다.

"잘만 운영하신다면 1천만 원 가져가는 것은 어렵지 않을 겁니다."

사모는 정확히 얼마를 번다고 말하지 않았지만 1천만 원을 번다는 말에 나의 가슴은 벌렁벌렁 거렸다. 밤 일이라서 고생은 좀 되겠지만 잘 될 수 있을 거라 막연히 생각하였다. 치밀한 성격의 나였지만 사모의 말을 믿고 가게를 본지 2-3일 고민하다가 계약서에 도장을 찍었다.

도장 찍던 날까지는 손님이 많았다. 주로 20대 초반의 대학 초년생들이 많았고 내 또래의 아저씨들도 주변자리를 차지하고 있었다. 하여간 내가 그 가게를 알게 되고 계약서에 도장을 찍기 전까지는 앉을 자리가 없을 정도로 손님이 많았다. 하지만 술집은 그동안 막연한 동경의 대상일 뿐 직접 해본 적은 없었다. 학교 다닐 때 호프집에서 친구가 서빙 할 때 잠깐 도와준 정도였다.

개업식 날 여기저기서 지인들이 축하해 주기위해 다녀갔다. 나를 아는 사람은 다 온 거 같았다. 개업식 날 만큼만 장사가 잘 된다면 빌딩을 올리는 거야 어려운 일이 아니었을 텐데 문제는 그 다음날부터였다.

개업식 다음 날부터 손님이 절반으로 뚝 떨어졌고 1주일이 지나자 매상은 바닥으로 곤두박질하였다. 참으로 알다가도 모를 일이었다. 그리고 이상한 일이었다. 분명히 전 주인인 사모가 운영할 때는 손님이 제법 있었던 걸로 판단하고 계약서에 도장을 찍은 것인데 개업하고 1-2주일 지나자 도대체 그 많던 손님들은 어디로 갔단 말인가. 아무리 개업발이 끝났다고는 하지만 이 정도일 줄은 몰랐다. 아무래도 계약 당시에 동원된 손님들이 좀 끼어 있었던 같다는 느낌을 지울 수 없었다.

6개월이 지난 후에 기존 주방장이 그만 두면서 이런 말을 했다.

"어차피 사장님이 인수했을 때는 기울어 가던 시점이었어요. 그 사모가 잘 빠져 나갔죠."

그 주방장의 말로는 작년까지가 최절정이었단다. 마른안주를 예쁘게 만들어서 무료는 주는 것과 사모의 재간과 인맥 등으로 큰 인기를 누리다가 조금씩 인기가 떨어져가던 시점에 내가 인수를 하게 된 것이었다. 거기다가 사모가 떠나고 내가 가게를 인수하자 사모의 단골들이 발길이 끊어졌고 새로운 손님들은 "사장이 너무 늙었다."고 이야기하고 있는 것이었다.

그때 내 나이는 30대 초반이었다. 기가 찰 노릇이었다. 여기가 뭐, 바(호빠)도 아니고 사장이 나이를 많이 먹었든 안 먹었든 술집에 왔으면 술이나 먹으면 되는 거지, 사장 나이를 왜 따지나. 하여간 20대 초반의 학생들은 우리 클 때하고는 다르다니까.

W와 나는 그렇게 손님들이 다 가고나면 새벽까지 이런 저런 이야기를 나누면서 술을 마시고 있는 것이다. 내일도 장사를 해야 하므로 새벽3시가 넘어가는 것을 보면서 가게를 나왔다. 잘되는 가게는 아직도 불이 켜

져 있는 곳도 있었다. 술장사를 하면서 고시원하고는 영 다르다는 것을 느꼈고 장사하는데 있어 많은 것을 알게 되었다.

시간은 이후로 10개월을 지나 1년이 거의 다 되어갔다. 나는 해결책을 찾지 못한 채 아까운 가게세만 들어갔고 손님은 계속 줄어들었다. 보증금보다 권리금이 큰 가게였기 때문에 가게를 인수할 다른 사람을 찾지 못하면 권리금에 들어간 돈은 모두 날리게 되는 것이다. W와 나는 여러 대책을 세워 보았고 궁리를 했지만 현 국면을 벗어날 뚜렷한 방법이 나오지 않았다. 가게 세와 주방장 인건비, 그리고 아르바이트생 월급 등 나가는 돈은 많고 은행에 들어가는 대출금에 대한 이자를 더 이상 감당할 수 없었다. 적자는 눈덩이처럼 불어 갔다.

결국 가게를 내놓기로 결심했다. 하지만 손님 없는 가게를 인수하고자 하는 사람은 거의 나타나지 않았다. 권리금을 낮추어도 장사 안 되는 가게는 쳐다보지 않는 것이다.

1년이 지난 어느 날, 오랜만에 대학교 동기모임을 우리 가게에서 하게 되었다. 그 날은 친구들이 너무 반가워 이참에 스트레스 한번 날려 보자며 사실상 가게 문을 닫고 밤새도록 놀았다. 함께 대학 생활을 보낸 같은 학번 친구들이 이제는 어엿한 사회인이 되어 만났으니 무척이나 반갑고 기쁘고 유쾌하였다.

마치 다시 대학생활로 돌아간 기분이었다. 그리고 그날의 술자리가 암담했던 사업에 전환점이 되는 시간이기도 하였다. 그 다음날부터 나는 망해가던 가게를 다시 세울 비상한 생각이 떠올랐다.

한번 잡은 영감은 절대 놓치지 말아야한다. 그 영감에 순응하면 대박이 터지게 돼있다. 나는 그 번뜩이는 아이디어를 절대 놓치지 않았다. 다음날 W를 만나서 대책회의에 돌입했다. W는 늘 하던 회의였고 이제는 더 이상 새로울 게 나올 수 없다고 생각했는지 심드렁했지만 나는 진지하게 내가 만든 해결책을 내놓았다.

그 해결책이란 이거였다.

전날 동창 모임을 가지면서 자연스럽게 기분은 대학시절로 돌아갔다. 10여년이나 지났지만 잊었던 대학 생활이 떠오르기 시작했다. 그 때를 생각해보니 지금하고 다른 점이 딱 하나있었다. 지금은 직장생활을 하니까 돈이 있었지만 그때는 부모님이 주시는 용돈이 전부였으므로 학생들은 늘 돈이 없었다. 돈이 부족했다. 그래서 대학가 주변은 음식 값이 싸고 가성비가 좋은 것이다.

'그래. 이거였어. 학생들은 돈이 없다. 그들은 가난하다.' 비로소 해결의 실마리가 보이기 시작하였다. 대학교 앞에서 술장사를 하면서 20대 초반의 젊은 후배들이 정작 그들이 무얼 생각하는지 W와 나는 모르고 있었던 것이다.

이미 졸업을 한지도 10여년이 지났고 사회에 나오면서 대학생활은 잊은 채로 살았으니 그들이 느끼는 감성과도 멀어져 갔던 것이다. 어느덧 사회인이 되어 사회인의 관점에서 어린 학생들을 바라보게 되었던 것이다.

장사는 그들의 눈이 되어야했고 그들의 시각이 되어 그들을 바라보고 그들이 원하는 게 무언지를 찾아야했는데 우리는 이게 너무 부족했다. 우리는 너무 구닥다리였다.

내가 제시한 해결책은 '스페셜(special) 안주'를 대폭 할인하여 절반으로 낮추고 이를 주력상품으로 내 놓은 것이었다. 지금은 안주가 워낙 다양해 스페셜 안주란 것이 사라졌지만 당시만 해도 스페셜 안주란 것은 그 가게에서 가장 비싼 것으로 여러 가지 안주를 총집합시켜 놓은 그야말로 제일 좋은 것이었다.

가격이 단일 메뉴에 비해 몇 갑절 비싸기 때문에 생일날 같은 특별한 날이 아니면 시키지 않았다. 그리고 비싼 만큼 내용이 충실해 항상 먹고는 싶지만 돈이 부족한 학생들에게는 누가 크게 한턱 쏘는 날이 아니면 사먹을 수 없는 메뉴였던 것이다. 그걸 거의 절반 이하로 값을 확 내리고 내용물은 하나도 바꾸지 않고 그대로 내는 것이었다.

주방장과 제품원가를 따져보니

"그래도 1000원 정도는 남을 거 같아요."

머리를 긁적이며 주방장이 대답했다. 지금 가격으로 환산을 한다면 4만 원짜리를 2만 원에 팔자는 것이었다. 그래도 손해는 아니란다. 모험이긴 했으나 아무도 생각지 못하는 기발한 발상이었다.

4만 원짜리 스페셜안주는 7~8명이 먹어도 넉넉한 양이었다. 그로부터 15년이 지나서 반값 등록금이다 뭐다 해서 반값 문화가 여기저기서 나오긴 했지만 그 당시만 해도 반값이란 충격 그 자체였다.

7~8명이 모여 먹을 수 있는 스페셜안주를 4만원에서 2만원으로 내려 반값에 준다고? 미쳤구나. 미쳤어. 정상적인 사람이라면 그렇게 생각했을 것이다. 그래 나는 미쳤다. 다른 사람들이 어떤 것에 대해서 고정관념을 가질 때 나는 그것을 깨버리는 게 주특기였다. 그게 좋았다.

보수적이었던 W도 내 해결책이 쇼킹하다며 승산이 있을 거 같으니 다시 심기일전해서 잘 해보자고 했다. 그날부터였다. 대반전의 역사는 그때부터 시작되었던 것이다.

고민했던 문제가 실마리를 찾았다고 생각되자 후속 일들은 빠르게 진행되었다. 우선, 현수막부터 제작했다. 그리고 메뉴판도 다시 만들었다. 탈 인형을 사서 아르바이트생에게 입힌 후 H대학을 돌아 나니게 했다. 지금은 각 대학들이 보안이다 어쩌다하면서 외부인의 출입을 막곤 하지만 당시까지만 해도 그런 건 없었다.

일을 도와주던 아르바이트생들도 스페셜 안주 전략은 획기적인 방법이라며 찬성하였다. 무엇보다도 같은 학교 학생들인 그들이 인정해주니 기뻤다.

"아주 혁신적인 방법이에요. 이거 대박날거 같아요."

나랑 친하게 지내고 있던 한 아르바이트생이 환하게 웃으면서 말했다.

"사장님. 학생들의 마음을 정확하게 꿰뚫어 보았어요. 우리는 돈이 없거든요. 스페셜은 그림의 떡이었죠. 이걸 반값에 판다니, 어떻게 그런 기발한 생각을 하셨어요? 정말 대박날거 같아요."

학생들이 가장 많이 돌아다니는 곳에 현수막을 내걸고 유인물도 수천 장 인쇄하여 각 단과대학마다 뿌렸다. 그리고 가게 안팎에다가 포스터를 여러 장 붙였다. 그렇게 본격 광고를 끝내고 W와 나는 손님을 기다렸다.

학생들이 문을 열고 들어오기 시작했다. 기존 손님도 있었지만 소식을 듣고 찾아오는 손님들이 늘어나기 시작하였다. 반값 행사는 가게 사장님들도 학생들도 아무도 생각지 못한 것이었다. 대학가 주변의 특징은 같은 문화를 공유하고 있는 학생들이 주도하는 시장이다. 그러므로 그들의 감성을 파고 들어가는 게 최고의 전략이다. 그리고 특히 입소문이 빠른 곳이 대학가 주변이기도 하다.

우리 가게가 사람들의 입방아에 오르기 시작하기엔 많은 시간이 필요하지 않았다. 가격은 반으로 뚝 잘라 내리고 콘텐츠는 그대로이니 상품을 받는 사람마다 입이 쩍 벌어졌다. 스페셜 안주는 굉장히 푸짐하다. 7~8명이 먹어도 충분한 양이므로 지금의 단품메뉴와는 클라스가 다른 것이었다.

소문에 소문을 타고 학생들이 모여들기 시작했다. 매상도 점차 상승하여 50만원을 넘어가면서 적자에서 흑자로 반전하기 시작했다. 인기란 것이 정말 무서운 것이었다. 그리고 입소문은 빠르게 퍼져나가 삽시간에 가게는 되살아나게 되었다. 주변 가게들은 눈치만 볼 뿐 어떻게 해야 할지 엄두를 내지 못하고 있었다. 그러는 사이 가게 매출은 계속 상승했다. 일 매출 80만원으로 급상승하더니 급기야 1백만 원을 찍기도 하였다. 그렇게 되기까지 3개월이 채 걸리지 않았다. 1년 동안 만성 적자에 시달리다가 단 3개월 만에 뒤집어지는 극적인 일이 일어났던 것이다.

인산인해라는 것이 따로 없었다. 게다가 기존 안주들도 소(小)짜리 안주로 대중성을 확보하면서 주문이 크게 늘어났다. 소(小)짜리 안주란 기존 단품메뉴를 개선하여 소(小)짜리 안주를 신설하여 소(小)짜리를 주문하면 대(大)짜리로 주는 것이다. 가격다운의 효과가 뚜렷했다. 요즘으로 하면 가성비가 갑이었다. 김치찌개 소(小)짜리를 시키면 가격은 절반으로 다운되고 양은 대(大)짜리로 나가기 때문에 학생들 입장에서는 놀라지 않을 수 없는 일이었다.

"이곳 사장님이 우리학교 선배래. 학생들 열심히 공부한다고 후배들을 위해 싸게 술파는 것이래."

이런 스토리까지 퍼지면서 젊은 학생들의 호기심을 자극했다. 특히, 학연이 강했던 탓에 술집 사장이 학교 선배라는 것에다가 후배들 위로 차원에서 안주를 싸게 마구 준다는 스토리는 학생들의 마음을 끌기에 충분했다.

일이 되려고 하면 소문도 좋게 만들어지는 것이었다. 당자가가 소문을 만드는 게 아니라 당사자를 바라보는 대중들이 소문을 만드는 것이라는 사실도 알게 되었다. 그때는 내가 인수한지 이미 1년이나 지난 시점이었고 그때까지는 이런 종류의 소문은 들려오지 않았다. 하지만 가격을 확 낮추고 마구 퍼주자 대중들에게 좋은 이미지로 받아드려지면서 좋은 소문이 만들어지는 것이었다. 장사가 안 될 때는 '사장이 너무 늙었다.'고 욕(?)아닌 욕을 해대더니 이번에는 똑같은 사장인데도 상품들을 마구 퍼주자 '우리학교 선배'라는 둥, 후배들 위로 차원에서 싸게 싸게 퍼준다는 등 이런 그럴싸한 소문이 생기게 되었던 것이다. 이것은 장사를 하는 사람이나 또는 대중을 상대로 하는 업을 가진 사람들은 잘 생각해봐야할 문제인 것이다.

어쨌든, 그야말로 '사람들이 구름처럼 밀려온다.'는 말이 이런 것이구나 하고 실감할 정도를 사람들이 밀려들었다. 날마다 즐거운 비명으로 W와 나는 입이 다물어지지 않았다. 급기야 그로부터 6개월 되는 시점에 매출 1위업소로 발돋움 하였다. H대 주변 20여개 상가건물 다 합쳐서 내 가게가 1등 가게가 된 것이었다. 주변가게 사장님들로부터 부러움을 한 눈에 받았다. 언젠가 사장님들만 모이는 상가 모임에 간적이 있는데 나는 그때 이미 유명한 인물이 되어 있었다.

이 경험은 내가 그 이후 여러 가지 사업을 펼치는데 큰 도움이 되었다. 박리다매의 원리를 알게 되었고 손님들의 생각 안으로 들어가 그들의 니즈를 정확하게 포착하고 그에 따른 전략을 세운 후 과감하게 추진해야 성공할 수 있다는 것을 알게 되었다.

그리고 남들이 생각하지 못하는 '창의성'과 아무도 해보지 않는 일을 처음 시작하는 '실험성', 다른 가게와 다른 우리 가게만의 '차별성'이 중요하다는 것이었다. 이 세 가지가 어우러지면 손님을 끌 수 있다는 원리를 알게 되었고 지금 공단 앞에서 하고 있는 식당을 시작할 때 이 같은 경험을 잘 살려서 이번에는 실패 없이 지금까지 잘 운영해 오고 있다. 이번에도 역시나 인생은 모르는 거였다.

그동안 모았던 돈을 다 합치고 집 대출과 신용대출을 통해 다 끌어 모아 가게를 인수했는데 그게 망하다시피 했고 가게 세와 이자, 인건비 등을 감당하지 못하다가 빚으로 인해 신용불량자가 되려던 상황에서 극적인 반전을 이루어냈던 것이다.

가능성이 없다고 침울해 하지 말아야 한다. 다시 살아날 수 있다는 소망을 가져야한다. 그러면 가능성이 생기고 해결의 문이 조금씩 열리기 시작하는 것이다. 자신에 대한 자존감과 사랑으로 똘똘 뭉쳐있다면 그는 반드시 다시 일어선다. 전 재산을 투자한 사업에 큰 낭패를 당할 뻔했지만 나는 다시 일어섰고 당당하게 사업을 이어갈 수 있었다.

이미 십대의 어린나이에 어두운 터널에서 뛰어내렸을지도 모르는 삶을 보낸 후 20대에 와서 귀인을 만나 기적적으로 기사회생하더니 30대에 들어서는 술집을 한답시고 전 재산을 끌어 모아 도박에 가까운 모험을 감행하였다. 경험도 없는 일을 무모하게 진행한 결과 나는 다시 어려움을 맞이하였고 집에는 월급도 제대로 갖다 주지 못하였다. 가게 적자는 눈덩이처럼 늘어났고 빚과 이자로 인해 신용불량자로 빠질 위험을 당하기도 하였다.

다행히 정신을 차리고 천신만고 끝에 되살아오긴 했지만 지금도 생각하면 가슴이 벌렁거리고 정신이 아찔하게 느껴지는 일이다.

어쨌거나 나는 이번에도 살아 돌아왔다. 이것은 30대에 이야기이다. 하지만 이것도 딱 거기까지였다. 몇 년 후 나는 또 인생일대의 아주 큰일이 벌어지게 된다. 시간은 흐르고 40대에 겪어야할 시련이 나를 기다리고 있었다. 그때까지는 아무 것도 알지 못했다.

요동치는 나의 삶 4

술집은 해를 넘겨서도 계속 잘 되었다. 2년여 동안 아무런 걸림돌 없이 착착 진행되어갔다. 손님들은 매일 밤 문전성시를 이루었다. 그래서 돈도 좀 만질 수 있었다. 주류회사 사장님들과도 가깝게 지내고 인맥도 넓어졌다.

하지만 영광의 시간들은 그리 오래 흘러가도록 내버려두지 않았다. 스페셜 반값 안주는 여전히 히트를 치고 있었지만 절정을 지나 매출 정체 상태에 들어가고 있었다. 그리고 무어라 표현할 수 없는 답답함이 느껴졌다.

경쟁을 하던 이웃가게가 인테리어공사를 시작했다는 소식을 들었다. 경쟁은 경쟁이었다. 우리 가게가 독주하니까 그들도 변화를 꾀하는 건 당연했다. 겉으로 보아서는 가게는 절정의 시간이었지만 가장 높이 올라갔을 때가 실은 가장 위험할 때인 것이다. 가게를 접어야겠다는 생각은 그때부터였던 거 같다. 맞은편에 새 건물이 올라가는 상황을 보면서 나는 결심을 굳혔다.

나는 W와 시간을 갖기로 했다. 매니저와는 이미 충분하게 토의를 했으므로 영업이사를 맡고있는 W에게 이쯤에서는 이야기를 해야 했다.

"이쯤에서 손을 터는 게 제일 좋겠어. 어때?"

아무 탈 없이 장사를 이어가던 어느 날, W에게 차 한 잔을 건네며 그의 어깨를 부드럽게 만지며 말했다. 처음에는 무슨 뜻인지 눈만 껌벅거리던 W는 진지해진 내 표정과 눈빛을 보고는 올 것이 오고야 말았다는 듯 알아차리곤 말했다.

"지금 정리하자고? 돈 더 벌어야하지 않겠어?"

W는 나의 결정이 너무 성급하다고 생각했던지 아니면 아쉬움이 남았는지 술장사를 그만하자는 나의 말에 다소는 놀란 듯 보였다.

"지금이 절정이야. 제일 절정일 때 손 떼야 돼. 여기는 너무 변화무쌍하다고. 저 건물들 올라가는 거봐. 저 건물들에 우리 같은 술집들이 몇 개는 들어올 거야. 인테리어가 너무 자주 바뀌고 있고 우리도 다시 엎어야할 때가 됐어."

스페셜 안주를 반값으로 낮추고 술집에 대박이 터진지 지난 2년여. 그 사이 빚을 갚아놨고 위기를 넘겼다. 그렇다고 큰돈을 번 것은 아니었다. 집 대출에 잡혀있던 부채부터 상환을 했고 신용대출 등 자질구레한 빚을 갚은 상태였다. 다른 사람들 같으면 한참을 더 끌고 가겠지만 내가 그동안 H 대 앞을 봐온 걸 생각하면 지금이 딱 적기였다.

대학가 주변의 가게들은 유행의 흐름이 좀 짧은 편이었다. 한동안 인기를 끌다가도 다른 누군가 새로운 형태의 장사 방식을 들고 나와 손님들을 끌어 모은다. 젊은이들은 충성도가 낮고 마음이 자주 바뀌어서 무언가 새로운 거만 나타났다하면 이리 몰려다니고 저리 몰려다니곤 했다. H대 상가 앞거리가 그랬다. 우리 가게도 인수한지 3년이 다 된 시점이었고 스페셜 안주 반값도 절정을 지나 신선함을 조금씩 잃어가고 있었다. 새로운 게 등장하면 기존의 것은 뒤로 밀려 나는 게 산업과 장사의 속성이다.

결국 나는 W와 상의를 마치고 술집을 정리 작업에 들어갔다. 동네골목에 있는 상권이라면 계속 끌고 가겠지만 유행의 최첨단을 걷는 곳에서는 변화가 너무 심했고 2년 동안 정상을 버텼다는 것만으로도 대단한 것이었다.

장사가 잘되자 가게를 넘기라고 하던 분들이 있었으므로 처음에 사모로부터 가게를 인수할 때 당시의 권리금으로 다 넘겨주었다. 그 후 W는 다른 업종을 하기 위하여 청주로 내려갔다. W는 투자자금 없이 나를 도와 술집을 운영하였으므로 지난 3년 동안 제법 돈을 모았을 것이다. 하지만 나는 대출금 등을 갚고 나니 남는 돈은 얼마 되지 않았다. 처음 가게를 인수할 때 4억 중에서 대출금을 뺀 순자금은 그리 많은 돈이 아니었다.

술집을 정리하고 나는 직장생활만 했다. 그리고 그로부터 다시 2년이란 시간이 흘러갔다. 내 나이는 30대를 지나 40을 향해 달려가고 있었다.

동료 직원들이 다 퇴근하는 것을 보고 나는 사무실을 한번 둘러보았다. 책상을 정리하고 간단하게 짐을 챙겼다. 지난 10년간 정이 들었다면 정들었던 회사였지만 오늘이 마지막이었다. 나는 지금 회사를 그만둘 생각을 하고 있는 것이다.

"이제 떠나는 구나."

그리고 오랫동안 결심했었던 일을 감행한다. 서랍에 넣어두었던 사표를 꺼내서 한번 읽어본 후, 박 부장의 책상위에 올려놓았다. 약간의 미련은 남았지만 지금 나는 떠나야한다는 것이었다. 지난주 직원 연수회 때 동기 몇몇에게 퇴사한다고 이야기했고 평소에 자주 어울리던 선, 후배들에게도 간단하게 이야기 해두었다. 하지만 모두들 믿지 않는 분위기였다.

"선배, 진짜 그만두는 거야? 이제 나는 누구랑 어울린대. 대전 한번 놀

러갈게. 자주 연락하고."

지난 연수회 때 J가 나의 손을 잡아 주었다. 회사에서 나와 가장 가까이 지내던 후배였다. 다른 사람은 몰라도 J는 알고 있었다. 내가 진짜로 그만둔다는 것을.

나는 회사생활에 지쳐 있었다. 그리고 더 이상 비전도 보이지 않았다. 서로가 치열하게 경쟁하는 게 더 이상 버틸 수 없는 지경까지 이르고 있었다. 그리고 무엇보다도 삭막한 서울생활이 끝내 마음에 들지 않았다.

앞으로 나에게 어떤 일이 벌어질지 그때는 알지 못했다. 그리고 이 결정이 인생 일대의 후회를 남기는 일이 될 지 아니면 지금 때려 치고 나가는 게 정말 잘하는 결정인지 판단이 서지 않았다. 그런 것들을 생각하기에 앞서 정이 떨어지자 더 이상 다니고 싶은 마음이 없었다.

하지만 걱정은 좀 되었다. 회사를 그만 두면 무언가 새로운 일을 해야 할 텐데 준비를 하지 않았다. 터벅터벅 걸으며 여러 가지 생각을 하면서 회사를 나왔다. 우두커니 지나가는 사람들과 차량들을 바라보았다. '이 친숙한 거리도 이젠 안녕이구나. 아 이제 정말 끝이구나.' 문득 지난 10여 년 동안의 일들이 스쳐지나갔다. 김 부장, 한 과장, 윤 대리, 박 주임 등등. 전 직원들을 다 알지도 못하지만 비교적 분위기가 맞는 몇몇의 얼굴들은 아직도 뚜렷하게 남아 있다. 그들은 지금도 가끔 연락을 하지만 자주 만나지는 못한다.

내 직속 상사였던 박 부장한테는 2주 전에 미리 조용하게 말씀드려 놓았고 그 사이 내가 처리해야할 일들을 다 처리해 놓았기 때문에 어차피 내가 사라진다고 해도 문제될 건 없었다. 어차피 자본주의 하의 인간은 조직의 부속물에 불과했으므로 내가 그만둔다고 해도 다른 사람으로 대체될 것이었다.

나를 픽업했을 걸로 짐작되었던 그 이사님도 내가 입사한 후 몇 년 만에 퇴사하였다. 그러므로 회사를 떠난다 해도 누가될 건 없었다. 아마도 뒤에서 내 경쟁자들은 비웃고 있을 것이다. 그런 생각을 하니 마치 그들에게 퇴사라는 자비를 베풀어주는 것만 같았다. 경쟁에서 밀려난 것도 아니었고 내가 뭘 잘못했던 것도 아니었다.

일단 이곳을 떠나자. 서울을 떠나는 일이 제일 먼저 하고픈 일이었다. 그 날이 내 인생에 있어서 회사생활의 마지막 날이 되었다. 그 이후로 나는 다시는 직장생활을 하지 못하였다.

다음날 아침 일찍 대전으로 출발했다.

회사에 사표를 내고 대전으로 내려온 다음, 이제부터 무엇을 하고 먹고 살 것인가를 생각하면서 여기저기 사람도 만나고 계속 돌아다녔다. W를 만나기 위해 청주로 전화를 했다. 그는 현재 의상관련 사업을 하고 있었다. 나름 옷을 잘 입고 다녔던 그였으므로 그 쪽 일을 하게 된 건 다행스러웠다. 다행이 장사가 잘 된다고 지난번에 통화를 했던 기억이 난다. 걱정되는 건 나였지 그가 아니었다.

막상 회사를 때려 치고 나와 보니 세상은 많이 변해 있었다. 또한 아직도 본격적으로 경기가 살아나고 있지 못하였다. 그리고 지방이라서 그런지 서울과는 비교가 되지 않을 정도로 시장이 좁았다. 그만큼 탄력적인 어떤 흐름이 보이지 않았다. 서울은 무엇이든 간에 규모도 있고 어딘가 좀 활기차지 않는가. 여기는 장사하는 사람들의 규모도 거의 골목상권이 대부분이었고 좀 한다하는 곳을 가보아도 서울보다 유행에 한참 뒤쳐져 있었다.

그리고 내 마음은 이젠 좀 편해지고 싶었다. 10년간의 서울생활에 지쳐 있었고 고시원을 이어 술장사를 숨 가쁘게 끝낸 상황이어서 장사도 하기 싫었다. 특히 밤을 새우다시피하는 술장사는 더 이상 하고 싶지 않았다.

그렇게 시간은 흘러갔고 마땅한 일자리는 나오지 않았다. 그러던 어느 날 지인 S의 소개로 김 실장이란 사람을 알게 되었다. 그는 ＊＊증권을 다니다 퇴사한 사람으로 금융투자 전략을 세우고 투자를 유치하여 수익사업을 하고 있었다. 자질구레한 몇 가지 일들을 건드렸다가 조금씩 손해를 보고서 나온 터라서 금융시장에 돈을 맡기는 것은 탐탁지는 않았으나 지인 S가 늘어놓는 무용담이 귀를 솔깃하게 했다.

“믿고 맡기면 한 달에 500만 원 정도는 벌 수 있어요. 일단 조금만 투자해보세요. 제가 실력을 보여드릴 게요."

사무실에서 만난 김 실장은 자신 있는 표정이었다.

개인 투자가에게 돈을 맡기는 것은 원했던 일은 아니었으나 일단 작게나마 시작을 해보기로 했다. 하지만 그 일은 나중에 내가 투자의 길로 발을 드려놓는 계기가 되었다. 처음엔 잘되는 듯 보였으나 결과적으로 1년 동안 수 천 만원을 날렸다. 그리고 김 실장이라는 사람은 슬금슬금 우리를 피하기 시작하더니 나중에는 사무실에 나오지도 않았다. 변호사도 알아보고 소송도 해보려고 했지만 투자의 세계에서는 본인의 책임이 중요했다.

결국 그 일은 사기를 당한 것으로 끝났다. 물론 그가 볼 때는 합법적인 투자였으므로 이에 대해서는 할 말은 없다.

그 이후 마땅한 일을 찾지 못하고 계속 시간을 보냈다. 하지만 시간을 보내더라도 집에는 갖다 주어야할 돈이 있었으므로 마냥 쉬어가는 흐름일 수는 없었다. 그러는 사이 통장의 잔고는 줄어갔다.

사기사건으로 내가 입은 손해는 컸다. 최소한 2–3년은 버틸 자금이었는데 한 번에 날리고 나니 돈도 거의 떨어졌고 다시 회복하기가 여간 힘든 일이 아니었다. 그 때부터는 회사를 그만두고 나온 게 슬슬 후회되기 시작했다. 매달 꼬박 꼬박 들어오는 월급의 힘이란 실로 막강한 것이라는 걸 그때서야 알게 되었다. 월급이 없는 상황에서는 한 달이라는 시간은 너무 빠르게 흘러간다. 몇 가지 조그만 사업에 손을 댔지만 자금력이 막강하지 않은 상황에서는 그만큼 덩어리가 작았다. 그러는 사이 자금은 계속 줄어갔다.

결국 다시 대출을 받아서 카드 값을 메우며 근근이 버텨가고 있었다.

다시는 직장생활을 하지 않겠다고 다짐하고 회사를 그만 두었지만 다시 이력서를 써야할 판에 이르렀다. 아무런 대책을 세우지 않고 회사를 그만 둔 것이 이런 사태를 만들었고 S의 소개로 김 실장이라는 사람한테 사기를 당한 게 결정타였다.

무엇보다도 아이들이 아직 어려서 집사람이 묶여 있는 게 발목을 잡았다. 나는 졸지에 닥치는 대로 일을 하면서 겨우겨우 버텨나갔다. 하지만 그 일도 쉽지는 않았다.

결국, 카드사에서 대출한 2천만 원을 갚지 못하여 법원으로부터 아파트를 가압류당하는 지경에 이르렀다. 그리고 신혼 때부터 지금까지 함께하던 살림살이에 빨간 딱지를 여기저기 붙이는 사태를 만나야했다. 그 사태로 인해 정신적인 충격은 너무 컸다. 빨간 딱지는 누군가로부터 말만 들었던 거지 내가 그 당사자 될 줄은 정말 몰랐다. 살던 집을 급매물로 팔아서 급한 불을 끄고 우리 가족은 쫓겨나듯 이사하게 되었다.

그로부터 3년이란 시간이 인생의 가장 힘든 시간들이었다. 다시 꼴찌

인생이 시작된 것이었다. 어이가 없었다. 잘 나가다가 다시 꺼꾸러지는 나의 인생길. 대체 언제까지 지속될 것인가. 그래도 나는 다시 일어설 수 있다는 일념으로 끝까지 포기하지 않았다. 나에게 포기란 없었다. 포기하면 그때까지의 모든 노력들이 제로가 되기 때문이었다. 좌절하고 절망하기보다는 지금부터라도 다시 시작한다면 얼마든지 가능하다 생각되었다.

아마도 그 즈음 무렵부터 집사람과 나는 하나님을 믿게 되었을 것이다. 안산에 있는 처형의 권유로 동네에 있는 ** 교회를 나가기 시작하였다. 여기서부터는 신앙과 관련된 이야기이므로 독자 중에는 타종교인도 있고 무신론자도 있을 것이므로 디테일한 부분은 다른 기회에 다루기로 하겠다. 이 글이 신앙을 위한 간증 글이 아니기 때문이다.

나와 집사람은 생의 절체절명의 순간에 하나님 앞에 부르짖었고 이 위기에서 구해달라고 간절히 기도하였다. (그리고 서두에서 이야기한 십일조 1천만 원의 역사도 결국은 기도의 응답으로 이루어졌다. 2008년 미국과 유럽의 금융위기 국면에서 검색시스템이라는 상품을 개발하여 나는 다시 대박을 맛보게 된다. 대전과 경기도 지역을 오가면서 바쁜 나날 속에 점점 역량을 키워갔던 게 성과를 내기 시작했던 것이다. 드디어 5년이 되던 해에는 내가 다니던 교회에 십일조 1천만 원을 하는 기적을 이룬다. 십일조 1천만 원이면 한 달 수입이 1억이었다는 것이다. 지금으로부터 10년 전에 말이다. 아마도 이 시절이 내 인생의 절정기였을 것이다. 이때 나는 중국도 가고 홍콩도 가게 된다. 하지만, 이번에도 역시나 영광은 길지 않았고 다시 문제를 만나면서 어려운 길을 걷게 된다. 급기야는 어두컴컴한 반지하방에서 다시 긴 서러운 시간들을 보내게 된다.)

* * * * * * * * *

다시 인생길이 밑바닥으로 완전히 떨어졌다. 반지하방은 습했고 바퀴벌레가 창궐하였다.

몇 년을 고생하다가 집사람과 나는 정부에서 주는 서민형 사업자금 대출을 알게 되었다. 지금도 그런 대출이 있는지는 모르지만 마지막 재기의 기회를 주는 대출이었다. 이 대출은 기존 대출과는 성격이 좀 달라서 신용등급이 최하위 부근에 있는 사람들에게 기회가 주어진다. 간단한 사업계획서를 제출하고 결과를 기다렸는데 두 번의 도전 끝에 승인이 드디어 떨어졌다.

반지하방으로 쫓겨났다가 재기를 위한 정부자금을 지원받고 대전공단 주변에 식당을 차리게 되었다. 다시 일어서기를 시도하였다. 반 지하 전세방도 LH에서 지원하는 자금이니까 따지고 보면 나는 아무 것도 없이 LH 자금으로 방을 얻었고 저신용자 정부자금으로 다시 재기할 수 있는 기회를 얻은 것이었다.

우리나라에 이런 대출 제도가 있다는 것이 정말로 신기하기만 했다. 어쨌거나 이번이 마지막 기회였다. 이번에도 실패한다면 나와 우리가족의 삶은 끝이었다. (혹시 어려운 가운데 있는 사람이라면 아직도 이런 대출이 있는지 꼭 알아보기 바란다.)

나는 이를 악물었다. 하늘이 무너져도 솟아날 구멍은 있다. 어떤 일이 있어도 포기하지 말자는 게 내 신조이고 넘어지고 쓰러져도 끝까지 가는 게 내 신념이다.

어차피 나는 고등학교 때 어두운 터널 안에서 자살로 끝날 생명이었다. 그 후 귀인을 만나 직장에 취업하였고 술장사로 망했다가 다시 일어섰고 여기저기 전전하다 사기를 당하기도 했고 급기야는 가진 것을 다 잃고 반 지하방으로 떠밀려 내려온 상황이었다.

그로부터 4년 후,

해장국집은 재기의 발판이 되었다. 술집을 하면서 식당 경험이 쌓인 것이 도움이 되었다. 내가 술장사를 하면서 배운 것은 남과 다르게 생각해야하고 남과 다르게 바라봐야하며 남과 다르게 해야 한다는 것이었다.

우리 식당은 일반 상가에 있는 평범한 식당과는 많이 다르다. 이곳은 우리 고유의 가열 방식인 가마솥으로 조리를 한다. 넓은 마당에 두 개의 커다란 아궁이를 만들고 무쇠 가마솥이 설치돼있다. 가마솥에 뼈와 고기를 넣고 육수를 끓인다.

전통방식 그대로 재연하여 음식을 만든다. 가스 불을 이용하는 게 아니라 참나무 장작불을 이용한다. 가마솥에 끓이는 해장국과 곰탕은 8시간의 참나무 장작의 화력으로 만들어진다. 마당에는 참나무가 시그니처가 되어 산더미처럼 쌓여있다.

내 욕심도 좌절도 절망도 나는 이 활활 타오르는 아궁이의 장작불에 모두 태워버렸다. 내 눈물겨운 인생도 지나간 아픔도 이 타오르는 장작불에 모두 던져버렸다.

전통방식으로 조리하는 내용이 사람들에게 알려지면서 공단주변의 직장인들이 몰려들었다. 입소문을 타기 시작하면서 지금은 점심시간에는 30분 이상 웨이팅을 해야 먹을 수 있는 가게가 되었다.

사람들에게 맛집으로 소문나면서 연일 "재료소진" 사례가 이어지고 있다. 그날 만든 물건은 그날 다 팔아 문 닫는 시간이 점점 짧아지고 있다. 집사람은 연일 재료소진에 기뻐하고 있고 2호점을 상담하고 있다.

현재는 연간 2만여 명이 다녀가는 식당이 되었다. 이런 모든 일이 되기까지 4년이 채 걸리지 않았다. 청주에 있던 W도 다녀갔다.

우리식당에 오면 이런 글귀를 만날 수 있다.

"라면과 패스트푸드
화학조미료가 넘쳐나는 세대.
여기,
장작불과 가마솥에 담긴
조상의 지혜를 더듬어
한민족 고유의 맛을 그리다."

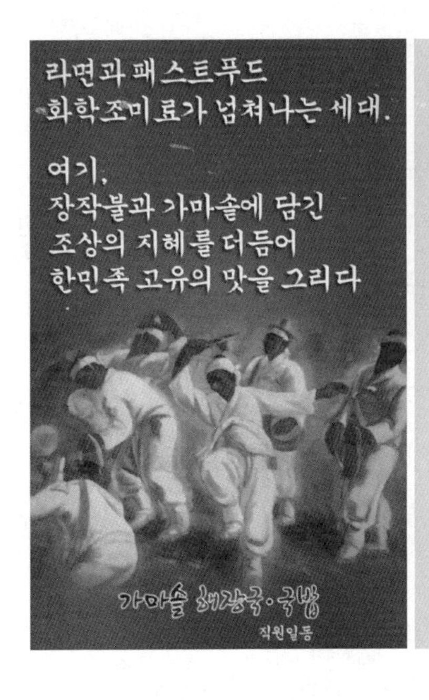

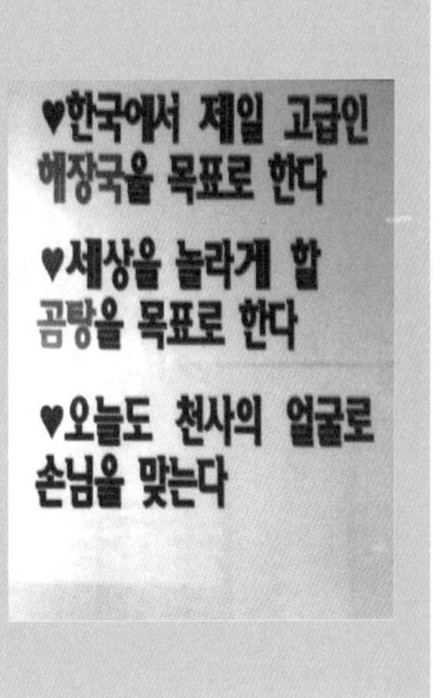

그리고 나는 집사람에게 다음과 같은 글귀를 주방에 붙여 주었다.

1.한국에서 제일 고급인 해장국을 목표로 한다.

2.세상을 놀라게 할 곰탕을 목표로 한다.

3.오늘도 천사의 얼굴로 손님을 맞는다.

이것이 우리식당의 점훈이다.

나는 다시 기적적으로 기사회생했다.

집을 압류당해 팔아버리고 집안 물건에 빨간 딱지를 붙였고 축축한 반지하방으로 쫓겨났던 나는, 온갖 시련 끝에 다시 일어설 수 있었다.

인생이란 모르는 것이다. 이번에도 또 그랬다.

중학교 때는 앞에서 1등, 고등학교 때는 뒤에서 1등. 1등에서 꼴찌로 내려갔고 꼴찌에서 1등으로 올라가는 인생이었다.

1천만 명의 서울 사람 중에서 같은 회사에서 ** 군 ** 면 단위까지 같은 귀인을 만나는 절대 행운을 얻어 좋은 회사에 취업도 했으며 망해가는 술집에 기발한 아이디어를 짜내서 매출 1위 가게로 끌어올렸다.

사기를 당해 재산을 날리고 반지하방으로 쫓겨났지만 다른 사람들이 생각하지 않는 '아궁이와 장작불, 무쇠 가마솥'으로 고군분투하여 맛집으로 소문난 가게를 이루었다.

하지만 나는 이런 굴곡진 인생보다 평탄하게 흘러가는 인생이 부럽다. 나도 이제는 나이 들어가고 이제는 좀 안정감을 느끼며 살고 싶다.

* * * * * * * *

지금 어려움에 처한 사람들과 지치고 우울해 있는 사람들에게 당신들과 같은 한 사람이 여기 있다는 사실을 이야기하고 싶었다.

비록 굴곡지고 외롭고 못생긴 인생길을 걷고 있지만 한 사람이 여기

살아 숨 쉬고 있다는 사실을 세상에 이야기하고 싶었다.

'지금 꼴찌여도 괜찮다. 자신감만 살아있으면 된다.
우리가 먹고 살기 위하여 하는 일은 부끄러운 일이 아니다.'

우리 모두는 대한민국 국민이다.
모두가 웃는 그날까지 오늘 하루도 파이팅!

천연기념물인 당신에게 이글을 바치며 험난한 세상 속으로 다시 뛰어간다.

~ 끝~

봉인해제식 하셨나요?

초판인쇄	2020년 3월 12일
초판발행	2020년 3월 19일

지은이	정진화
발행인	조현수
펴낸곳	도서출판 더로드
마케팅	이동호
편집	조용재
디자인	호기심고양이

주소	경기도 고양시 일산동구 백석2동 1301-2 넥스빌오피스텔 704호
전화	031-925-5366~7
팩스	031-925-5368
이메일	provence70@naver.com
등록번호	제2015-000135호
등록	2015년 6월 18일

정가 15,800원
ISBN 979-11-6338-063-4